Brigitte Kronauer

Poesie und Natur

Klett-Cotta

Klett-Cotta
www.klett-cotta.de

Printed in Germany
Umschlag: ANZINGER | WÜSCHNER | RASP, München
Gesetzt von Dörlemann Satz, Lemförde
Gedruckt und gebunden von
Friedrich Pustet GmbH & Co. KG, Regensburg
ISBN 978-3-608-98303-6

Inhalt

Mit Rücken und Gesicht zur Gesellschaft

Über Avantgardismus 7

Über Politik in der Literatur 34

Wirkliches Leben und Literatur

Wirkliches Leben und Literatur 65

Vom Umgang mit der Natur und
wie sie mit uns umspringt 85

Die Gewalt der Bilder 103

Was ist schon ein Roman!

Eine »Reportage« 121

Ein Fragment 137

Ein Romanriese 157

Bibliographische Hinweise 184

Mit Rücken und Gesicht zur Gesellschaft

Über Avantgardismus

»hingegen die poeten mit ihren wörtern / wissen diese was sie sagen / was sie mit ihren wörtern in wahrheit sagen / wissen das jemals die poeten« (Ernst Jandl: »wissen, sagen«)

Vor zwei Monaten, am 2. April 2011, nach einem ungewohnt langen nördlichen Winter, sah ich beim Frühstück kurz von meiner Zeitungslektüre auf und, zunächst ohne zu stutzen, durch das Küchenfenster. Dann vertiefte ich mich wieder in die Hauptnachrichten zum damals akuten Weltzustand, also zu den Bemühungen, die japanische Atomkatastrophe zu begrenzen, zum Waffenstillstandsangebot der libyschen Aufständischen und dessen Ablehnung durch Gaddafi, und, lediglich eine innerdeutsche Affäre, zum Rückzug des Außenministers Westerwelle vom Parteivorsitz der FDP. Erst dann, nach Kenntnisnahme einer Anzeige des Bayerischen Rundfunks zur Übertragung der Oper *Anna Bolena* aus der Wiener Staatsoper, wurde mir plötzlich bewußt, daß ich eben etwas Außergewöhnliches aufgenommen, allerdings nicht im geringsten begriffen hatte.

Wie gesagt, diesem Augenblick waren viele stumme, geruchlose, unbewegte Wochen vorausgegangen. Als ich zum zweiten Mal nach draußen zur leicht frostigen, in blendender Helligkeit daliegenden Wiese sah, mit den wegen Unbelaubtheit scharfen Schlagschatten der Obstbäume darauf, kurzum die allererste optische Frühlingssensation konstatierte, die mir mit Verzögerung nun aber doch kurzfristig samt »Ah« und »Oh« den Atem verschlug, packte mich umgehend eine mir im Prinzip wohlvertraute Unruhe. Es war der energische, geradezu verbissene Wunsch zu formulieren, was ich wahrnahm, die Färbung und neuartige Beleuchtung, die komplette, nervös vibrierende Erscheinung in Wörtern festzuhalten und mich gleichzeitig ihres starken Appells zu entledigen.

Es hätte im Prinzip auch die bequeme Möglichkeit bestanden, meine Beobachtung in schon bestehende, von anderen geschriebene Zeilen einmünden zu lassen. Allerdings fiel mir so schnell nur Goethes »Mailied« ein. Von dessen genialisch drängendem Dreischritt »Es dringen Blüten aus jedem Zweig / Und tausend Stimmen aus dem Gesträuch / Und Freud und Wonne aus jeder Brust« konnte an diesem spröden Aprilmorgen nicht die Rede sein. Etwas anderes aber hatte mein Gedächtnis gerade nicht zur Hand.

Und war es in Wirklichkeit nicht auch so, daß sich im Hintergrund meines Kopfes, aktualisiert durch die japanischen Vorgänge, bereits eine ganz andere Empfindung einstellte? Es handelte sich um die Erinnerung an ein nach den Wahlen 2005 von den großen Energiekonzernen vorgelegtes Positionspapier zur unbefristeten Erzeugung von Atomstrom, selbstermächtigt unterschrieben vom Vorsitzenden der Gewerkschaft Verdi, was mich, nach über 25-jähriger Mitgliedschaft, zum Austritt aus dem assoziierten deutschen Schriftstellerverband bewogen hatte. Eine Prozedur, die übrigens mit mehr lästiger Korrespondenz verbunden ist, als man vermuten sollte.

Wäre es demnach, um den Eindruck der paar Sekunden oder Minuten des Überwältigtseins korrekt festzuhalten, nicht eine ästhetische Notwendigkeit gewesen, auch die gesellschaftskritische Folie mitzuerwähnen? Oder würde ich damit lediglich jener literarischen Etikette gehorchen, die jede epiphanische Naturwahrnehmung tabuisiert, grundsätzlich für verlogen, unangenehm idyllisch usw. hält und statt dessen in automatischem Moral- oder Feinschmeckerreflex längst gefällig gewordene Brechungen als unerläßlichen Zitronenspritzer in der süßen Suppe fordert, damit aber die flüchtige Eigentümlichkeit des Kerngeschmacks bis hin zu dessen Entschwinden konventionalisiert? Gerade auf dem Gebiet der Natur werden Abweichungen von solcher Art Wohlverhalten streng geahndet.

Und da haben Sie schon das Dreieck vor sich, in dem die Hersteller von Literatur balancieren:

Position 1: Das durchaus ungesicherte Erkennen nicht der ursprünglichen Wirklichkeit, aber des umweglos persönlich treffenden Eindrucks.

Position 2: Das verführerische Angebot schon bestehender, bewunderter künstlerischer Lösungen.

Position 3: Die Einebnung des Wahrgenommenen in Gestalt unbewußter Selbstzensur, durch die alles verschlingenden Muster, Klischees einer Instanz, die sich gegenüber jedem Einzelnen zur Gesellschaft zusammenrottet.

Niemand halte sich frei von den Anfechtungen unter Punkt 2 und 3. Das wäre auch nicht gut. Sie bilden ja ein, nein das Reibungspotential, das die stets zur Verflüchtigung bereite Nr. 1 erst funkeln läßt. Ich komme darauf zurück.

Ich bin keine Gedichteschreiberin, benötige aber in meiner Prosa unbedingt Naturmomente wie den eingangs geschilderten, trotz gefühlseinschüchternder Vorhaben wie die des sogenannten Geo-Engeneerings, die das terrestrische Klima und die Oberfläche der Ozeane zum Wohle der Menschheit verändern wollen. Ich arbeite mit puren Naturaugenblicken. Ich hoffe, in kritischer Unerschrockenheit und gedenke das getrost weiterhin zu tun.

Also notierte ich, mich auf nachträgliche Evokationsfähigkeiten verlassend, im vorliegenden Fall: »Aprilmorgenfrost, scharfes Schlagschattennetz, Grün gebremst anschwellend«. Wahrscheinlich wird das zu nichts führen, allenfalls zu einem inständigen Partikelchen in ganz anderem Zusammenhang. Es hat jedoch für mich zumindest eine temporäre verbale Entlastung bewirkt.

Merkwörter wie die eben genannten sind natürlich erprobte Stenogramme, d.h. in der Regel etwas anderes als unser fast säuglingshaftes und wohl besser geheimgehaltenes Lallen des ersten Eindrucks, wie es ein Wickelkind, im Wunsch nach Expression und nur dem Baby selbst und der Mutter verständlich, hervorstößt, bevor manierliche Adjektive daraus werden. Die Notizen dienen indessen der Rekonstruktion der Initialzündung, die eventuell eine irgendwann auf den Leser überspringende werden soll.

Worauf will ich hinaus?

Zunächst auf den alten Adalbert Stifter, erst etwas später auch auf den alten Avantgardisten Ernst Jandl.

»(...) und wenn sich dann die Großmutter in die Begeisterung geredet (...), und wenn sie nun anfing, zärtlich und schwärmerisch zu reden mit einem Wesen, das er nicht sah, und in Worten, die er nicht verstand, aber tiefergriffen instinctartig nachfühlte (...) und nun Alles dramatisch skizzenhaft durch einander reden ließ: da grauete er sich innerlich entsetzlich ab, und um so mehr, wenn er sie nicht mehr verstand, allein er schloß alle Thore seiner Seele weit auf, und ließ den phantastischen Ton eingehen, und nahm des anderen Tages das ganze Getümmel mit auf die Haide, wo er alles wieder nachspielte.«

So Stifter über einen kleinen Hirtenjungen in einfältig dörflicher Welt, der schließlich, ganz am Ende der Erzählung *Das Haidedorf* von 1840, zum großen Dichter geworden ist. Maßgeblich, so heißt es, durch eben diese ewig allein in sich gekehrte Großmutter und ihre Schöpfungen, in denen sie glühend und verwegen Propheten, Helden, Wunder und Verstorbene bruchstückhaft mischt und ihm auf diese Weise den Boden seines gewöhnlichen Lebens unter den Füßen wegzieht.

Was ist damit gesagt? In der ein Vierteljahrhundert später geschriebenen Geschichte *Der Waldbrunnen* wird es durch Parallelität unabweisbar: Hier ist es ein bei Stifter nicht zum ersten Mal auftauchendes »wildes Mädchen«, das einen ebenfalls kleinen, allerdings sehr wohlerzogenen Stadtjungen auf zutiefst verwirrende Weise fasziniert und aus seinen bisher üblichen Gedankengeleisen entführt. Es tut das vor allem durch seine Angewohnheit, im Wald auf einem hohen Stein zu stehen und, die Arme abwechselnd reckend, der Welt folgende Predigten zu halten: »Schöne Frau, alte Frau, weißes Haar, Augenpaar, Sonnenschein, Hütte dein, Märchenfrau, Flachs so grau, Worte dein, Herz hinein, Mädchen, Mädchen, Mädchen, bleib bei ihr, nähre sie, schlafe da, immer nah, alle fort, himmelhoch, Sonne noch, Jana, Jana, Jana.« Einige Zeit darauf ahmt der immer stärker hingerissene Junge, wenn er sich unbemerkt fühlt, in der Waldeinsamkeit ihre Anrufungen gestisch und verbal nach. Zwischen den beiden entsteht eine heftige erotische Anziehung, und Jana, das so attraktiv wilde Mädchen, wird eines Tages nicht allein die Frau des Jungen, sondern Verfasserin mirakulösester Gedichte sein.

Was fällt sofort als Gemeinsamkeit ins Auge?

In beiden Fällen ist ein gewisses Stammeln, ein fragmentarisches Erzählen, ein verstörendes und bezauberndes Negieren der erwarteten Zusammenhänge durch Einsame in einer normalen, die erwachende Begabung dieser Außenseiter verkennenden Umgebung unübersehbar. Beide Male führt es geradezu zwangsläufig zum wirklichen, also in keiner Weise epigonalen Künstlertum.

Die Entwicklung muß selbstverständlich nicht immer so radikal verlaufen. Was für den Dichter, das sei hier vorweg bereits unterstellt, unerläßlich ist, nämlich der segensreiche Kollaps des üblichen Verständigungsnetzes, kann auch, etwa per Kunstwerk in der Rezeption, zu einmaligen Erkenntnisschocks führen, und das ist ja auch schon viel und eine erstklassige Medizin, ob bitter oder schmackhaft.

In Wilhelm Raabes Fragment *Altershausen* von 1911 ist es dagegen alles andere als ein Gedicht, das, der geschilderten Methode verwandt, den Umsturz bewirkt. Diesmal nicht vom Beginn, sondern vom Ende eines Lebens her.

Der in Fachkreisen berühmte, Wirkliche und Geheime Obermedizinalrat und große Seelenarzt Fritz Feyerabend beschließt, einen Tag nach seinem von der akademischen Öffentlichkeit mit irritierendem Pomp begangenen 70. Geburtstag, den gleichaltrigen Schulfreund und seinerzeit hochbegabten Schlingel Ludchen Bock am gemeinsamen Kindheitsort Altershausen gewissermaßen als Spiegel und Stabilitätsgarant seines von den Feierlichkeiten des Vortags etwas derangierten Ichs aufzusuchen. Am Bahnhof des Städtchens hört er gleich zur Ankunft eine greinende Stimme: »Soll ich Sie das nach dem Hotel tragen?« Der erfahrene Arzt sieht in ein »feistes, runzelloses, unbärtiges Greisengesicht«, zwinkernd unter schlaffen Lidern: Symptome, die er bei sich sofort als idealtypische diagnostiziert. Kein Problem, Routine langer Praxis, viele Male erlebt.

Als aber dann dieses lallende, grienende, in jähem Wechsel schluchzende Wesen lacht: »Ich bin ja Ludchen Bock«, zuckt der gestern noch Hochgeehrte zurück und beginnt seinerseits fassungslos zu stammeln. Bald stellt sich heraus, daß Ludchen, der beste Kumpel der Kinderzeit, mit zwölf Jahren auf den Kopf gefallen und dann so stehen geblieben ist in der Entwicklung. Das siebzigjährige Kind spricht zwar in Sätzen, wirft aber die relevanten Kategorien des menschlichen Verkehrs durcheinander, redet den Arzt noch eben vertraulich mit »Fritze« an, dann wieder scheu mit »Herre, Herre«. Es gibt in seinem Kopf keine hierarchische Klassifizierung der Zeiten und ihrer Geschehnisse. Im Gehirn Ludchens sind es die menschlichen Einteilungsmuster selbst, die Ordnungen gesellschaftlicher Verständigung, die zu stottern begonnen haben.

Sie merken, ein gewisser, unvermeidlicher Lord Chandos (1603–1902) geht kurz durch den Raum.

In dem Versierten und Hochgeehrten, der durch das infantile Ludchen in den eigenen Kindheitspunkt und einstmaligen subjektiven Weltbeginn zurückstürzt, kommt eine nie vermutete Umwälzung in Gang. Er stellt sich vor, allein am Fenster des Hotelzimmers stehend, nachdem er dem Lebens- und Erinnerungsschock namens Ludchen keineswegs aus dem Weg gegangen ist, das unveränderte Kindheits-Altershausen würde ihn fragen: »Liebster Freund, haben Sie auch einmal nackt vor dem furchtbaren Geheimnis des Selbstbewußtseins gestanden? Und wenn – wie verhielten Sie sich ihm gegenüber?«

Was dieser Satz, der einen vorübergehenden Zusammenbruch des Ich-Bewußtseins markiert und die Struktur der Erzählung bestimmt, für das moderne Verständnis von Konsistenz und Kontinuität des Individuums, ähnlich wie Ernst Machs »Das Ich ist unrettbar« bedeutet, muß kaum erwähnt werden: Das stabile, zuverlässig abgegrenzte, mit linear fortschreitendem Lebenslauf ausgestatte Ich ist größtenteils eine gesellschaftliche Konstruktion.

»Du da, bin auch da! Auch du da?«, so hört plötzlich, im Strudel der Zeitauslöschung, der international renommierte Mediziner die Turmuhr, noch immer die von früher, achtmal in Ludchens Stammelsprache schlagen. Das schiere, erneuernde Wunder der Anwesenheit in der Gegenwart und sonst nichts, als ungeheuer bescheidene, man darf auch sagen: demütige, wortkarge Bilanz, Essenz und einzige Gewißheit einer in höchstem Maße dekorierten Wissenschaftsexistenz.

Bei Stifter also Kinder, bei Raabe der alte Arzt.

Und noch eine beispielhafte Variation avantgardistischer Impulse aus einem, wie mir scheint, unprogrammatischen Stottern, Lallen, Stammeln jenseits von Expressionismus und dem ihn überspitzenden Dadaismus, nämlich nicht gedacht als aggressiver Akt gegenüber bestehenden Sprachformen durch raffinierte Imitation von Primitivlauten, vielmehr hergeleitet aus einer durchaus inbrünstigen Beobachtung der Wirklichkeit:

Mehr als ein halbes Jahrhundert nach Wilhelm Raabe wurde der amerikanische Dichter William Carlos Williams geboren, mit Eliot und Pound der Dritte im Dreigestirn des überseeischen Aufbruchs ins 20. Jahrhundert, Zeitgenosse Gottfried Benns, wie dieser Arzt, jedoch ohne die Anfälligkeit seines europäischen Kollegen für Rauschgift und Verwesungszustände, auch nicht für die Übermacht abendländischer Bildungsgüter wie seine anfänglichen Mitstreiter und Mitkönige der Avantgarde Eliot und Pound. Er nahm den Weg vieler Erneuerer von der suchenden Einzelperson zum Teil einer Avantgardegruppe hin zum profilierten Einzelgänger.

Sein ganzes Erwachsenenleben lang ging es Williams um die Heilung seiner Patienten (vielfach aus dem Milieu armer Einwanderer mit allen sozialen Implikationen, besonders des Frauenlebens) und gleichzeitig um die Schaffung einer unabhängigen amerikanischen Literatur. Für ihn müssen es kommunizierende Röhren gewesen sein, Leben und Gedicht: Nicht, entgegen seiner früheren und generell der amerikanischen Avantgardethese, Sprache *statt*, sondern Sprache *und* Gefühl.

In seiner Autobiographie berichtet er von der wunderbaren Gelegenheit, als Arzt in den Praxisgesprächen, in denen die Kranken nach den richtigen Wörtern ringen, Zeuge zu sein »wenn die Worte geboren werden (...), er (der Arzt) genießt das Privileg, sie in ihrer unverdorbenen Neuheit in seine Obhut nehmen zu dürfen. Er sieht die Mühe, unter der sie geboren wurden (...). Außer dem Sprecher und uns selbst ist niemand zugegen, wir sind buchstäblich die Eltern dieser Worte. Nichts kann bewegender sein«.

Williams wittert unter den allgemeinen Sätzen das »Gedicht« als die außerordentliche, im »Wust der Worte« verborgene Substanz, das eigentlich von ihnen Gemeinte, das, was sie sagen wollen, aber nicht sagen können, das, was in den Lücken plötzlich sekundenhaft einzigartig und absolut originär aufleuchtet, wenigstens aber ahnbar wird. Unter dem »Wust der Worte«, der gelernten, übernommenen Zusammenhänge das tief verborgen Eigentümliche, Eigentliche, auf das er lauert, das in plötzlichem Stammeln hervorbricht und wieder abtaucht.

Es geht darum, den noch nie zuvor formulierten Augenblick überhaupt wahrzunehmen und dann mit Wörtern zu erwischen. Wie erreicht man das bei der Umsetzung in Literatur? Meist durch Reduktion, Destruktion, Dekonstruktion des zur Gewohnheit Gewordenen. Bei Williams hört sich das in seinem vielleicht bekanntesten Gedicht, zu dem Charles Demuth das berühmte Bild *Number 5* malte, folgendermaßen an: »Die große Ziffer / Unter Regen / und Lichtern / sah ich in Gold / die Ziffer 5 / auf einem roten / Feuerwehrauto / das fuhr / unbeirrt / unbeachtet / mit Schellengeschepper / Sirenengeheul / und Rädergeratter / durch die dunkle Stadt.«

Warum diese älteren Beispiele?

1. Weil wir dazu neigen, ich nehme mich nicht davon aus, länger zurückliegende oder überhaupt vergangene Epochen und ihre Werke zur bequemen Abgrenzung, ja, für naiver, für altmodischer zu halten, als sie tatsächlich sind.

2. Weil man aber den Werken, auch bereits verblichener Hersteller, anmerkt, daß sie einmal Elemente einer Vorhut bildeten, falls sie jemals unkonventionelle Impulse in sich bargen. Sie verleihen dem Opus eine unvergängliche Frische. Denken Sie an die sture, der konkreten Poesie nahe Programmatik von Sannas unermüdlichem Refrain: »Ja, Konrad«, ein Sprachgeländer in der Verlorenheit des weißen Nichts, roter Faden in der Eiswüste aus Stifters Erzählung *Bergkristall*. Wie bewußt der Autor dieses »Ja, Konrad« einsetzt, erkennen Sie daran, daß es in der Erstfassung von 1845 nur dreimal auftaucht, in der Buchfassung von 1853 aber siebzehnmal. Magie des Monotonen! Literatur als Ritual, als zelebrierte Messe aus

Elementen der Realität, ausführlich im *Nachsommer*, auf die Spitze getrieben in der posthum erschienenen Erzählung *Der fromme Spruch*. Ist nicht Jandl (wenn auch wiederum anders als Hubert Fichte in seinen synkretistischen Romanen) ebenfalls geprägt von den Litaneien der katholischen Liturgie? Entscheidend ist, wie man etwas – gerade Uraltes – benutzt und transformiert.

3. Um, bevor ich mit Jandl zur zweiten Form des Avantgardismus komme, die erste zu verdeutlichen: Es ist eine unmittelbar aus dem Leben und seinen bürgerlichen Übereinkünften sich herausarbeitende persönliche, unverstellt individuelle Sicht auf Dinge und ihre Benennungen bis hin, siehe Raabe, zur kindlichen Nacktheit.

Williams versuchte, bei der Kollision mit den Vulgärklischees des Alltags, aus dem Gestammel seiner Patienten das eine, richtige Wort herauszuschmelzen wie »Metall aus Erz«. Der Abendländer Ernst Jandl verfremdete die abgedroschene Umgangssprache, auch die assoziationsübersättigte Kultursprache im zunächst gegensätzlichen Verfahren durch Undeutlichmachen, Verhunzen, Weghören bis zum artifiziellen Lallen von Dialektlauten, durch unerhörte Zusammensetzungen, schrille Konfrontationen. Er hat, ähnlich wie, schon genannt, Expressionismus, Dadaismus und die – für mich zeitweise sehr wichtige – französische Avantgardebewegung des nouveau roman von vornherein auf die bestehende Sprachwelt, also *ab ovo* auf Literatur reagiert.

Man lasse mir das jetzt bitte einmal als vielleicht etwas grobe Unterscheidung durchgehen.

Die entschiedene Methodik, die seiner Arbeit zugrunde liegt, erläuterte Jandl 1967 in Berlin exemplarisch als Anmerkungen zu zwei Gedichten. Zu »wien: heldenplatz«: »Die Spannung ist die Spannung zwischen dem beschädigten Wort und der unverletzten Syntax.« In »amsterdam« die Umkehrung: »Dort wurde das Wort verändert, die Syntax belassen; hier ist (...) jedes Wort der Umgangssprache entnommen, aber zwischen den einzelnen Wörtern besteht eine Beziehung syntaktischer Unvereinbarkeit. Als dritte Kraft wirkt die semantische Komponente, die in einem Schwebezustand gehalten wird.«

Nun Jandls Gedicht »nach hause kommen«, ein Totschlagtitel, der, wäre er nicht klein geschrieben, altbackene lyrische Erwartungen weckt und kaum zu zähmende typische Assoziationsketten in Gang setzt. Überprüfen Sie das jetzt bitte schnell an Ihren eigenen! Nach Hause kommen also: Aus dem Krieg? Von einer Weltreise? Aus dem Krankenhaus? Überraschungen eigentlich ausgeschlossen. Es sei denn, auch das im Grunde alte Hüte, das Haus wäre abgebrannt oder die Ehefrau würde beim Seitensprung ertappt. Hier dagegen:

»öffnet die tür sich / lacht sich entgegen / umarmt sich / küßt sich / springt an sich hoch als das kind / springt an sich hoch als der hund / streichelt sich den kopf / nimmt die tasche sich aus der hand / hilft sich aus dem mantel / erzählt sich was alles war draußen / hört sich zu wie alles war zuhaus«.

Von den Handlungen her der denkbar normalste Eintritt in die eigene Wohnung, ultranormal, extrabanal. Nichts Neues unter der Sonne, die tagtägliche Leier?

Nein, ganz und gar nicht! Durch eine kleine Spiegeldrehung macht Jandl eine Halluzination der Sehnsucht eines Einsamen nach etwas nicht Vorhandenem, schmerzlich Vermißtem daraus. Oder, ebenso denkbar, die Verblendung eines Mannes, der alle pflichtgemäßen Handgriffe familiärer Kommunikation routinegemäß anstandslos ausführt, dabei, obwohl Frau, Kind, Hund zur Stelle sind, aber nur noch sich selbst wahrnimmt. »Semantischer Schwebezustand«, so oder so trostlos, so oder so komisch.

Aus noch schlichteren Wortbausteinen ein zweites Gedicht: »ich bin nicht gerne, wo ich bin / ich wäre nicht gerne, wo ich nicht bin / ach, wäre ich gerne, wo ich nicht bin / wäre vielleicht ich lieber, wo ich bin«.

Ein geläufiges und aufreizendes, hochromantisches und melancholisches Motiv, Pathos inbegriffen, Sie kennen es: Immer dort nämlich, wo du gerade nicht bist, ist das Glück. So weit, so gut und nicht allzu tragisch. Hier jedoch – man könnte einen Essay drüber schreiben, Jandl kommt mit vier Zeilen aus – ist die Fähigkeit zur Sehnsucht erloschen. Das ist das Schlimme. Hätte die Person noch den Wunsch, lieber woanders zu sein als hier, wo sie nicht gern ist, würde sie, mit dieser Option, auch eher ertragen, hier zu sein. So aber, ohne Vision, sind ihr alle Auswege, alle Alternativen verschlossen. Aus dem ehemaligen Wanderermotiv ist eins des Stillstands geworden.

Der Witz an der Sache ist, daß Jandl dieses schwerst Verzweifelte in Gestalt eines einfachen Kinderliedchens, eines spielerischen Abzähl- und Unsinnreims formuliert und es ausgerechnet durch die scheinbar nicht-kongruente, unpassende Form schafft, pfeilgerade ins Herz zu treffen. Die unverhoffte Gestalt ist plötzlich die einzig richtige. Sie macht den Erwachsenen zum hilflosen Kind der Welt und den eigenen Gemütsverhältnissen gegenüber, die Mitteilung des Gedicht zugleich harmloser und: grausamer!

Avantgardismus lenkt den Blick, für jede Generation neu, verschärft auf Form, auf Stil. Um den vorgefundenen, erpresserischen Zusammenhängen des Kollektivs zu entkommen, geht er in Gegenwehr auf Nullpunktpositionen zurück und baut von dort eine Sprachwelt auf. Erneuerung durch Verfremdung, fast immer zunächst als asketische Vereinfachung, Störung literarischer Kulinarik, um eine andere, auch in der trügerischen Schlichtheit kompliziertere Lektüre anzubieten.

Der Schweizer Robert Walser vermutete, eine unseren Lesegewohnheiten wie geschmiert entsprechende Literatur habe den Zweck, von »Differenziertheiten angenehm abzulenken«, und sowohl der Österreicher Jandl wie der deutsche Avantgardist Helmut Heißenbüttel haben einleuchtenderweise Erholung bei den Spannungs- und Konstruktionsritualen von Kriminalromanen gesucht.

Natürlich kann aber auch und gerade Avantgarde vergreisen, d.h. mechanisch werden, wenn ursprünglicher Aufbruch und Widerstand zu fixen, verselbständigten, allenfalls noch variierten Stilfiguren, zu sterilen Techniken eintrocknen. Dann wird Avantgarde zu Lebzeiten historisch. Erschreckend zu bemerken etwa in Robbe-Grillets, des großen Altmeisters des nouveau roman, letztem, vor einigen Jahren erschienenen Werk *Die Wiederholung*.

Er habe sich dem »wie man sagt, sogenannten Experiment verschrieben, nur weil ich Schwierigkeiten hatte, eine Redeweise für mich zu finden«, gestand Heißenbüttel, nicht in einer schwachen, sondern starken Minute. Er wie auch Ernst Jandl haben in späten Jahren den sehr ehrenvollen, ungeschützten Versuch unternommen, die eigene Vorhut, gestatten Sie das etwas riskante Bild, ihres Alters zu sein und die unentdeckten Verhältnisse ihres veränderten Zustands zu erkunden, unmittelbar auf die neuen Lebenserfahrungen zurückgreifend und im Bewußtsein überhaupt erst zu ihnen vorstoßend. In beiden Fällen ist es zu bewegenden Ergebnissen gekommen, auch wenn sie vielleicht diejenigen, die gewohnheitsmäßig nach saisonalen Neuerungen hecheln, damit nicht mehr vom Hocker gehauen haben sollten.

Avantgarde trägt in jeder Epoche ein anderes, oft gegensätzliches Gesicht, ist sich aber in ihrer Ablehnung blind überlieferter Zusammenhänge und Muster, des Käfigs vorgefundener Sprach- und bewußtlos übernommener Sprechzeremonien immer gleich.

Ich glaube, der neunzehnjährige Rimbaud hatte recht, als er verlangte, man müsse absolut modern sein. Nur so nämlich bleibt Sprache ein biegsames, federndes Instrument.

Denn allerdings ist diese Modernität weder zu verwechseln mit deren erstarrter Pose, noch mit einem standpunktlosen à-la-mode-Gebaren des jeweiligen Zeitgeists. Man sollte, und das ist jetzt ein vielleicht etwas hochfahrendes, vor allem aber durchaus nicht leicht zu praktizierendes Lebens- wie Kunstprogramm, seiner eigenen Wahrnehmung und ihrer Differenz zur Gesellschaft auf der Spur bleiben, als einem höchst persönlichen, unverdrossen jugendlichen Avantgardeprozeß, jenseits aller literaturwissenschaftlichen Einordnungen, auf den es nicht allein, aber besonders im Leben eines Schriftstellers im Ernstfall ankommt: ein stetes, individuelles Nachjustieren der einmal für sich entdeckten Formen und Stoffe, möglichst ohne Angst um guten Ruf, Geschäft, Applaus.

Im zweiten Teil soll es darum gehen, wie sich mir unter diesem Blickwinkel meine eigene literarische Entwicklung darstellt.

Bevor ich aber anhand einiger Beispiele auf meine eigene Entwicklung eingehe, möchte ich das bisher Gesagte noch einmal bündeln.

Literatur ist für den Schriftsteller die präziseste Weise,

sich auszudrücken. Genauer: seine spezielle Perspektive auf die Wirklichkeit zu rekonstruieren, indem er den Ab- und Eindruck, den sie in ihm hinterläßt, formuliert, also seine eigene, seinen Erlebnissen entsprechende Wirklichkeit in die Gegenwart stemmt. Er erwehrt sich durch diese, nach seiner Meinung richtigere Welt der kolportierten, in die er hineingeboren wurde und die ihm ständig als eine übermächtige auf der Haut juckt.

Einfach gesagt: Das Schreiben ist seine Art, die allgemeinen Vereinbarungen über Dinge und Gesellschaft zu korrigieren. Er arbeitet an der Errichtung einer Gegenwelt. Die Sprache mit ihren allerdings vielfältigen Möglichkeiten ist das einzige Mittel, das ihm dafür zur Verfügung steht. Sie ist, nach dem vorangestellten Zitat aus Jandls Gedicht, stärker unerwünschten assoziativen Belastungen ausgesetzt als die Töne der Musiker, die Farben der Maler, die Plastiken der Bildhauer, die Figuren der Tänzer, die Gebäude der Architekten.

Denn: Sprache ist zunächst Medium für alle.

Literatur benutzt die Sprache jedoch nicht, wie das üblicherweise jedermann von früh bis spät für seine Zwecke tut. Sie *ist* Sprache.

So weit, so hoffentlich klar. Der Haken ist nur: Diese Sprache ist nicht die der Begriffe. Im Gegenteil. In der Literatur wird deren Pragmatik ständig aufgelöst. Sie zersetzt Pauschalisierungen, Subsumierungen durch Konkretheit. Literatur argumentiert nämlich, wie alle künstlerischen Disziplinen, über die Gestalt, hier: die der Sprache.

Deren Eigenheit ist aber, daß sie flimmert. Sie ist nicht eindeutig wie der Begriff es zumindest anstrebt zu sein, sondern vieldeutig. Sie changiert, und zwar mit Absicht. Die Gestalt vereinfacht die Sachverhalte nicht, sie differenziert, wenn

auch nicht im Sinne von Spitzfindigkeit. Der Autor schärft sein Instrument durch eine Palette von Tönungen, durch das kalkulierte Stiften neuer Assoziationen, gelegentlich durch Dialekt, Kindersprache, altertümliche Wörter, Neologismen und durch das Schaffen ungewohnter Zusammenhänge. Literatur ist nicht praktikabel, sie ist aufsässig, gelegentlich, wenn sie nicht ideologisch angelegt ist, auch gegenüber ihrem Autor.

Im Extremfall kann gerade das Verbiegen der Wörter bis hin zum Lallen der Protagonisten, kann die scheinbare Unlogik ihres Verhaltens die exakteste Kontur um sie ziehen.

Des Schriftstellers Moral besteht zuallererst in dem Versuch, unser Leben und wie wir uns per Sprache darüber verständigen, vor den überall und jederzeit waltenden Klischees zu retten, vor den schrecklichen Simplifizierern, vor Verstümmelung, Verarmung, Verschleiß von Wörtern und Weltbildern – was mich als Prosaistin natürlich speziell interessiert –, d.h. keine allgemein verbindliche Oberfläche zu bieten, statt dessen rigoros subjektiv zu sein. Das jedoch ist etwas, was einem nicht in den Schoß fällt, nur den Kindern und Irren, da sie keine Wahl haben. Erwachsene müssen es wieder lernen und trainieren, immer neu. Das Modewort »authentisch« ist übrigens die Klischeeversion des Gesagten, um nicht zu sagen, dessen Perversion. Auch der O-Ton muß in funktionierende Organisation, muß in poetische Gesamtkonstruktion übersetzt werden.

Die Gesetze der Ästhetik, auch wenn oder gar weil sie kein direktes Fundament in der materiellen Welt haben, sind streng, sowohl ihre objektiven, wie die vom Autor für sich selbst erlassenen. Diese allerdings sind von Fall zu Fall wandelbar.

Das habe ich natürlich nicht alles von Anfang an gewußt! Nichts habe ich gewußt. Ich erinnere mich nur mehr oder weniger dunkel an eine Empfindung, an eine Faszination durch Anblicke und eine Bezauberung durch Geschichten, beides in wehrlosem Überwältigtsein. Von manchen Bildern, die für mich beim Hinsehen lebendig wurden, war ich, bis zur Absence, so gefesselt, daß ich das eigene Weiterleben beinahe vergaß. Ich spreche hier vom frühen Kindesalter.

Umso wichtiger die von anderen nachgelieferte Reportage über die inzwischen abgelaufenen äußeren Geschehnisse. Die Reportage half mir, den Anschluß an die Wirklichkeit wiederherzustellen. Ich kriegte oft, vertieft etwa in das Wassergestrudel um einen toten Katzenkörper, der sich zwischen zwei Steinen im Bach verfangen hatte, nur halbwegs mit, was zwischendurch um mich herum passierte. Meist war es meine Mutter, die dann erzählend den leeren Zeitraum füllte, mich verbal an der Hand durch die Dunkelheit führte und wieder in den sogenannten objektiven Vorkommnissen verankerte.

Sie tat das auf so glänzende Art, daß ich nie das Gefühl hatte, etwas während meiner Trance versäumt zu haben. Spielte sich nicht gerade erst dann, wenn ich ihre Schilderung hörte, durch ihre Erzählung das viel Sensationellere ab? Die Dinge wurden plastisch und aufregend. Die Ereignisse hatten Ordnung und Klarheit, Anfang und Ende, einen spannenden Aufbau bis zum Höhepunkt und immer eine Pointe. Die Menschen waren charakteristisch. Was sie sagten, war bedeutsam wie niemals in meiner Gegenwart.

Drei schockartige Ereignisse, so ist es mir einige Erkenntnisse später erschienen, haben in mir den prägenden Eindruck eines jederzeit möglichen plötzlichen Abrisses der

Wirklichkeit und ihrer notwendigen erzählenden Rekonstruktion befestigt. Ich berichte kurz davon aus einem Grund, den ich dann noch nennen werde:

Mit drei Jahren, wir wohnten damals in Strobl am Wolfgangsee, beobachtete ich so hingerissen, wie die Steine, die ich von einem Bootssteg ins Wasser warf, die Sonnenkringel veränderten, daß ich mich, ohne Wahrnehmung des Übergangs, plötzlich in einem gewaltigen Wogen wiederfand, eigentlich nicht wiederfand, sondern gefunden wurde, kurz vor dem Ertrinken.

Mit gut vier Jahren ging ich allein auf der Strobler Hauptstraße, als schlagartig die Luft bebte und die Erde zu donnern anfing. Ohne Vorwarnung von allen Seiten ein Einbruch eiserner Maschinen in die Dorfwelt, kein Mensch zu meiner Rettung vor dem kreischenden Metall in der Nähe. Die Erwachsenen wußten: Es handelte sich um die diszipliniert hintereinander herrollenden Panzer der amerikanischen Befreier.

Mit sieben Jahren, als ich, ganz wie ich es gelernt hatte, auf dem Bürgersteig wartete, bis die Straße, diesmal eine in Bochum im Ruhrgebiet, frei sein würde zum Überqueren, geriet ich aus dem Stand in eine dröhnende schwarze Kammer, am hellichten Tag. Die Erklärung: Ein Lastwagen war umgekippt und hatte mich, ohne größere Verletzungen zu verursachen, unter sich begraben.

Vermutlich hätte ich, in allen drei Fällen ohne eigene Außensicht, jede Form der Erläuterung akzeptieren müssen. Ich war ja, da sich die Welt als keineswegs kontinuierlich stabile zeigte, darauf angewiesen.

Es gab aber im Laufe der Zeit eine viel gravierende Erfahrung. Wenn ich tatsächlich Augenzeuge eines Ereignisses war, stellte ich nach und nach fest, daß die Realität nicht allein hinter den Ausmalungen meiner Mutter zurückblieb. Sie wich auch stark davon ab. Nur durch den Mund meiner privaten Meistererzählerin erhielten die Dinge Farbe und Dramatik. Was zunächst vage, amöbisch, undurchsichtig und unstrukturiert war, formte sie zu faszinierenden Geschichten um. Ich begann, darauf zu achten, wie sie das machte, wie sie sich bedenkenlos entfernte von dem, was ich selbst beobachtete und erlebte. Sie beherrschte, wie ich später begriff, unbewußt das gesamte Stilisierungsrepertoire gekonnten Erzählens, und ich registrierte dann irgendwann auch, daß ihre mündliche, betörende Literatur Muster über die Wirklichkeit warf, die nicht mit den Vorgängen, wie sie mir widerfuhren, kongruent waren, sondern mein eigenes Erleben deformierten, überstülpten, vielleicht auslöschten oder sogar vorherbestimmten.

Ich begann, mich aufs Zuhören jeder Art von Erzählen, auch auf das anderer Leute, zu konzentrieren, auf die Kniffe und Techniken, um unterhaltsam, spannend, bewegend zu sein. Mehr oder weniger raffiniert benutzten alle, eventuell ohne es zu wissen, solche Tricks, ein offenbar angeborenes Handwerkszeug.

Jetzt war es für mich vorbei mit dem andächtig gläubigen Lauschen, was nicht heißt, die konventionelle Geschichtendramaturgie, die genuine Talente aus dem Effeff beherrschen, hätte für mich damit ihren Zauber verloren. Durchaus nicht, ich ahmte sie ja, da mir die mündliche Begabung dazu eher fehlte, schriftlich nach, nette kleine Textchen über dies und das, für die man mich lobte. Allerdings, so habe ich das einmal ausgedrückt, konnte ich mir, etwas älter werdend, nicht verhehlen, daß mir immer öfter wesentliche Happen bei dieser Methode vom Besteck fielen und unter den Tisch, vielleicht sogar die interessantesten Sachen. Anders gesagt: Wollte ich etwa stets in vorfabrizierten Kleidern herumlaufen, bei denen zwar die Stoffe, aber nicht die Schnitte variierten?

Von der anderen Seite lockten, da war ich längst Gymnasiastin, ohnehin die aggressiven Zweifel der Moderne an Plot, intaktem Ich, eindeutigem Charakter. Kurzum, ich befand mich, ehrgeiziger in meinem Schreiben geworden, in einer Zwickmühle zwischen der Verführungskraft der alten Geschichten und dem Unglauben gegenüber ihrer Wahrheitskraft. Es war eine ratlose Haßliebe.

Erst nach Jahren zeigte sich mir eine erste Lösung, die auch, das ist jetzt nicht zu hoch gegriffen, eine Erlösung war. Ich weiß nicht, ob sich annähernd nachempfinden läßt, was die kurzen Geschichten meines ersten Buches für mich bedeuteten: den von keiner Tradition, keiner Autorität, keinem Einflüsterer diktierten oder zumindest vorgeschneiderten Ausdruck meiner Sicht auf das, was der Fall ist. Den theoretischen Hintergrund resümierte ich ziemlich missionarisch im Klappentext. Hier ein Auszug:

»Das, was wir erleben, sind keine Geschichten, die Realität ist anders. Ohne Zweifel! Das, was sich die Leute im Bus erzählen, hat Anfang und Ende, Höhepunkt und Pointe, das, was wir automatisch tun, wenn uns etwas zustößt, ist das Herausputzen der Details zu Symptomen, das Herstellen einer Geschichte. Was dabei entsteht, ist nicht die Realität. Ohne Zweifel! Das Zurechtlegen jedoch auf Sinn, Zusammenhang, Hierarchie der Fakten hin ist eine Realität, zweifellos. (...) Wir haben eine natürliche Affinität zu den Ordnungsweisen der Geschichten, natürlich, wie unser Bedürfnis nach Sinn, Perspektive, Ziel.«

Die Titel der Geschichten lauteten z.B. *Sechs Gefühle in drei Schritten, Fünf Möglichkeiten in die Stadt und wieder herauszukommen.* Es handelte sich um Seriengeschichten mit einem beträchtlichen Register an klassischen Gefühlen. Ich konnte mir eine breite Skala von literarisch eingeführten Emotionen leisten, weil ich sie zugleich technisierte. Ich sperrte sie demonstrativ in die Mechanik, in die Zwanghaftigkeit eines bestimmten Ablaufs.

Eins war inzwischen klar, und es gilt bis heute: Von der Wirklichkeit konnte ich nur erzählen über unseren Umgang mit ihr. Es ist gerade nicht so – wie manchmal unterstellt –, daß ich das Artifizielle liebe, vielmehr drängt sich mir, ob ich will oder nicht, die Künstlichkeit in unserem zwischenmenschlichen Verkehr und unserem Kontakt mit den Dingen, am wenigsten noch mit denen der Landschaft, blitzschnell auf. Der gemütlichen und immer so grundsympathischen, wenn auch zusammengeflunkerten Idee einer spontanen, echten Natürlichkeit galt es leider für immer Lebewohl zu sagen.

Es versteht sich auch, daß Autobiographien in dieser Hinsicht eine fruchtbare Lektüre für mich waren, und das wegen ihres schlagenden Kontrastes. In sogenannten Lebensgeschichten von eigener Hand wird, mal brillant, mal stoffelig, das ganze Repertoire der tradierten Erzählkunst samt Vernetzung der Motive und ihren vor Kontingenz schützenden Magien eingesetzt. Es soll sich aber, Suggestion und Autosuggestion, um das echte, eigene, unmittelbar wiedergegebene Leben dabei handeln.

Auch in meinem zweiten Roman *Rita Münster* gibt es einen längeren Schnelldurchlauf von Kindheit und Jugend in Einzelepisoden, zwar unter einer anderen, aber ebenfalls alle Details bestimmenden Perspektive. Der Lebensstoff läßt sich erstaunlich leicht zu diversen, jeweils absolut glaubhaften Beweisgängen überreden, auch in spot lights auf einzelne Dinge zu einer Lebensgeschichte aneinanderreihen, wie ich es 2008 in *Die Kleider der Frauen* gemacht habe.

Zunächst aber galt meine gesamte Anstrengung der Konzeption meines ersten Romans, eines größeren epischen Gebäudes also, in dem ich alles, was ich über Literatur und Lebenspraxis bis dahin wußte, unterbringen wollte, genauer: Es sollte eine unauflösliche Durchdringung von Stoff und Form geben, und wirklich, *Frau Mühlenbeck im Gehäus,* dreißig Jahre alt inzwischen, ein Roman, um den ich mit Unterbrechung zehn Jahre gekämpft hatte – auch mittels Durchforstung von Kriminal- und Schauerromanen nach spannungsfördernden Wendungen, vor allem nach wuchtigen Satzanfängen und mit dem Anlegen entsprechender Listen –, *Frau Mühlenbeck* ist trotz oder wegen der beinernen Programmatik Basis aller weiteren Romane geblieben.

Hier der Anfang von Frau Mühlenbecks erstem Monolog.

»Absolute Finsternis ist etwas Grausames. Mein Vater war ein jähzorniger Mann, aber schon damals stellte er uns Kindern, wenn wir uns im Dunkeln fürchteten, ein Öllichtchen ins Schlafzimmer. Das kostete fast nichts und half so (...). Vor nichts, vor keinem Menschen habe ich in meinem Leben Angst gehabt, nur vor dem Dunkeln. ›thcin tfälhcs tetüheb hcid reD‹: ›Der dich behütet schläft nicht‹ stand auf dem Leinentuch entlang dem Bett, in dem wir alle einmal schliefen. Wir alle wußten es rückwärts auswendig.«

Als Abwehr gegen dieses gefürchtete Dunkel, aber auch zur Belehrung entrollt die Frau, eine bravouröse Erzählerin, vor einer jungen Frau in Beispielen ihren Lebensfaden, freilich ganz nach Gusto. Belehrend nicht nur durch bestimmte

Weisheiten, die anekdotisch exemplifiziert werden, sondern vor allem in der Art und Weise, wie sie erzählt: pointiert, zielstrebig, ideologisch. Es sind private Mythen, stilisierte Lebensaugenblicke als weltanschaulicher Beleg, beginnend zur Zeit des Ersten Weltkriegs, über Nazideutschland und Nachkriegszeit bis in die siebziger Jahre. In einem zweiten Erzählstrang berichtet sie, in entsprechender Manier, Ereignisse aus dem Kleinkrieg ihrer Gegenwart.

Dem Zauber und der Diktatur der Mühlenbeckschen Literarisierungen und wundertätigen Lebensreliquien ist die zweite weibliche Person ausgesetzt, die zu ihrer Verzweiflung Lehrerin sein muß, hier im Haus aber eher Tochter oder Schülerin ist.

Ich bin sicher, Sie haben die, nun stilisierte, Grundkonstellation als bereits vorhin in leicht abweichender Besetzung geschilderte, nämlich in ihrer live-Version (Mutter/Tochter), identifiziert.

Die zweite Person kommt ebenfalls in zwei monologisierenden Erzählsträngen zu Wort, die aber gekennzeichnet sind durch organisatorische Hilflosigkeit, anders gesagt: durch eine diffus leidende, unvoreingenommene Offenheit in alle Richtungen. Sie unterliegen jedoch in schrittweisem Prozeß einer Änderung, verengen, verfestigen sich von Kapitel zu Kapitel. Am Ende kann die junge Person, durch Frau Mühlenbecks Schule gegangen, ihren Problemen wie scharf umrissenen Gegnern gegenübertreten, diszipliniert und gerettet für die Normalwelt, in ihrer Eigentümlichkeit aber besiegt, während die mit Urteilen und Parteinahmen gepanzerte Frau Mühlenbeck nur in einer schwachen Sekunde ihre Ichbarrikade öffnet und eine von ihr selbst nicht einkalkulierte Wunde mit schnell unterdrücktem Grausen offenbart. Man weiß nicht recht, ob man ihr zu ihrem Heil mehr wünschen sollte. Begreift sie überhaupt, und wenn, in welchem Maß, wie manisch, über Grille und Spleen hinaus, sie sich ihr Leben zurechtgelegt hat?

Das Problematische an dieser, in vielem bewundernswerten Frau, die plaudernd ihrem Lebenslauf und Charakter so resolute Konturen gibt, ist die über die eigene Person verhängte, allerdings vor Anfechtungen bewahrende Unmöglichkeit zur Alternative, die sich aus der Verwechslung der Wirklichkeit mit ihren Maximen und Interpretationsmustern ergibt. Das wird nirgends resümierend ausgesprochen. Wer es formuliert, allerdings schon fast penetrant, ist allein die Konstruktion.

Nach so viel selbstverordneter Enthaltsamkeit schien mir der Boden für eine schrittweise Annäherung an die archaischen und kultivierten Zaubermittel der Literatur bereitet, ohne deren Zwiespältigkeit, wenn man sie naiv oder einfach routiniert einsetzt, leugnen zu müssen. Mit meinem 2000 erschienenen Roman *Teufelsbrück* landete ich dann sogar bei einer wilden Liebesromanze mit fein gesponnenem Intrigennetz, Dämonisierungen, Idolisierungen, viel Melodramatik, Exotik, Romantik, Mord und Tod, und das keineswegs ironisch oder postmodern, was mich gelangweilt hätte. Eine Frau berichtet einer zunächst anonymen anderen von ihrer großen Liebespassion, nein, sie erzählt indirekt von ihrem dringenden Wunsch, eine erlebt zu haben! Um sich das wirklich einreden zu können, benötigt sie die Zuhörerin. Um die jedoch zu fesseln, muß sie, in unschuldiger Gerissenheit, die erwähnten Erzähltricks anwenden. Sie reimt sich die Wirkungs- und Faktendetails einer erotischen Leidenschaft zu einer Wunderwelt von Unausweichlichkeiten und Wendepunkten zusammen, in der alle umherwirbelnden Fragmente, aller Zufall durch das Gewicht einer unterstellten, zusammenhangschaffenden Bedeutung umgemünzt werden in Schicksal, in Sinn. Mit einigen Umdrehungen: *Frau Mühlenbeck* in üppiger Version.

Und? Verfahren wir nicht alle so, mit anderen, am meisten aber bei uns selbst? Macht nicht genau das die Attraktivität von Liebe, Eifersucht und Haß aus, jener allerstärksten perspektivischen Gefühle, daß ihrer speziellen Beleuchtung, bis hin zur Manie, keine Einzelheit entkommt und plötzlich zum verächtlichen Symptom oder heiligen Beweisstück wird?

Ein Beispiel aus jüngster Zeit, bei dem es um einen Pädagogen geht, der mindestens drei Morde an kleinen Jungen begangen und vierzig mißbraucht hat. Es existiert ein Video, auf dem er, laut Zeitungsbericht »ausgelassen mit Kindern und Jugendlichen herumalbert, ein Mann, der offenherzig lacht«. Ein rundum sympathischer Mensch also. Nun jedoch, mit diesem Wissen im Kopf, erscheine »jede Geste verräterisch, jede Berührung verdächtig, jedes Lächeln verschlagen«. Neue Perspektive, Regimewechsel der Interpretationen. Es fällt dem Betrachter wie Schuppen von den Augen. Was aber wird mit diesen »Belegen«, wenn sich am Ende dann doch herausstellen sollte, daß es sich um einen Unschuldigen handelt?

Eine weitere Entdeckung zu unserem Umgang mit der Wirklichkeit bildet das Zentrum meines Romans *Verlangen nach Musik und Gebirge*, in dem eine gewisse Frau Fesch, die gerade ein Libretto nach einer Novelle von Joseph Conrad verfaßt hat, ihre Lust an Operncharakteren unwillkürlich bei den Gästen eines Hotels in Ostende erprobt. Sie hat Gestimmtheit und Grundmuster für den neuen Bekanntenkreis in das belgische Seebad mitgebracht. Und siehe da! Die Menschen werden, ohne es zu ahnen, zu Figuren nach ihrem Konzept. Im Idealfall nimmt der Leser daran teil und sieht dem Prozeß gleichzeitig zu. Auch Sie kennen den Effekt nach manchen Filmen: Die Fiktion schluckt die Realität, deformiert sie zumindest. Aus dem Spiel sind sie ohnehin nie, die mächtigen literarischen Muster, meinetwegen auch: Kolportagemuster.

Muß man, noch einmal, absolut modern sein, da doch heute ein unüberschaubares Angebot von Stilen herrscht und möglich ist? Ja, man muß. Man muß, um auswählen zu können, gerade deshalb für und vor sich selbst modern sein. Die Frage ist nicht: Was ist das öffentlich Erwartete, Notwendige, Relevante? Sie lautet allein: Was regt mich am meisten auf? Und zwar nicht nach Diktat medialer Informationsquellen, auch nicht intellektuell, sondern bis ins Mark. Avantgardist sein in diesem Sinne heißt, den eigenen Wahrnehmungen, mit dem Rücken zu den mächtigen Interpretationsmustern, den Vor- und Urteilen der Gesellschaft, denen man nicht verfallen und die man nicht nur virtuos verwalten will, auf die Schliche zu kommen und, darauf basierend, sich möglichst ohne Reibungsverlust der selektierten Mittel zu bedienen, die man zur Darstellung dessen braucht. Und das in einem nicht endenden Prozeß, den einem niemand abnimmt, in keinem Lebensalter, ob man dabei zum Außenseiter wird oder es bleibt oder sich zum Liebling von Germanisten und breitem Publikum entwickelt.

Zunächst eine leichte Frage, dann drei etwas schwerere: »falamaleikum / falamaleitum / falnamaleutum / fallnamalsooovielleutum / wennabereinmalderkrieglanggenugausist / sindallewiederda. / oderfehlteiner?« Jandls Frage ist für den Ersten Weltkrieg dank Google leicht zu beantworten. Circa zwanzig Millionen fehlten bei Kriegsende, nach dem Zweiten Weltkrieg waren es rund fünfzig Millionen. Meine Frage: Wäre Jandls siebenzeiliges Abrakadabra, durch Aneinanderschreiben aus nur sieben Wörtern bestehend, wäre diese Mischung aus Salam aleikum – Karl-May-Lesern als arabischer Gruß, der so viel heißt wie »Friede sei mit Euch«, seit der Kindheit wohlvertraut – und Simsalabim, noch politischer, literarisch noch besser oder eventuell literarisch schlechter geworden, wenn Jandl diese Zahlen drangehängt hätte?

»Die glühenden Gefilde, die uns erwarten, hat noch kein Dichter in seinen Träumen geschaut. Da sind (...) rollende Wände aus Feuer und Stahl und ausgestorbene Ebenen, über die rote Gewitter ziehen. Da schwärmen Rudel von stählernen Vögeln durch die Luft, und gepanzerte Maschinen fauchen über das Feld. Und alles, was es an Gefühlen gibt, vom gräßlichsten körperlichen Schmerz bis zum höchsten Jubel des Sieges, wird dort zu einer brausenden Einheit, zu einem blitzartigen Sinnbild des Lebens zusammengeballt.« So Ernst Jünger über seine Empfindungen als Soldat im Ersten Weltkrieg in *Feuer und Blut*. Und ein Jahr früher in den *Stahlgewittern* schreibt er über den Schützengraben, den er in den verheerenden Schlachten an der Westfront kennenlernte: »Eine bis zum Gürtel entblößte Gestalt mit aufgerissenem Rücken lehnte an der Grabenwand. Ein anderer, dem ein dreieckiger Lappen vom Hinterschädel herabhing, stieß fortwährend schrille, erschütternde Schreie aus. Hier herrschte der große Schmerz, und zum ersten Male blickte ich wie durch einen dämonischen Spalt in die Tiefe seines Bereichs.« Usw. usf. 1917, mit zweiundzwanzig Jahren, hatte derselbe Jünger, bereits aktiv wie passiv drastisch an solchen Schrecken beteiligt und kurzfristig nicht im Fronteinsatz, ungeduldig an seine Eltern geschrieben, er müsse »mal ordentlich wieder Pulver riechen, ohne das bin ich nicht zufrieden. Friedenssoldat kann ich auch nach dem Krieg spielen, wenn ich Lust dazu haben sollte«.

Nein, keine Angst, auch im nächsten großen Krieg war er wieder hoch animiert dabei. Das spöttische »Dulce bellum inexpertis« (»Süß ist der Krieg nur für jene, die ihn nicht kennengelernt haben«) des Humanisten Erasmus von Rotterdam setzte Jünger leichthändig außer Kraft. 1944 notierte er, mit inzwischen fast fünfzig Jahren, in seinem Pariser Tagebuch angesichts des Bombardement von Saint-Germain und der Seinebrücken: »Bei Sonnenuntergang hielt ich ein Glas Burgunder, in dem Erdbeeren schwammen, in der Hand. Die Stadt mit ihren roten Türmen und Kuppeln lag in gewaltiger Schönheit gleich einem Kelche, der zu tödlicher Befruchtung überflogen wird. Alles war Schauspiel, war reine, von Schmerz bejahte und erhöhte Macht.« Er selbst, der antikisch Beflügelte, ist dann über hundert Jahre alt geworden, und hätte es bis dahin einen Dritten Weltkrieg gegeben, wäre er womöglich noch einmal losgezogen um, wie es bei ihm heißt, »den Gegner ohne Haß zu betrachten und (...) ihn ihm Kampf aufzusuchen, um ihn zu töten«.

Frage Nr. 2: Ist das politische Literatur eines hochgeachteten Schriftstellers und Helden, zu dem ihn sein treuer Biograph Helmuth Kiesel auf einer Jünger-Tagung erhöhte, und schon deshalb kein »Kriegsverherrlicher«, weil der Kriegsberauschte ab und zu kriegsmüde war und sich nach »Frieden und Muße« sehnte? Ist er als Autor und Soldat – ihm war das archaisierende Wort »Krieger« lieber – eloquenter Zeit- und Augenzeuge der großen Schlachten des 20. Jahrhunderts, der sich der Freundschaft bedeutender Künstler seiner Epoche rühmen durfte, oder ist das Pornographie eines psychopathischen Kindskopfs oder beides oder unpolitischer Schwulst eines Unbelehrbaren oder politischer Kitsch eines zur Empathie krankhaft unfähigen Ästhetizisten?

Dritte Frage: Warum löst Jandls »schtzngrmm«, sein aller Vokale beraubtes, konsonantisch lautmalerisches, nämlich Maschinengewehrsalven durch die Nachahmungsgeräusche kleiner Jungen beim Kriegspielen karikierendes Gedicht über den Schützengraben, nach den Jünger-Zitaten bei aller Finsternis des identischen Sujets ein tiefes Aufatmen, ja, so etwas wie Glück aus?

Letzte Frage:

In einer Schweizer Boulevardzeitung stieß ich unter den »Bildern des Tages« auf den Schnappschuß von einem jungen, aus dem Einsatz in Afghanistan eintreffenden Soldaten, der auf einem amerikanischen Flughafen in die Arme seiner Frau oder Freundin zurückkehrt, in Tarnanzug, Springerstiefeln, Rucksack noch auf dem Rücken. Der offenbar weinende Mann, das rote Gesicht zur Hälfte an ihrer Schulter verborgen, umfaßt die Frau mit beiden Armen ungeschickt, als hätte er es verlernt, wobei die fast noch kindlichen Hände, in der Linken über dem Gesäß der ebenfalls noch sehr jungen Person das abgenommene Camouflagemützchen, sofort ins Auge fallen. Das weibliche Wesen – ein Soziologe würde auf Anhieb diagnostizieren: klassische, über alle Ästhetik hinaus aufgedunsene Unterschichtenfigur –, die bleiche Innenraumhaut hier und da von Hemd und Rock notdürftig verborgen, an den nackten Füßen Badelatschen, umhalst den Heimkehrer. Als Entsprechung zu seiner Kappe hält das Mädchen hinter seinem Nacken die obligatorische Wasserflasche fest.

Es sind zwei eben volljährige, von denen, die es zu verantworten haben, im Stich gelassene Kinder. Das männliche sucht, mit Sicherheit nach ziemlich furchtbaren Erlebnissen aus der Erwachsenenwelt, Vergessen und Trost bei dem voluminösen Teenager. Man hofft als Zuschauer dieser, ich muß gestehen: schwer zu Herzen gehenden Intimität, dringend, diese Braut oder Ehefrau möge beides mit all ihrer weichen Fülle spenden können.

Die Frage lautet in unserem Zusammenhang: Ist dieses Foto, auf dem nichts zu viel, nichts zu wenig ist, bedenkt man, was es impliziert, von irgendeinem »politischen Kunstwerk« an Ausdrucksstärke zu übertreffen oder überhaupt im Gleichgewicht zu halten?

Keinesfalls sollen nun der Reihe nach die Antworten folgen. Es kam mir nur darauf an, das unsichere Gelände, auf das wir uns zu begeben haben, in ersten Umrissen sichtbar zu machen.

Will man das Politische definieren, kann man es nicht einfach gegen das Private setzen. Es ist, schlicht gesagt, wenn wir es auf Literatur beziehen, wohl das, was das in sich kreisende Subjekt zum Kollektiv hin öffnet, also das Private in den gesellschaftlichen Kontext von staatlicher Macht, Kapital, Gesetz stellt und entsprechende Wechselwirkungen aufzeigt.

Wenn wir »politische Literatur« nicht nur neutral klassifizieren, vielmehr als Appell verstehen, erwarten wir außerdem, es möge aufklärerisch, nicht demagogisch zugehen, und wenigstens im Hintergrund bitte sozial-ethisch, selbst bei Schilderungen des Inhumanen. Eine dringend notwendige Ergänzung. Denn was bedeutet, so leichthin verlangt, eigentlich die oft pauschal eingeforderte politische Meinungsäußerung und -bildung, die ja auch chauvinistisch, faschistoid, terroristisch sein kann – und, zumindest in der Zuspitzung, sowieso Definitionssache ist?

Läßt sich mit ideologischen Tendenzen überhaupt politische Mündigkeit fördern, wobei noch die Frage ist, ob sie überhaupt ernstlich gewünscht wird und von wem? Faßt man den Begriff Literatur streng (das soll hier der Fall sein), scheidet alle auch nur entfernt agitatorische Mischung von Stoff und guter oder böser Absicht aus. So gesehen, wäre das Adjektiv »politisch« vor Literatur plaziert, im besten Fall als Überschreitung bloß privater Horizonte, eine Art Gütesiegel, ein Ehrenabzeichen.

In dem 2004 erschienenen Roman *Guantánamo* hat Dorothea Dieckmann (ein Titel, der, zugegeben, spekulierend klingen mag), abweichend vom üblichen Weg, den umgekehrten, den vom öffentlich Bekannten ins Innere beschritten. Man hat der Autorin vorgeworfen, sie habe sich, unstatthaft gegen einen Realitäts-Kodex verstoßend, in die mögliche, aber ausgedachte Gemütsverfassung eines von den USA nach Kuba entführten und dort gefolterten jungen Mannes versetzt. Unstatthaft? Dorothea Dieckmann beschränkt sich konsequent und unsentimental, in der methodischen Radikalität an den nouveau roman erinnernd, auf die imaginierten Sinneswahrnehmungen des Häftlings in allen qualvollen Stadien seiner Behandlung.

Ich selbst empfand das Buch als bemerkenswerten, wenn auch riskanten Versuch, den in Schlagwörtern vieldiskutierten politischen Rahmen mit der informierten Phantasie der Verfasserin aufzufüllen, um aus dem Häftling mit der Kapuze über dem Kopf wieder einen Menschen zu machen. »Ins Innere aber kann nur die Vorstellung schauen, und das einzig zugängliche Innere ist das eigene«, schreibt sie in der Vorbemerkung. Ist dem zu widersprechen?

In den großen Königs-Dramen Shakespeares, der den historischen Stoff, unbesorgt um Fakten, drehte und wendete wie es ihm theatralisch paßte, geht es um die ewige Dynamik der Macht und die winzige Utopie einer besseren Welt. Hätte er missionieren wollen, würden seine Stücke nicht mehr gespielt. Da gäbe es ausreichend anderes, Aktuelleres.

Ansonsten lasse ich das Theater hier weg. Als schlichte Prosa-Autorin verstehe ich zu wenig von seinen besonderen Gesetzen. Und Zolas Roman *Germinal*, derjenige, vielleicht der einzige, der mich auf direktem Wege literarisch über die Mechanismen der Ausbeutung belehrt hat, trifft uns noch heute, weil er am Beispiel des Leidens französischer Bergarbeiter im 19. Jahrhundert mit der damaligen Avantgarde-Technik des Naturalismus künstlerische Suggestionen aus dem Leben einer bis dahin kaum literaturnotorischen sozialen Klasse erzielt.

Der gewaltige Roman *Ich, der Allmächtige* von Augusto Roa Bastos von 1974 (auf Deutsch 2000) über einen gewissen Dr. Francia, Staatsgründer von Paraguay, gewinnt seine Großartigkeit nicht durch das Verdienst, sich dieses national bedeutsamen Themas angenommen zu haben, sondern weil ihn der gefräßige Stoff künstlerisch nicht unterkriegt. Bei Roa Bastos ersteht die diktatorische Anmaßung tief und nachvollziehbar aus der europäischen Bildung – wobei deutlich wird, wie wenig die Lektüre der Aufklärungsschriften vor den fixen Ideen unumschränkter Macht schützt – und den phantastischen Traditionen des Landes, inhaltlich wie formal.

Die Verwurzelung der politischen Aspekte in den Fundamenten der Grundstruktur ließe sich, trotz größter thematischer Verschiedenartigkeit, selbstredend in Romanen wie Joseph Roths *Radetzkymarsch* und Kafkas Parabeln *Das Schloß* oder *Der Prozeß* nachweisen.

Ich bin bei einem vielleicht schon überflüssigen Eingeständnis angelangt. Mich überzeugt Literatur allein dann, wenn sie als Gattung auf ihrem Arbeitsfeld durch nichts anderes zu ersetzen ist und Komplexeres als Information und Analyse, die sich zu einem Resümee konzentrieren lassen, dabei herauskommt. Wobei Brief und Tagebuch als Quelle, nicht als Literatur, ein Extra-Kapitel wären. Politik also nicht als moralisch rechtfertigendes i-Tüpfelchen auf der Poesie und Poesie nicht als Marzipanrose auf der politischen Aussage. Solcherlei Kompromisse sind immer in Gefahr, Betroffenheits-Naschereien zu werden, wenn auch vielleicht bei Kritik und Publikum freundlichst akzeptiert. Mit einem Hauch Poesie überzogen, schmecken die Bitterstoffe ferner Schreckensbotschaften dem Gewissen vorzüglich. In solcher Darreichungsform wird pro Saison viel Katastrophales problemlos verdaut.

Erst kürzlich las ich in einem eigentlich klugen Feuilleton-Artikel, in dem der Verfasser überlegte, warum sich Musik mit der Politik schwerer tue als die Literatur, die Musik habe als Material die begriffslosen Klänge, die Literatur statt dessen »Begriff, Diskurs, Bedeutung, Meinung«. So? Dann wundert es nicht, wenn diesem handlichen Medium empfohlen wird, sich schleunigst mit der japanischen Atomkatastrophe, mit Migration, Patchwork-Familien, Börsenspekulation etc. zu beschäftigen, d.h. das alles menschlich aufzubereiten und literarisch ornamentiert zu illustrieren. Fiktion als der Schmierseifeneffekt für harte Fakten, damit man das schnöde Strickmuster nicht gleich merkt wie die kommerzielle Schamlosigkeit bei den sehr professionell geschriebenen Bestsellern à la *Nippon Connection* schon vor rund zwanzig Jahren. Konsumsympathische Welthaltigkeit. Der Autor als Oberkellner, der sogleich das Gewünschte bringt, spottete einst Siegfried Lenz. Die Nachrichtenagentur als omnipotente Instanz für Selektion und Ranking von Wirklichkeitsfragmenten, ja, für das Schaffen offiziell diplomierter Realität und als literarischer Auftraggeber.

Eine Zwischenbemerkung: Heute gilt fast alles, wenn vom Hersteller lautstark behauptet, als Kunst. Man will schließlich den Begriff nicht mehr so hoch hängen. Nur: Warum sind dann so viele derart scharf auf die Weihe?

Wahrscheinlich hat es nie zuvor so vorzüglich recherchierte Dokumentationen gegeben wie heute. Auf diesem Gebiet kann die Literatur nicht konkurrieren. Ich gestatte mir, einige mir besonders wichtige aus den letzten Jahren zu nennen: Ahmed Rashid: *Taliban*, der in allem, was er über Afghanistan prognostiziert hat, Recht behielt. Nur hörte man nicht auf ihn. Adam Hochschild: *Schatten über dem Kongo* zum belgischen Kolonialismus unter Leopold II., Mathias Bröckers' scharf angegriffenes Buch *11.9.* zu den *Verschwörungen, Verschwörungstheorien und Geheimnissen* jenes Tages, Léon Blums, des französischen Sozialistenführers, Bericht über die Dreyfuß-Affäre, und aus dem Jahr 2010 Maike Albath *Der Geist von Turin* über die Entstehung des Faschismus in Italien und die Entwicklung des legendären linken Verlags Einaudi, der heute Berlusconi gehört. Auch der kleine, heiß diskutierte Aufruf zur Widersetzlichkeit des über neunzigjährigen Stéphane Hessel *Empört Euch*.

Es ist Wirklichkeitsstoff, der mich als Gesellschaftswesen interessiert und zugleich indirekt meine Arbeit beeinflussendes Informationsmaterial, ähnlich wie auf dem Gebiet der Geologie Alexander Stahrs Buch über die Landschaftselemente des Hochgebirges, Hansjörg Küsters Werk über die Elbe und die Kulturlandschaft ihrer Ufer, Christopher Lloyds Kompendium über die Wachstumsgesetze der Pflanzengemeinschaft Wiese oder auch die Sachbücher des Biologen Andreas Weber zu unserer physikalisch-chemischen Vernetzung mit der uns umgebenden Welt. Die Rolle der Natur hat sich in den letzten Jahrzehnten, und es spricht sich allmählich herum, als das Politikum schlechthin erwiesen, von der rasenden Zunahme der Depressionen und Allergien bereits bei Kleinkindern bis zur Klimakatastrophe, vom unrettbar schwindenden Biokapital bis zu den Kriegen um Rohstoffe.

Aber es bleibt dabei, die einen benutzen, völlig legitim, die Sprache wie ein Diagramm zur Veranschaulichung, als Transportmittel für Sachauskünfte zu ihren diversen Stoffen – und das ist viel überzeugender, als wenn sie sich in Poesie versuchen –, die anderen, die Schriftsteller, gebrauchen den Stoff als Brennmaterial für ihre Sprachfabrikationen.

Für den Schriftsteller nämlich ist letzten Ende alles politisch oder gar nichts. Nehmen wir den polnisch-englischen Epiker Joseph Conrad, vormals Kapitän in den südostasiatischen Meeren: Man könnte mit Fug und Recht sagen, er habe neben seinen Seeromanen drei große politische Romane geschrieben: *Der Geheimagent*, *Mit den Augen des Westens*,

Nostromo, dazu die Erzählungen *Ein Vorposten des Fortschritts* über das Wüten wildgewordener Kleinbürger im Kongo und das berühmte *Herz der Finsternis.*

Alles dringend zu empfehlen, das sei hiermit getan!

Aber: Daß *Der Geheimagent* und *Mit den Augen des Westens* zu seinen Spitzenwerken zählen, hängt selbstverständlich nicht in der Hauptsache mit der Brisanz des Themas zusammen, sondern mit der leidenschaftlichen Lakonie und Ökonomie, mit der es ihm hier gelungen ist, den Sensationen seines Stoffs zu Leibe zu rücken. Über Attentate, sei's in London, Rußland oder der Schweiz, können wir auch woanders lesen. So, wie Conrad darüber schreibt, nirgendwo sonst. Sein Meisterwerk *Lord Jim,* in dem es höchst exotisch zugeht und hauptamtlich um die Zwiespältigkeit der menschlichen Seele, erzählt uns im Prinzip aber das Gleiche, Conrads spezielle Sicht auf die Ambivalenz des Individuums, der Gesellschaft, der Dinge.

Das Politische als Stoff taugt, auch wenn oft so verfahren wird, nicht zur Blanko-Nobilitierung bestimmter Literatur. Noch vor zehn, fünfzehn Jahren breitete in Deutschland ein Wort wie »Holocaust« a priori einen wetterfesten Schutzmantel über das Werk, in dem es vorkam. Das Buch konnte miserabel sein, verrissen wurde es nicht. Eine große Versuchung mithin, sich Thema wie Sprache auf unzüchtige Weise zu nähern.

Man kann offensichtlich nicht nur die Literatur für den Stoff, sondern auch den Stoff für die Literatur mißbrauchen.

Hinzukommt: Es fällt uns mittlerweile schwer, an geschlossene Weltentwürfe zu glauben. Um so wichtiger, gewiß, einen Standpunkt zu gewinnen, und zwar durch möglichst kompetente Information. Wer über das Intrigentreiben am Hofe Ludwigs XIV. zu einem kundigen Urteil gelangen will, kann ohne Verluste die Memoiren des Höflings Marquis de Saint-Simon als Fundgrube ausbeuten. Wer jedoch Grimmelshausens Roman *Simplicissimus* in erster Linie als Auskunft über Gebräuche und Bestialitäten des Dreißigjährigen Krieges benutzt, dem entgeht das Unverwechselbare, die Wucht, das Einzigartige des Werks, das, anders als Politik, dem Einzelnen sein besonderes Geschick, ja, die Vollendung eines, seines Schicksal zugesteht.

Mit jedem Tag mehr sind wir katastrophalen, globalen Gleichzeitigkeiten, Nachrichten und Widerrufen der in jeder Wartehalle, auf jedem U-Bahnhof sich breit machenden Medien ausgesetzt, was künstlerische Konsequenzen haben muß. Konzeptuelle, stilistische Folgerungen, die neben die Behauptung grundsätzlich den Zweifel stellen, und nicht mit Sätzen, die, wie die schon erwähnten Maschinengewehrsalven, selbst emanzipierte Leser durch eiserne Gewißheiten zur Strecke bringen.

Politische Kunst ohne Kunst ist logischerweise keine Kunst. Wem das Herz voll von unmittelbar politischem Sendungsbewußtsein ist, sollte zu anderen, effektiveren Mitteln greifen und nicht auf zwei Hochzeiten tanzen wollen.

Politik in der Literatur? Dazu ein älteres und ein zeitgenössisches, wie mir scheint, Musterbeispiel. Das jüngere zuerst. Im Jahr 2000 erschien in Paris (ins Deutsche übersetzt 2006) die Graphic Novel *Shenzhen* des 1966 geborenen Kanadiers Guy Delisle.

Der Ich-Erzähler ist in der durch staatlich geförderte Marktwirtschaft stündlich wachsenden Stadt Shenzhen, einer von Düsternis und lähmender Schematik geprägten Metropole nördlich von Hongkong, eingetroffen, um in einem preisgünstigen Zeichentrickstudio für drei Monate die Produktion einer Serie zu beaufsichtigen. Selbst die Tagesabläufe, auch der seinige, scheinen industriell vorgefertigt zu sein. Eine Hölle des Staatskapitalismus also. Durch den formalen Trick eines konsequent unverständigen Blicks dessen, der die Sprache nicht kennt, gewinnt Delisle der Eintönigkeit jedoch immer wieder überraschende, mysteriöse, auch komische Szenen ab. Dabei nutzt er alle speziellen Möglichkeiten des Mediums zu verblüffenden Konfrontationen und Gleichzeitigkeiten.

Dann, zwischen zwei skurrilen Essensituationen vier Bilder, ein einziges Mal, bei denen es um Polizeifotos von Verbrechern geht. Die durchgestrichenen zeigen bereits Hingerichtete. Neben dem vierten, das im Schattenriß vorführt, wie der Delinquent soeben durch Genickschuß getötet wird, steht: »Laut offizieller Presse wurden 1997 täglich fünf Menschen zum Tode verurteilt. Die Dunkelziffer liegt wahrscheinlich höher. Die genaue Zahl ist in China ein Staatsgeheimnis. Man erzählt sich, daß die chinesischen Behörten in ihrem Zynismus so weit gehen, von der Familie des Verurteilten das Geld für die verschossene Kugel zu verlangen.« Es folgt, wie gesagt, übergangslos eine muntere Einladung u.a. zu Krabbenstückchen in Gelee mit Erdnußsauce und Paprika.

Das Politische: Ein blitzschnelles, nicht weiter kommentiertes, schon bei den Reisteigtaschen vergessenes Zur-Sache-Kommen in einem Verlautbarungston, der nicht zum Übrigen paßt, daher hier der hundertprozentig richtige. Der Vorhang der Harmlosigkeit wurde aufgerissen und sofort wieder geschlossen. Genau wegen dieser Kürze und Beiläufigkeit wird das halb öde, halb kichernde Gesamtgeschehen sein häßliches Nachbild nicht mehr los. Umgekehrt war das monotone Gesamtgeschehen nötig, um die einbrechende Drastik zu erzielen. Eine politische Graphic Novel? Eher nicht, aber eben auch keine unpolitische, sagen wir: eine unter anderem politische!

Im Jahre 1884 erschien der Roman *Pfisters Mühle* des 135 Jahre vor Deslisle geborenen Wilhelm Raabe. Hier sind Industrialisierung und Zupflasterung der Welt noch nicht wie bei dem Kanadier ein fait accompli. Sie werden aber, daran besteht kein Zweifel, den Kampf gegen das vorindustrielle Grün, und damit unlösbar verbundene humane Formen des geselligen Verkehrs, für sich entscheiden. Man hat das Buch einen »Schlüsselroman zu einem Abwasserprozess« genannt. Tatsächlich stützte Raabe sein Werk maßgeblich auf das Studium der Gerichtsakten zu einem Prozeß um die Umweltverheerungen durch die Rautheimer Zuckerfabrik in der Nähe der Stadt Braunschweig sowie auf die eigene Augenzeugenschaft: tote Fische in dem von Chemikalien verseuchten Bach, Ruin einer traditionsreichen Wassermühle mit Schankrecht, wegen des Gestanks ausbleibende Gäste. Ein Prozeß, der im Buch vom klagenden Müller, zugleich Wirt der bis dahin fast utopisch ständeübergreifenden Waldgaststätte, gewonnen wird. Das Wissen um den Einzug einer anderen, Gewinnmaximierung als Priorität definierenden Zeit allerdings, hat ihm seine Lebenskraft, wohl auch Lebensüberzeugungen geraubt. In der Realität ging das Verfahren dann, wen sollte das wundern, ohnehin nicht zu seinen Gunsten aus.

Raabe hebt diesen Fall mühelos vom Episodischen ins Exemplarische, und das nicht allein, weil sein ökologischer Zorn, der die meisten seiner Romane durchbebt, vom melancholischen Wissen um den unaufhaltsamen Gang der Zeit und des Fortschritts getönt ist. Er weitet, bei aller Inbrunst, mit der er sich der untergehenden Idylle annimmt, den Aspekt der Zerstörung, vielleicht das wichtigste seiner Lebensthemen, stofflich und strukturell aus, etwa in der Darstellung der Destruktion eines Außenseiters bis zur Selbstzersetzung, für den der unglückliche Dramatiker Grabbe als Vorbild gedient hat, und in dem alles durchziehenden, von niemandem mit einem Gerichtsentscheid aufzuhaltenden unaufhörlichen Wirken der Zeit. Deren Erosionsattacken bilden das Erzählmuster. Ebenso tut es aber der Widerstand dagegen, das Erinnern, das Notieren, der Vorgriff auf die Zukunft, das Konstruieren einer temporären Räumlichkeit, eines Hin- und Herspringens zwischen den Zeiten.

Und selbst in der sinnlosen, und als das dargestellten Vernichtungsorgie von Raabes blutiger Kriegserzählung *Das Odfeld*, die Ernst Jünger nicht gelesen oder unbeschadet überstanden hat, bleibt die Materie fest eingebunden in die Netze seiner narrativen, seiner Formkünste. Sie sind von verwirrendem Raffinement und erst allmählich gewürdigter Modernität.

Warum liegt mir so sehr daran, das zu betonen? Es gibt für mich drei Ärgernisse. 1. Wir neigen dazu, das Faktische, Tatsachenbezogene, Handfeste und Recherchierbare politischer und gesellschaftspolitischer Themen mit ihrer offiziell zugestandenen Relevanz für deutlich realer zu halten als die normale Belletristik, die »schöne Literatur«, die uns im Vergleich dann doch ein bißchen versponnen und ersonnen, feierabendlich oder gar sympathisch unzurechnungsfähig erscheint. Damit aber wird das wesentlich Literarische, das, was Literatur unersetzbar macht, abgewertet. Man will es gar nicht, aber es geschieht.

Außerdem ist es, 2., ja nicht nur so, daß die Dominanz des politischen Stoffs in literarisierender Aufbereitung – ganz gegen den erstklassigen Ruf politischer Literatur, den Leser aufzuklären – häufig den Vorteil hat, das Böse auf andere abzuwälzen, auf andere Personen, andere Regionen, andere Zeiten, so daß man sich dabei in sacht erschütterter Gemütlichkeit die Füße wärmen lassen oder ein kühles Bier trinken kann.

Sogenannte politische Literatur lenkt uns möglicherweise, 3., von unserem eigenen chaotischen Inneren ab. Auch wenn es um die Präsentation des Schreckens geht, wirkt die Welt im Hintergrund, von dem sich der Terror abhebt, im Prinzip geordnet, vernünftig, durch gerechte Gesetze organisierbar. Das erlöst für die Dauer der Lektüre und möglicherweise lange darüber hinaus von Empfindungen der Sinnleere und irreparablen Sinnlosigkeit des Daseins, besser: Es verdrängt sie.

Literatur als Kunstform, ob mit unmittelbar politischem Inhalt oder nicht, öffnet dagegen den Blick auf verschwiegene, übergangene, auch geleugnete Seiten unserer eigenen Existenz, auf den Diktator, den Fanatiker, den verhängnisvoll zu Exzessen der Abstraktion Fähigen, den Mörder, Opportunisten und manchmal Großmütigen, Tapferen in uns selbst! Auch wenn sie von fremden Individuen erzählt, spürt sie in uns die gut versteckten Möglichkeiten unter unseren zivilen Masken und Grimassen auf. Plötzlich sind wir, ich und du, die geschilderte Person. Es ist unsere Region und unsere Zeit, von der sie spricht.

Deshalb beunruhigt sie nicht an der Oberfläche, sondern in einer dunklen Tiefenschicht, was uns trotzdem letzten Endes wohl tut, weil wir ahnen, daß uns ein viel größerer, auch Dämonien zugänglicher seelischer Raum zugebilligt wird, ein Raum voller Gegensätze, die nicht immer säuberlich getrennt sind.

Es ist das unheroische Reich der Ambivalenz. Ambivalenz

zu entdecken und zu ertragen stellt eine Kulturleistung dar, die allerdings dann doch eine spezifische Heldenarbeit erfordert, auch die, Kompromißbereitschaft über das Pathos der Radikalität zu setzen, die nur in der Kunst, nicht im Leben eine Tugend ist. Wer die »Antinomien das Dasein« (Raabe) nicht leugnet, auch in sich selbst nicht, ist gegen Ideologie, eine der folgenreichsten politischen Mächte, gefeit.

Was aber leider eben doch nicht zuverlässig stimmt. Ich komme darauf zurück.

In Jandls geradezu heraldischem Gedicht über das Rechte und das Linke hat er genau das in unübertrefflicher Kürze und Doppeldeutigkeit zusammengefaßt. Sie alle kennen es.

Im zweiten Teil möchte ich versuchen, meine eigenen Bemühungen um das Politische in der Literatur darzulegen.

»Auf Seite 383 steht, mit Ausrufungszeichen dahinter, ›Die Bundesrepublik Deutschland!‹ Das ist ein völlig neuer Ton bei Ihnen. Ich vermute, Sie fangen eines Tages doch noch an, politisch zu werden.« Mit diesen Worten überraschte mich 1986 ein mir wohlgesonnener *Spiegel*-Redakteur, nachdem er meinen gerade erschienenen dritten Roman *Berittener Bogenschütze* gelesen hatte. Es war nicht mal ironisch gemeint und verblüffte mich sehr.

Tatsächlich tauchte auf der erwähnten Seite die Bezeichnung »Bundesrepublik Deutschland« zum ersten Mal in meiner Literatur auf, von mir im vollen Bewußtsein einer atmosphärischen Störung, beinahe Zerstörung des Textgewebes plaziert, nachdem dieselbe Republik 150 Seiten vorher detailliert, identifizierbar und ziemlich angewidert von einem Zugfenster aus ohne ihren amtlichen Titel geschildert worden war. Ich freute mich, daß der Journalist die verzögerte Bezeichnung als spöttische Bilanz meines Helden Matthias

Roth konstatierte, der mittlerweile, nachdem er endlich sich selbst unter der heiklen Haut des Ästheten entdeckt hat, wieder in seinem heimatlichen Bett lag.

Andererseits erstaunte mich, daß ich nun »politisch werden« würde. Ich hatte mir eingebildet, es schon lange im doppelten Sinne gewesen zu sein.

Trat denn das sogenannte Politische, trotz der zehnseitigen Bestandsaufnahme einige Kapitel zuvor, erst durch das Nennen von Roß und Reiter, BRD, in den Roman ein, durch die Abstraktion also, nicht durch die, stark subjektiv gefärbte, vorausgeschickte Konkretisierung?

Und war denn nicht, seit meinem ersten Buch 1974 samt seinem von mir verfaßten Klappentext klar, daß ich als Kernpunkt meiner Arbeit in den Mikrobewegungen unseres alltäglichen Lebensvollzugs der Neigung zum ideologisierenden Durchmustern der Wirklichkeit nachzuspüren suchte? Reichte das nicht zweifellos tief in die Politik und ihre fatalsten Aktionen? Übersah man das, wenn es nicht ausdrücklich, ja penetrant formuliert wurde?

Eins sei zugeben: Es kostete mich Überwindung, diese für mich selbstverständlichen Weiterungen in meiner literarischen Arbeit begrifflich auszusprechen. Warum? Ich fürchtete, mit politisch zurechtgestutzten Inhalten und dem einschlägigen Vokabular Ambivalenz und Freiheit meiner Sprachwelt einzuengen. Keinesfalls sollte sie von den gängigen Schlagwörtern und Schlachtrufen überbrüllt oder simplifiziert werden.

War ich aber bisher ein unpolitischer Mensch gewesen, bloß, weil Politik in meiner Literatur nicht in der offenbar gewünschten Handfestigkeit auftauchte? Ich habe die Zeit von 1968 in der Universitätsstadt Göttingen und später die

Eskalation um die RAF in Hamburg erlebt. Man hätte sich schon beide Augen und Ohren zuhalten müssen, wenn man von den damaligen Ereignissen unberührt geblieben wäre. Ich sympathisierte mit dem Widerstand gegen bürgerliche Konventionen, stand aber bald den ideologischen Verfestigungen – und zähle gewisse Formen des damals aufkommenden Feminismus dazu – kritisch gegenüber, allerdings auch den, wie man damals sagte »kapitalistischen« Ideologien der Gegenseite.

Wobei ich gestehe, daß jemand, der wie ich allergisch auf Fundamentalismus jeder Couleur reagiert, wahrscheinlich in sich selbst eine Veranlagung zum Ideologischen spürt. Solange er sie bekämpft, ist das keine Schande, sogar ein Vorteil, weil er sich mit den Versuchungen auskennt.

Kurzum, ich fühlte mich, obschon gebürtige Eigenbrötlerin, durchaus nicht uninteressiert am staatlichen Gemeinwesen und seinen Umtrieben, und das spätestens, seitdem ich in der Pubertät Schillers *Räuber* und Büchners *Dantons Tod* mit den teilweise wörtlich aus dem Revolutionskonvent übernommenen Reden gelesen hatte. Nur wußte ich, die Literatur als Gegenwehr, als entschiedene Gegenwelt zu den sich als alleinige Realität aufblähenden öffentlichen Parolen verstand, nicht, wie ich davon hätte schreiben können, ohne Verrat an meinen literarischen Überzeugungen zu begehen.

Hätte sich mir ein Weg gezeigt, wäre er gewiß von mir beschritten worden, denn selbstverständlich ist das Politische für den, der an der Wirklichkeit Anteil nimmt, ein Aspekt, der auf Dauer nicht ausgespart werden kann. So aber sagte ich mir: Wenn du auf unmittelbar wirkende Äußerung und sofortige Änderung bestimmter Verhältnisse aus bist, hättest du Journalistin oder Politikerin werden müssen. Beides wäre schiefgegangen, schon deshalb, weil ich mich viel zu sehr von den Einzelheiten des Konkreten ablenken lasse und viel zu wenig an die Unumstößlichkeit von Fakten glaube.

Natürlich gibt es außerdem die legitime Möglichkeit, sich unabhängig vom Beruf des Schriftstellers, also nicht als Poet in Prophetenpositur (tut man es doch, hebt und aktualisiert diese schlechte Sitte leider in der Regel Renommee und Volkstümlichkeit), sondern als normaler Bürger zur Politik zu äußern, a priori nicht weniger zuständig, aber auch nicht kompetenter als Hinz und Kunz. Die – manchmal allzu gravitätischen, manchmal allzu krähenden – Verlautbarungen von Heinrich Böll, Günter Grass, Martin Walser, Peter Handke waren und sind in der Regel nicht politisch intelligenter, auch nicht dümmer, als die des durchschnittlich wachen Zeitgenossen. Schriftstellern wird nur aufmerksamer zugehört, bisweilen sogar ehrfürchtig. Man überträgt hier künstlerische Autorität unzulässig auf staatsbürgerliche Durchdringungskraft.

Das konnte man etwa feststellen anläßlich der beiden Irakkriege, als hoch geachtete Schriftsteller Unsägliches vom verkörperten Bösen bis zum erforderlichen Atomschlag gegen das von Saddam beherrschte Land kundtaten. Ich komme noch darauf zurück.

Höchste Verehrung aber hege ich für Schriftsteller, die sich, außerhalb ihres literarischen Schaffens, durch Bekenntnis zu einer moralischen Überzeugung und durch verbale Attacken gegen ein gesellschaftliches Unrecht in schwere seelische und leibliche Bedrängnis bringen, etwa Georg Büchner, der wegen seiner Publikationen im *Hessischen Landboten* verfolgt, außer Landes fliehen mußte und in der Schweiz sein kurzes Leben beendete, Victor Hugo, der aufgrund seiner unermüdlichen Angriffe auf Napoléon III. fast zwanzig Jahre fern von Paris, seinem Lebensquell als citoyen, im Exil auf den Kanalinseln lebte, Émile Zola, der sich durch seine berühmte Anklageschrift »J'accuse!« im Dreyfuß-Skandal dem korrupten Staatsapparat und seiner Justiz durch Flucht entziehen mußte.

Ganz zu schweigen von jenen unerschrockenen Künstlern und Journalisten, die für ihre Meinungsäußerungen ins Gefängnis gehen und sogar sterben. Man selbst möchte da lieber, mit weit weniger Mut ausgestattet, stumm werden vor Bewunderung, vielleicht auch Beschämung. Beispiele aus der aktuellen Gegenwart gibt es leider genug.

Ein besonders heikler, auch bewegender Fall, Fall im zweifachen Sinne, ist der des 1859 geborenen Norwegers Knut Hamsun, einer der Ecksteine der literarischen Moderne. Er sei hier, wenn auch nur kurz, wenigstens erwähnt: Der bäuerliche Hochintellektuelle Hamsun, dessen Werke durchgehend und von Anfang an alles scheinbar Homogene, Ganzheitliche, alle Beständigkeiten unserer Existenz untergraben, ein Meister der Ambivalenz, ist in fortgeschrittenem Alter der Naziideologie vom Germanentum (die Auslöschung der Juden ist dabei ausgeklammert) verfallen und hat sie noch nach dem Ende des Zweiten Weltkriegs verteidigt, weswegen man ihm u.a. den 1920 verliehenen Nobelpreis aberkannte. Zusammengefaßt: Ein sehr großer Autor, der die Betonung des Polymorphen der Menschennatur, die in der Antike mit Plutarch begann, in der Renaissance, speziell bei Montaigne fortgeführt wurde, auf eine vorläufige Spitze trieb, und andererseits politische Äußerungen von katastrophaler Beschränktheit tat. Der norwegische Staat bestrafte nach dem Krieg den fast tauben und blinden, bis zu seinem Tod im Alter von 93 Jahren Uneinsichtigen. Er kam zeitweilig, wie Ezra Pound, für seine politischen Verfehlungen ins Irrenhaus, wurde gesellschaftlich geächtet und wirtschaftlich ruiniert. Der Stachel dabei ist die Ideologieanfälligkeit ausgerechnet einer Person, die in ihrer Literatur die politisch von ihr propagierte Mentalität Abschnitt für Abschnitt, Geste für Geste zersetzte. Vielleicht gibt es hier eine paradoxe psychologische Folgerichtigkeit, ein Zufluchtsuchen der Destruktiven in hermetisch geschlossenen Welterklärungen? Weniger kraß ist das für die Dauer einer bestimmten Phase bei Gottfried Benn zu beobachten. Sehen Sie das bitte als bedauernde Korrektur zu dem, was ich eben euphemistisch über das Gefeitsein gegenüber Ideologien gesagt habe.

Literarischer und politischer Verstand sind offenbar nicht von vornherein ein harmonisches Paar.

Müßte ich trotz dieser Bedenken einen dezidiert politischen Roman schreiben, läge der Stoff schon parat. Es würde sich dabei um einen Mann aus einem ehemaligen Luftkur- und heutigen Wintersportort in der Schweiz handeln, der, gegen die Begehrlichkeiten von Gemeinde und Bauwirtschaft, nicht dem allgemeinen Trend zur rasenden Verdichtung gefolgt ist und sich hartnäckig weigerte, die letzte noch existierende, von seinen bäuerlichen Vorfahren geerbte Wiese im Ortskern für eine Überbauung zu verkaufen. Das erfordert in einem Tourismusdorf viel couragierte Dickschädeligkeit, für die man sich schließlich rächte. Als potentielles Bauland wurde die Wiese zur Strafe mit der dafür fälligen sehr hohen Grundbesitzsteuer belegt, die der Mann, ein Vermessungsingenieur mit Frau und zwei Söhnen in der Ausbildung, gar nicht hätte zahlen können. Sein Ausweg: Er ersuchte die Gemeinde, sein Land, auf dem er in einem bescheidenen

Holzhaus lebt, als landwirtschaftliches Nutzgebiet festzuschreiben, was für ihn und seine Familie irreversibel den Verlust von mehreren Millionen Franken bedeutete. Die Gemeinde, von soviel unverständlicher, anachronistischer Zuneigung zur heimatlichen Landschaft verblüfft, stimmte achselzuckend zu. Man könnte die Haltung des Mannes auch antikapitalistischen Heroismus nennen.

Statt darüber einen Roman zu verfassen, habe ich vor einigen Jahren, weil ich mich direkt in die Abstimmung einmischen wollte, für die *taz* (da man in der Schweiz, wo er wirksamer gewesen wäre, einen solchen Bericht nicht wünschte – eine Erfahrung, die ich auch in Deutschland gemacht habe, wenn es ans lokale Eingemachte geht) einen Artikel verfaßt, in dem ich über einen anderen langwierigen Kampf desselben Mannes und seiner Mitstreiter berichtete. Es handelte sich um den Widerstand gegen die Pläne eines deutschen Investors, des vom Projekt begeisterten Gemeinderats und der hochinteressierten Bauwirtschaft des Kantons, auf einer Almwiese samt naturgeschütztem Flachmoor einen gigantischen Hotelkomplex zu errichten, und das mit der Begründung, dadurch das Hotelsterben aufzuhalten.

In diesem Artikel wird ein Projektgegner zitiert: »Die Deutsche Arkona AG plant im Verein mit der auf Massentouristik eingestellten Firma TUI den Bau von zwei großen Hotels, denen ein Hoteldorf angegliedert werden soll. Bisher wurde bekanntgegeben, daß sich das Gesamtprojekt in einer Größenordnung von ca. 800 Betten mit angeschlossenen Restaurantbetrieben und Wellnessbereichen bewegt. Die Fläche, die zugebaut werden soll, würde 60000 Quadratmeter betragen, das sind zehn Fußballfelder.«

Die dort ebenfalls wörtlich zitierte Begründung des Investors für die Wahl Arosas als Ort für sein Bauvorhaben namens »Prosa« klingt dagegen fast wie Poesie: »Erstens fangen bei uns die Namen der Schiffe immer mit A an und hören mit a auf. Zweitens müssen die Namen phonetisch in allen Sprachen der Welt aussprechbar sein. Drittens muß der Name sympathisch im Klang sein, und viertens ist die Rose als solche ein unheimlich gutes Logo. Da die Rose nicht mit einem A anfängt, ist eben ›A-Rosa‹ daraus geworden. Daher haben wir auch die Verbindung zu Arosa hergestellt.«

Im Gebäude meines Romans *Errötende Mörder* (2007), in dem es in der Hauptsache darum geht, wie Geschichten auf das Bewußtsein abfärben, taucht die geplante Unternehmung im Wutausbruch eines Sonderlings während einer Bergwanderung des Protagonisten Jobst Böhme auf. Hier ein Ausschnitt:

»Jobst blieb ganz still. Der Mann sprach wie geistesabwesend, mehr dem Tal als Jobst sein Herz ausschüttend: ›Wachstum klingt gut. Was sie meinen ist ganz dreckig Profit (...), da liegen die Berge, unverrückbar, aber das Unsichtbare, die Teufelsbeschlüsse, verrücken die Berge schließlich doch.‹ (...). ›Berge verrücken?‹ fragte Jobst, zugleich höflich und empört über solche Übertreibungen, auch darüber, daß der Mensch nicht weiterging. ›(...) ein ganzes Hoteldorf mit Zubehör für Wohlhabende mittleren Alters, die hierher kommen sollen zur Körperpflege, zum Koitus mit Komfort und ganz besonders zum Geldrauswerfen. Wenn die Gemeinde könnte, würde sie für jeden Samenerguß dieser Goldesel Steuern verlangen.‹ Der Mann sah in die Ferne, kam von dort langsam zurück und wandte sich Jobst mir zornigem Blick zu, als würde er ihn für eine Sekunde mit den Übeltätern verwechseln: ›Spüren Sie nicht die unsichtbare Macht, die uns würgt? Eine Macht, die hier allenthalben anwesend ist, zwischen Bergwald und Felsen, jedes Murmeltier zählt mit, jede Alpendohle, überall, wo der Boden ein bißchen schief ist, so daß man bei Schnee, falls er sich an die Abmachung hält, runterfahren kann? Riechen Sie nicht den Gestank?‹ (...) Es könnte aber sein, dachte sich Jobst etwas scherzhaft aus, daß gerade dieser Gekränkte von der Gemeinde angestellt war, um, wie die letzten Alpenkühe mit ihren Glocken das Bäuerliche, den folkloristischen Wüterich für Gutgläubige zu geben. Ob er jodeln konnte?«

Wenig später wird der verbitterte Einheimische übrigens einen Totschlagversuch an Jobst Böhme, dem ahnungslosen Wanderer aus dem Flachland, unternehmen. Ein Grund dafür wäre u.a. der, daß er in Böhme einen Sündenbock für alle touristischen Eindringlinge sieht.

Sie haben anhand dieses Vergleichs sicher meine Bemühung registriert, das, was journalistisch als möglichst präzise und objektive Information erscheint, durch den erregten Redner subjektiv einzufärben und es auf diese Weise relativiert in den literarischen Text zurückzubiegen. Ich erinnere noch einmal an Jandls »famaleikum«, das die leicht zu beantwortende Frage des sich als kindlicher Abzählvers gebärdenden Gedichts nicht statistisch beantwortet und gerade so das nicht zu archivierende Wirken durch die Gestalt erhält.

So sichert Literatur gegenüber der puren faktischen oder ideologisch überredenden, stets für bare Münze ausgegebenen Information ihre bescheidene Souveränität. Das mag in der Welt sehr wenig bedeuten, aber sie sollte unbedingt auf ihrer Autonomie beharren, sonst wird sie von konkurrierenden Medien überrollt. Formal kontrolliert eingefügter O-Ton, Montage, Collage sind als Stilmittel dabei nicht im geringsten ausgeschlossen.

Literatur hat sich immer, ich darf daran erinnern, meines Erachtens der Prüfung zu stellen, sofern sie vordringlich ein soziales, ökologisches, politisches Anliegen hat, warum sie es denn nicht unmittelbarer, in Form von Reportage, Kommentar, Interview artikuliert. Mit anderen Worten: Sie darf sich nicht zur eingekleideten Aufgabe, zur ein wenig emotional aufgemöbelten Illustration degradieren.

Ich komme zurück auf mein Problem mit dem Wie der Politik in der Literatur. Wie kann ich das, was mich als politisch interessierter, mitbetroffener Mensch bewegt, literarisch darstellen? Wo ist der Anknüpfungspunkt für das, was künstlerisch meinen Zentralpunkt berührt?

Er zeigte sich mir vor zwanzig Jahren. Am 17. Januar 1991, vierzig Minuten nach Mitternacht, begann auf Befehl des damaligen amerikanischen Präsidenten Bush sen. mit der »Operation Wüstensturm« der Erste Golfkrieg. Ich erinnere mich noch genau an den Moment, als mir ein Photograph an diesem Morgen im Hotelzimmer nach einer Lesung am Vortag in der während des Zweiten Weltkriegs fast völlig zerstörten Stadt Pforzheim davon berichtete. Am Bahnhof las ich die Headline der *Bild*-Zeitung: »Jetzt beginnt das große Sterben«. Die Bilanz lautete am Kriegsende: 100000 Iraker, 100 Amerikaner.

Mich hat wohl kein politisches Ereignis, auch die deutsche Wiedervereinigung nicht, so sehr beschäftigt wie dieser Krieg. Nun bin ich nicht so naiv zu glauben, es könnte jemals eine Zeit ohne kriegerische Auseinandersetzungen geben, und das nicht so sehr, weil gewisse Probleme durchaus nicht anders zu lösen wären, sondern weil weder die Leute aussterben, die Kriege aus nationalen und nationalistischen, wirtschaftlichen und persönlichen Gründen wollen, noch die, die sich von solchen Figuren mit ein paar rhetorischen Handgriffen manipulieren lassen. Stichworte wären: Demokratie, Freiheit, Patriotismus. Vor allem der.

Was mich damals als jemanden, der im Krieg geboren wurde und in den Trümmern des Ruhrgebiets mit der Vorstellung aufgewachsen ist, Krieg sei die allerschlechteste zwischenmenschliche Lösung, so tief betroffen machte, war die schnelle Zustimmung in Europa. Schlangen englischer Teenager vor den Anmeldestellen für Freiwillige und besonders, in vielen hoch erregten Diskussionen von mir erlebt, die beifällige Argumentation der Intellektuellen und vieler von mir geschätzter Bekannter aus dem Bereich der Kultur, die doch wie ich noch Erinnerungen an den Bombenkrieg hatten. Das Schlagwort »Blut für Öl« der demonstrierenden Friedenbewegung, die gewiß ästhetisch nicht überzeugend auftrat, wurde als weltfremd belächelt. Kampf dem Diktator, obschon man Diktatoren in anderen, dem nationalen Interesse dienlichen Ländern unterstützte? Der zögernde »Deutsche Michel«, immerhin Urheber von zwei Weltkriegen, wurde vom Ausland als sentimentale Schlafmütze verspottet.

Wenn damals Leute aus irgendwelchen Gründen zusammenkamen, landeten sie schnell bei diesem Thema. Es schien unausweichlich zu sein, ob man dazu eine Tasse Kaffee oder ein Glas Sekt in der Hand hielt. Kaum jemand war begeistert vom Krieg, kaum jemand lehnte ihn deutlich ab, solange er nicht selbst oder sein Sohn an die Front mußte, und davon konnte ja wohl keine Rede sein. Eins aber stand fest: Das Tabu Angriffskrieg war in Europa trotz der verheerenden Kriegserfahrungen grundsätzlich gebrochen! Krieg war, nicht ganz ohne Bedauern, wieder salonfähig geworden. Die Art, wie man darüber sprach, stellte sich als eine Art Lackmustest für mich heraus, eine chemische Probe des gesellschaftlichen Diskurses oder auch Gequatsches.

Eins war klar: Meinen nächsten Roman würde ich nicht zustandebringen, ohne auf diesen fundamentalen Einschnitt zu kommen, aber nicht, indem ich versuchte, mich in die Seelenlage eines fernen Amerikaners oder Irakers am Kriegsschauplatz zu versetzen. Ich mußte mich mit dem beschäftigen, was mir nah war, mit dem also, was dieser Krieg, genauer: was die Berichterstattungen über ihn mit mir und Menschen in meiner Umgebung anrichteten.

Im 1994 veröffentlichten Roman *Das Taschentuch* ist das alles, samt Vorspiel ab August 1990, in Gestalt tagebuchartig niedergelegter Gedanken der Ich-Erzählerin, der Schriftstellerin Irene Gartmann, nachzulesen. Freilich weiß auch sie nur das – und sie vergißt es selten –, was ihr aus öffentlichen Informationsquellen zugänglich ist. So geht es erst recht ihrem Freund seit Kindertagen, dem Apotheker Willi Wings, verheiratet, zwei Töchter. Willi ist Inbegriff eines im biblischen Sinn Sanftmütigen, friedfertig Fühlenden mit dem Risiko, als Verlierer zu gelten. Sein Bedürfnis nach Versöhnlichkeit reicht so weit, daß er den Argumentationen für den Krieg ein offenes Ohr, wenn auch bekümmertes Herz leiht, weil er bei den ehemaligen Befreiern von der Nazidiktatur die größere Gerechtigkeit vermutet. Er will sich nicht durch unzuverlässige Nachrichten aufhetzen und zerreißen lassen. Es kommt zu einer sehr schmerzlichen Entfremdung zwischen den lebenslangen Freunden Irene und Willi. »Man weiß so wenig Zuverlässiges«, sagte er oft.

»(...) manchmal war mir gar nicht mehr klar, ob ich diesen Krieg mit solcher Hysterie verfolgte, weil ich eine Trennung von Willi und also meiner Vergangenheit, meiner Kindheit,

Jugend und meiner besseren Hälfte fürchtete, oder ob umgekehrt erst unsere wechselseitige Erkaltung ausschließlich durch den Krieg entstanden war«, bedenkt andererseits die Schriftstellerin Irene, die reumütig erkennen muß, daß sie mit ihrem hektischen, zu ihrer Entlastung betriebenen Kriegsgerede dem von einer zänkischen Familie und schwerer Krankheit geplagten Freund etwas zumutet, was über seine Kräfte geht.

Auch wenn ihr bewußt ist, in welchem Maße Willis dringender Wunsch, überall ein Restchen Gutes zu sehen, Gefahr läuft, ins biedermännische Vertuschen und Vernebeln hinüberzugleiten, stellt sich der Roman schließlich als ihr Bemühen heraus, Willis Leben, dessen Fahne nicht eine Nationalflagge ist, vielmehr ein aus Schüchternheit bei Menschenbegegnungen reflexhaft benutztes Stofftaschentuch, nach dessen Tod aus der Erinnerung zu einer liebend idealisierenden Legende in zehn Stationen (Kapiteln) zu stilisieren.

Das Politische auch hier also nicht als Durchstoß zum Direktorzimmer und Schlüssel der Realität. Es ist lediglich einer ihrer vielen Aspekte, nicht mehr, nicht weniger, eine Facette innerhalb meines literarischen Hauptinteresses an unserem Umgang mit der Wirklichkeit – falls man das nicht ohnehin in seinem Wurzelbereich als politisches Interesse begreifen will.

Die Vorgänge der Politik sind für alle, die auf die Information durch die Medien angewiesen sind, in ihrer Verzwicktheit schwer durchschaubar, abgesehen von einigen plumpen Grunderkenntnissen wie denen, daß längst die Wirtschaft und ihre Lobby Politik und Gesetzgebung dominieren. Was ich direkt beobachten kann, sind Art und Weise, wie Auswahl und Interpretation politischer Vorgänge von unseren Absichten bestimmt werden, nicht nur in Talk Shows, wo sich Moderatoren und Teilnehmer polemisch profilieren müssen und als Infotainment.

Auch privat verfahren wir so! Hausfrauen tun es beim Einkaufen, Schriftsteller beim Romanverfassen, Handwerker an ihrer Arbeitsstelle, Sie und ich in Bus, Bar, Boutique und Bett, im launigen Themenmix, den Presse und Fernsehen komponiert haben. Wir prahlen, erpressen, vertreiben uns die Zeit, schockieren und rächen uns mit Nachrichten und Kommentaren unter dem Anschein des alleinigen Sachinteresses. Ein Sachinteresse, eine Betroffenheit, die zweifellos teilweise vorhanden sind, nur nicht so hundertprozentig und durchaus nicht so unschuldig, wie wir uns vormachen.

In einigen Büchern habe ich das ins Groteske getrieben.

Im Roman *Teufelsbrück* aus dem Jahr 2000 umbalzt der junge Arbeitslose Specht, und gerät dabei immer verzweifelter in Rage, eine Frau mit seinen stark misanthropisch getönten Urteilen über die städtische Konsumwelt und die entstehende Zwei-Klassen-Gesellschaft. Würde die Frau ihm aber erlösend den kleinen Finger reichen, fände er das wohl alles nicht so schlimm. Im schon erwähnten Roman *Verlangen nach Musik und Gebirge* von 2004 steigert sich der Jurastudent Roy in seiner enttäuschten Liebe zu orgiastischen Ausbrüchen über die belgische Kolonialpolitik und die vermutlichen Hintergründe des anstehenden Zweiten Irakkriegs, der dann am 19. März 2003 unter Bush jun. begonnen wurde. Bush gewissermaßen als Sündenbock für den erotisch ins Leere Laufenden.

Natürlich, und ausdrücklich betont, geht es dabei um Rollenprosa! Die aber ist beim flüchtigen Leser immer der Gefahr ausgesetzt, als authentische Meinung des Autors mißverstanden zu werden. Wichtig ist: Es handelt sich um stets von den Protagonisten sehr ernst gemeinte Kritik – auch von mir ist sie das im Kernansatz –, nur hat sie sich bei Leuten wie Specht und Roy, aus persönlichen Gründen zur fixen Idee entwickelt, zu der es in ihnen keinerlei widersprechende und Maß haltende Instanz mehr gibt. Sie stürzen sich wie Stammtischbrüder in die Strudel ihrer Erregungen. Mir bot es die Gelegenheit, eigene Erbitterungen zu formulieren, sie aber zugleich durch die mit Wonne betriebenen Exaltationen der Protagonisten zu relativieren und nicht aus der Hülle des Romans herausstechen zu lassen. Im Gegenteil, die Figuren charakterisieren sich durch ihre oralen Entgleisungen selbst.

In dem Kapitel »Der böse Wolfsen oder das Ende der Demokratie« aus dem Roman *Errötende Mörder* von 2007 wird das noch extremer. Hier ist der Ich-Erzähler ein fanatischer Sammler, der sich in seinem Haus verrammelt hat und, zwischen Verfolgungswahn und dem Verdacht, selbst ein Mörder zu sein, zu einem die gesamte Geschichte bildenden kultur- und zivilisationskritischen Verbalexzeß anhebt. Dabei hat der einsame Mann, glaube ich, in allem recht! Nur vergißt er vollständig die fortwährend wirkende Ambivalenz aller Lebensäußerungen und Geschehnisse. Der Leser hat die Chance – hoffentlich trotzdem anteilnehmend und sich teilweise wiedererkennend – zur skeptischen Distanz.

Und doch war vielleicht mein politischster Roman (ohne daß es bemerkt wurde, ohne daß er etwas bewirkt hätte) ein ganz anderer, einer, den ich vor über zwanzig Jahren geschrieben habe: *Die Frau in den Kissen*. Dort wird abwechselnd, mit äußerster Mühe um Fassung ringend, ein Lob- und ein Abgesang auf die Natur gesungen, auf das also, was mir wohl am allernächsten steht und das, wie sich immer mehr herausstellt und ich bereits sagte, mittlerweile in vielerlei

Hinsicht zum größten Problem der Erde, der Gesellschaft geworden ist.

Damit bin ich, fast unbeabsichtigt, zu den Apfelbäumen vor dem Küchenfenster am anekdotischen Beginn meines Vortrags über Avantgarde zurückgekehrt. Als wir vor Jahrzehnten das Häuschen kauften, in dem wir auch heute noch wohnen, meinte der Makler: »Die Bäume müssen als erstes weg. Das schafft Raum!« Wie gesagt, sie warfen am 2. April 2011 ihre Schlagschatten auf die frostige Wiese und werden es, so weit es in unserer Macht steht, ob wir damit Vorhut oder Nachhut sind, ob die selten gewordenen Sorten noch Früchte tragen oder nicht, mindestens bis an unser Lebensende tun.

Wirkliches Leben und Literatur

Wirkliches Leben und Literatur

»Mein Leben war uninteressant. Mein Leben war kahl, still, ereignislos und eigentlich nicht erwähnenswert. Mein Leben floß so dahin, es war ein unauffälliges Vorbeitreiben an ganz kleinen Bewegungen oder an gar nichts, von Anfang an bis zu diesem Moment, bis jetzt, wo ich vor Ihnen stehe, um Ihnen etwa aus meinem Leben zu erzählen.«

Das Zitat stammt aus dem Text *Die neunundvierzigste Ausschweifung* von Ror Wolf aus dem Jahr 2007. Ich möchte es als Motto voranstellen.

Es muß zu der Zeit gewesen sein, als ich neun Jahre alt war. Wenn das stimmt, lebte mein Vater damals schon zwei Jahre wieder mit uns, meiner Mutter, meinem Bruder und mir zusammen, nachdem er als Spätentlassener aus Rußland eines Tages an unserer Wohnungstür gestanden hatte. Noch immer war er für mich ein Halbfremder, noch immer warben wir, er und ich, beide gleichermaßen ungeschickt und reich an Mißverständnissen, um gegenseitiges Vertrauen.

Allerdings kannten wir jeweils einen schwachen Punkt voneinander. Er wußte, wie er meine Unzugänglichkeit partiell überwinden konnte, ich meinerseits hatte ausfindig gemacht, wie seine Kriegsheimkehrer-Strenge zeitweilig aufzuweichen war: Ich verwandelte mich in eine unbefangene, unverstockte Tochter, sobald er uns Kinder aus der städtischen, teilweise noch zerstörten Umgebung, wo auf dem Schutt höchstens Huflattich wuchs und das schmalblättrige Weidenröschen, genannt Trümmerlieschen, also typische Ruderalflora, zum Wandern ins Grüne der Ruhrwiesen entführte.

Umgekehrt hellte sich seine vermutlich unwillkürlich finstere Miene beinahe zärtlich auf, wenn ich für ihn eine kleine, vielleicht zehn Zeilen lange Geschichte geschrieben hatte, irgendwas Ausgedachtes, von verhexten Tieren oder tückischen Königstöchtern. Er lachte dann auch manchmal über einen einzelnen Ausdruck.

Auf einem dieser Gänge zu dritt – Vater, Bruder und ich – marschierten wir gerade hintereinander durch eine Wiese. Ich befand mich, wie in den Bergen bei einer Seilschaft der unsicherste Kandidat, in der Mitte. Plötzlich stieß ich, bevor ich noch denken konnte, einen abscheulichen, mich nachträglich beschämenden Schrei aus. Was ich bisher nur aus dem Religionsunterricht, aus Geschichten und von Bildern kannte, zeigte sich vor mir im Gras in dunklem Glanz, wenn auch nur mit einem gekrümmten Abschnitt des Leibes: die erste echte Schlange meines Lebens.

Ich will unsere überaus vorsichtige Annäherung an das reglos daliegende Wesen hier nicht auswalzen, obschon nur dadurch die Komik der Auflösung nachvollziehbar würde. Kurz, es handelte sich, wie schließlich mein Vater durch das zeitlupenlangsame Anheben mit einem Stock entdeckte, um nichts weiter als eine weggeworfene Schirmkrücke. Erst jetzt kommt mir übrigens die Idee, er könnte das Ganze von Anfang an gespielt haben, um uns die Freude einer Expedition zu machen. Damals schien er genauso geäfft zu sein wie wir Kinder.

Ein läppisches Ereignis also, für mich jedoch wichtig aus zweierlei Gründen. Ich gewann mit seiner Niederschrift im Rahmen eines Preisausschreibens mein erstes Zeitungshonorar, natürlich ein geradezu festlicher Vorgang. Entscheidender, zumindest im Rückblick, war etwas anderes. Als der Vorfall zuhause geschildert werden sollte und man mir dabei gnädig den Vortritt ließ, konnte ich, ohnehin auf das mütterliche Wohlwollen reflektierend, das banale Geschehen durch Gesten, akustische Signale, samt großem Erschrecken, Atemanhalten und anschließender Überraschung so wiedergeben, wie es sich wirklich! wirklich! für mich abgespielt hatte. Denn das war mein unbedingter Wunsch: Die Nicht-Augenzeugin sollte nachträglich unsere Gefühle durchmachen. Ich wollte meine Zuhörerin zunächst in Spannung versetzen, dann amüsieren, am liebsten meine Begleiter noch einmal mit. Und ich selbst, so hoffte ich, würde alles beim Erinnern und Erzählen nacherleben, vielleicht sogar atemberaubender.

Der kleine Tatsachenbericht für die Zeitung aber, der ohne phantastische Zutaten, keine verwunschenen Kröten usw. – das war das mir Neue dabei – auskommen sollte, mußte das Abenteuer ausschließlich über die gleichgültigen Buchstaben auf dem Papier bewältigen, und die konnten nicht so einfach mit den Augen oder Umlautstrichen rollen. Wie ließen sich die Sätze dazu bringen, anhand der äußerlich betrachtet sehr bescheidenen Sensation meine tatsächlichen Empfindungen zu transportieren, anstatt sie auf das dürftige Faktische einschrumpfen zu lassen?

Ich habe einmal einen für kurze Zeit von Galeristen versuchsweise propagierten sogenannten naiven Maler anläßlich einer Ausstellung seiner Gemälde erlebt. Auf die höflich schmeichlerische Frage, wie er es bewerkstellige, so täuschend echt Pelz zu malen, verzog er allen Ernstes das Gesicht zu einer Grimasse der Besessenheit, um den Riesenabstand zwischen Wahrnehmung und ihrer Reproduktion durch gestische Magie zu überwinden. Dann verriet er, die Augen verschwörerisch zusammenkneifend, sein Geheimnis. Er nehme den Pinsel fest in die Hand und sage sich dabei immerzu: »Pelz, Pelz, Pelz, Pelz«, zu jedem hingesetzten Haar, rasend schnell, wie verrückt: »Pelz, Pelz, Pelz, Pelz.« Dann würde es klappen.

So ähnlich verfuhr ich damals wahrscheinlich auch.

Die dreidimensionale Wirklichkeit ohne Gewichtsverlust durch wildes Wünschen ins Flächige pressen? Ja, wenn das möglich wäre! Ob damals schon, schnell zwischendurch gesagt, ganz zart, aber unverschämt am Horizont die Frage auftauchte, wie das, um der Inständigkeit des Berichts willen, denn ohne Flunkern abgehen könne?

Die Sehnsucht nach der Identität von Erlebnis und seinem Bannen in der Darstellung ist, auch wider besseres Wissen, groß, bei Künstlern und solchen, die es nicht sind. Das kreative Reagieren des nicht professionell künstlerischen Publikums studiert man am deutlichsten an Orten, die ästhetisch eingeführte Motive bieten, etwa in Botanischen Gärten und Zoos:

Im letzten Juni habe ich, da ich die Tiere vorher noch nie in natura gesehen hatte, lange vor dem Gehege einer, wie sich im Laufe der zwei Stunden erwies, streng hierarchisch abgestuften Kolonie der Spezies Waldrapp zugebracht. Es handelt sich dabei um große, dämonisch wirkende Vögel, eine Mischung aus Vagant, gefallenem Engel und Indianer. Sie sind fast ausgestorben, eine Rarität also, auf die der Wiener Zoo, der sie züchtet, zu Recht stolz ist.

Während der Zeit des Beobachtens kamen viele Besucher vorbei, Pärchen, junge Familien, Leute in Rollstühlen. Was sie verband, war sicherlich das Interesse an der Fauna, womöglich aber noch stärker der Umstand, daß sie beinahe ausnahmslos mit der Digitalkamera unterwegs waren, die ja ein hervorragendes Notizbuch ist. Auch für die Sechsjährigen schon.

Das mir im Prinzip Bekannte, aber hier in der Häufung dann doch Verblüffende, war zum einen ihre flinke Passage an der Käfigfront entlang, trotz der spektakulären Wesen dahinter. Es verhielt sich durchaus nicht so, als hätte den Gästen der Blick für sie gefehlt. Im Gegenteil! Sie erfaßten das Spezielle in bewundernswerter Geschwindigkeit. Praktisch ohne müßiggängerisch genau hinzusehen, ohne mit der Wimper zu zucken, knipsten sie. Ein blitzschneller, herrischer Reflex. Peng, zack, im Kasten! Keine unnötigen Saumseligkeiten vor dem photographisch ja nun Kassierten. Es wollten schließlich noch die Affen, die Giraffen, die Tiger gespeichert sein. Dort aber ging es durchaus nicht anders zu.

Mit sacht kritischem Argwohn und ein bißchen Neid registrierte ich die Zufriedenheit der Besucher, wenn sie ihr hurtiges Werk absolviert und die Anblicke für später in petto hatten, da ich selbst immer von dem ärgerlichen Gefühl geplagt werde, die Tiere nicht lange genug begafft zu haben.

Wobei man sich im erwähnten Fall natürlich – ein misanthropischer Anflug von Zivilisations- oder eher Kulturkritik – fragen muß, ob sich ein konkreter, persönlicher Eindruck für die häusliche Rekapitulation vor dem Zuschnappen der Kamera überhaupt hat bilden können.

Erhoffen wir vielleicht, einmal abgesehen von der fixen

Idee, wir könnten einen Gegenstand durch ein Foto besitzen, aus einem Gefühl der Wehrlosigkeit, der Ohnmacht vor der unmittelbar machtvollen Realität der Gegenwart, das eigentliche, tiefe, hier zudem bildgestützte Wahrnehmen würde uns durch die zeitliche Verzögerung gewährt als Geschenk unserer Erinnerung? Fast, als wäre dieses temporäre Verschieben, dieses Eindampfen der fleischlichen Realität und Reduzieren um einige Sinnesreize die Bedingung für die Vollkommenheit des Genusses, der zuhause wie ein Geist aus der Flasche steigt?

Dazu die folgende Passage:

»Der Hund kehrte mit dem Ball im Maul zurück zu meinem Vater. Aus allen Tagen waren Hunde unterwegs zu ihm, apportierten eine ganze wie Stöckchen geworfene, wie Kirschkerne ausgespuckte, wie Vögel geflohene, wie Glockenschläge verhallte, wie Kugeln verschossene Welt und legten sie ihm leblos zu Füßen.«

So erinnert sich der Ich-Erzähler im Roman *Das Fenster* des 1970 geborenen Österreichers Richard Obermayr an eine oft wiederholte Szene seiner Kindheit. Abgesehen davon, daß die Stelle leise, aber unüberhörbar Fouqués ziemlich unsterbliche Verse: »Leben ist ein Hauch nur / ein verhallnder Sang / ein entwallnder Rauch nur / und wir sind das auch nur / und es währt nicht lang« als überraschenden Paten aus der Geisterwelt des literarischen Gedächtnisses assoziieren läßt, wird hier verdeutlicht wie, anders als die schnell zerstobene Wirklichkeit, die Erinnerung die dünnen Einzelfäden einer ehemaligen Gegenwart zu einem kompakten Knäuel ballt, zur Wahrheit eines Bildes, das erst in voller Konzentration Eigentum des Erzählers wird.

So, wie aber die Wirklichkeit erst durch die inneren Bilder zu packen ist, sind umgekehrt diese Bilder im Kern auf ein früheres Initialerleben angewiesen, egal, ob der Anteil des Fiktiven am Ende hoch oder gering ausfällt. Zur Veranschaulichung folgendes Zitat aus dem 1920 geschriebenen Roman *Viele Ehen* von Sherwood Andersen, und zwar in der kürzlich bei der Achilla Presse erschienenen Übersetzung von Rainer G. Schmidt:

»Tief in seinem Körper begann ihn etwas wie eine Krankheit anzugreifen. Das Gefühl, das er hatte, ist nicht ganz einfach zu beschreiben. Es war, als würde etwas geboren werden. Wäre er eine Frau gewesen, hätte er vermuten können, er sei plötzlich schwanger geworden. Er saß dort in seinem Büro bei der Arbeit oder wanderte auf den Straßen seiner Stadt umher, wobei er das höchst erstaunliche Gefühl hatte, nicht er selbst zu sein, sondern etwas Neues und ganz Sonderbares. Manchmal wurde das Gefühl, nicht er selbst zu sein, so stark in ihm, daß er plötzlich auf der Straße stehenblieb, sich umblickte und lauschte.«

Erwittern Sie eventuell schon hier, also schneller als der Romanheld selbst (ein mäßig erfolgreicher amerikanischer Waschmaschinenhersteller, langjähriger Ehemann und Vater), wie die umgangssprachliche Diagnose in seinem Fall lautet. Ja? Aber haben Sie jemals, obschon die Infektion eines plötzlichen Verliebtseins von Ihnen allen wahrscheinlich ein- oder auch zehnmal durchgemacht wurde, die Attacke des Eros unter dieser Perspektive gesehen? Ich meine: Erlebt haben Sie es möglicherweise durchaus, aber machten Sie sich den Vorgang je in dieser unkonventionellen Art bewußt?

Eins ist klar. Sherwood Andersen hat sich das nicht ausgedacht, um lediglich angesichts des uralten Themas originell zu sein. Er muß es so ähnlich und auch so wunderlich erlebt haben, wachsamer und ferner von den sich anbietenden Schablonen, als wir es gewöhnlich tun, wenn wir uns mit uns selbst, in Gestalt der guten, alten, im Vergleich fast etwas tantenhaften Liebesklischees über unseren akuten Zustand verständigen. Der Autor hat, entweder von vornherein unabhängig oder irgendwann befreit von den traditionellen Slogans zum Thema Erotik/Sexualität, deren Einbruch ins sogenannte Normalleben geschildert, so, wie es ihm, in seinem Gedächtnis aufbewahrt, widerfahren sein muß, zumindest in den Grundzügen.

Sein Raffinement zeigt sich darin, daß er den Weg zur Erkenntnis aus unerwartetem Winkel aufnimmt, nämlich bevor das Opfer wie auch der Leser sich durch das Label »verliebt« gegen die neuen Wahrnehmungen zur Wehr setzen können. Beide werden nichtsahnend in die Verhältnisse hineingesogen, ehe sie die Chance haben, sich durch ein Resümee zu distanzieren.

Das wäre allerdings die Frage, die ich bekräftigend wiederholen möchte: Gelingt es Andersen, hier nicht allein den Boden zu bereiten für die panerotischen Exkursionen seines Romanhelden, sondern auch, wenigstens einen Teil seiner Leser (um »den Leser« kann es ja in Wahrheit nie gehen, das sind unzulässige, wenngleich beliebte, populistische und literarischen Populismus fördernde erpresserische Pauschalisierungen!), einen Teil seiner Leser also zu überreden oder gar hinzureißen zu dem Aus- und Jubelruf: »Ja, genau so ist es am Anfang einer Liebesaffäre tatsächlich!«, als wären ihnen in diesem Moment die Augen geöffnet für die wirkliche Wirklichkeit des Amourösen?

Und ist das nicht der eigentliche Triumph eines Autors, wenn wir ihm, überzeugt von der Echtheit seiner Mitteilungen, jenseits einer gut recherchierten Reportage, seine unbedingte, ungeschminkte Glaubwürdigkeit in Sachen Leben bescheinigen? Und, weiter gefragt: Ist es nicht eine der höchsten Lesebefriedigungen überhaupt, wenn nicht gar Lesewonnen, wenn das Buch uns durch suggestive Formulierungen die Illusion beschert, pfeilgerade und truglos ins Schwarze unserer eigenen Erfahrungen zu treffen? Diese Vorliebe erklärt auch die zur Zeit schon himmelschreiende Schwäche für Tagebücher, Briefe, Autobiographien, die vielen inzwischen wichtiger sind als das eigentliche Werk, dessen Produktion Schriftsteller doch einzig von anderen, ansonsten gewiß gleichermaßen interessanten Individuen unterscheidet.

Bei den beiden vorangegangenen Zitaten handelte es sich eher um Funde lohnender Zufallslektüre. Mit den folgenden Schriftstellern nenne ich zwei mir besonders teure und eminent gegensätzliche, gerade auch bezogen auf das, was uns hier beschäftigen soll: das hochheikle, feindlich aneinander geschmiedete Paar Wirklichkeit und Literatur.

In seinem 1884 erschienenen Debütroman *Hunger* reißt uns der einunddreißigjährige Knut Hamsun, der hier sein eigenes, biographisch beglaubigtes Elend als junger Mann in Oslo verarbeitet, unwiderstehlich, in einem Gewitter von überaus konkreten Einzelheiten, in die fiebrigen Zustände knapp vorm Verhungern.

Wir werden Zeuge von Nervenzusammenbrüchen, von Halluzinationen körperlichen Leidens und seelischer Auszehrung aufgrund eines leeren Magens. Der junge Schriftsteller kaut Holzspäne und Straßenabfall, lutscht an Steinen und nagt das rohe Fleisch von Knochen, die er für einen angeblichen Hund vom Metzger erbettelt hat:

»Ich wurde zornig, biß heftig in das Fleisch, zerrte ein

Stückchen ab und würgte es mit Gewalt hinunter. Und es nützte doch nichts; sobald die kleinen Fleischbrocken im Magen warm geworden waren, kamen sie wieder herauf. Wahnsinnig ballte ich die Hände, war vor Hilflosigkeit dem Weinen nahe und nagte wie ein Besessener; ich weinte, daß der Knochen naß und schmutzig wurde von den Tränen, erbrach mich, fluchte und nagte wieder, weinte, als wollte mir das Herz brechen, und übergab mich abermals.«

Mit einer gewaltigen Verfluchung Gottes endet die Szene.

Besseren Essens zu lange entwöhnt, muß er aber auch die für Menschen gebräuchliche Nahrung, etwa ein Steak, wenn es ihm endlich als seltene Kostbarkeit gewährt wird, zu seiner Verzweiflung, bevor sein Körper sie nutzen kann, wieder von sich geben.

Ich wüßte nicht, wie man sich als jemand, der überhaupt den Beschwörungen der Literatur erliegt, der Realistik dieses schonungslos zu Entsetzen und Mitgefühl, ja Mitschmerz zwingenden Romans entziehen könnte. Ebenso wenig ist für mich denkbar, daß schiere, unliterarische Wirklichkeit radikaler in literarischer Gestalt auferstehen kann, als es hier der Fall ist. Bis heute sind die Hungerwellen, die das Werk durchbeben, Seite um Seite spürbar.

Und doch heißt es nach seinem »wahnsinnigen Zornesausbruch« gegen den Himmel: »Ach, es war nur Büchersprache und Literatur, was ich hier angebracht hatte, mitten in meinem Elend sogar, es war Geschwätz.«

Man spürt, in dieser Selbsterforschung meldet sich noch ein anderer Hunger, und es ist wohl nicht zu hoch gegriffen, wenn man ihn den des Schriftstellers nach bedingungsloser Wahrhaftigkeit nennt.

Der Mann, kein Zweifel, weiß, wovon er spricht. Er geht

ehrbar um mit seinem Publikum. Er hält uns nicht zum Narren mit schönem Schein und ausgedachter Qual, während er selbst bequem im Sessel sitzt – so wie wir es allerdings tun, wenn wir von seinen Torturen lesen und wohlig ergriffen seufzen: Mein Gott, das ist wahrlich kein artistischer Firlefanz! Hier spricht das Leben selbst.

Und fühlt man sich nicht gleich moralisch ein bißchen besser und ethisch/ästhetisch ein wenig gewichtiger, wenn man, selber zwar biologisch ordentlich satt, so viel, um das leidige Wort zu gebrauchen, »authentischen« Hunger lesend konsumiert und tapfer nachvollziehend durchgestanden hat?

Denn schließlich gibt es ja außer der Freude am wiedererkennenden »Genauso ist es!« auch die ganz andere Lust, nämlich das Vergnügen am wunderbar erholsamen, gelegentlich vulgären »So ist es niemals!« der abstrusen Lebensferne, das Berauschen an hanebüchener Melodramatik, an Spannung durch reißerische oder ausgetüftelte kriminalistische Konstruktion.

Um die es hier nicht gehen soll.

Allerdings doch um eine weitere Form von kompletter Andersartigkeit. Ich denke an deren phantastische Version, und zwar nicht neben oder gar außerhalb, sondern mitten in der Wirklichkeit im Werk des ewig jungen, wenn auch amtlich über achtzigjährigen Ror Wolf. Sie erinnern sich, gleich zu Anfang wurde er mit einer Passage zitiert, die unschuldig in biographischer Redlichkeit vom eigenen Leben zu erzählen beginnt, zu erzählen vorgibt. Er tut es indessen nur, um sich von solcher Treuherzigkeit schnell und abrupt abzustoßen.

Was folgt, ist eine Explosion und Entfesselung von Fakten, die, aus ihren soliden, mäßigenden Verankerungen gerissen, mit unserem überlieferten und träge oder pragmatisch übernommenen Weltbild die Verbindungen zu kappen scheinen.

Auch bei Ror Wolf dreht es sich, durchgängiger als in Hamsuns Werk, häufig ums Essen. Aber nicht um den Mangel an ihm, sondern um ein gewaltiges Verschlingen und Verdauen riesiger Mengen von Nahrungsmitteln. Manchmal scheint das ganze Universum in die Dehnungen und Kontraktionen eines gigantischen Stoffwechselapparats geraten zu sein, so wirbeln die identifizierbaren Fragmente der Realität durcheinander. Alles, was sonst Singularität und Prominenz für sich beansprucht, taucht bei Wolf in Massen auf, Unglücke, Unfälle, Unzucht und Untat, spektakuläre Ereignisse des wirklichen Lebens also, alle im Hunderterpack beim zuständigen Discounter geordert und aus der disziplinierenden Verpackung zu Boden gestürzt.

Das aber ergibt ein grandioses Schauspiel.

Denn gerade in der phantastischen Massierung liegt das Exklusive, das Bestrickende dieser Texte. Es ist die Formwahrheit, die sich in den immensen Häufungen und ihren wechselseitigen Relativierungen offenbart. Sie, die Massierungen sind es, die längst auf fast allen Gebieten, bis hin zu Liebe und Tod, die westliche Gegenwart bestimmen, öffentlich und privat, in den Supermärkten wie in den Tagesschauen, in den Statistiken der Katastrophen und Finanzmärkte. Hierzu führt Ror Wolf beispielhaft die gemütliche Unterhaltung zweier kartenspielender Männer am Rauchtisch vor:

»Die Menschen, die nackt auf den Dächern sitzend vorbeitrieben, von den Strudeln verschlungen wurden, in die schwarzen Strudel hinabgesogen, in die Schleusen hineinschossen, in das schmatzend gefräßige Wasser, nichts? Eine ungeheuer Tiefe, eine bodenlose Tiefe, ein Wasserschwall die Straße hinunter Richtung Bahnhof, nichts? Malzfabrik, Schlachthaus, vorbei, Möbelbrömel, Kohlenpohl, Obstprobst, vorbei, Farbentrost, vorbei, Eisenkahl, vorbei, Bahnhof, nichts? Nichts. Die traurigen Einzelheiten, die Bewohner, nachts bis zu den Schultern aneinandergeklammert, nichts?«

Kaum ist das ausgestanden, folgen die nächsten Katastrophen und Abenteuer. Die eine Einzigartigkeit erschlägt die vorangegangene. Sie wird im Handumdrehen selbst erschlagen. Es geht im Sekundentakt. Man kommt mit den Gefühlen nicht mehr nach. Nur, daß der Autor, so wie es Hamsun mit den schrecklichen Phänomenen des Hungers macht, das alles in die funkelnde Präzision des Poetischen übersetzt, nicht ins Klischee des lange Gesagten, nicht in die üblichen Verständigungen verfallend. Beide durchstoßen die Schwaden des allgemeinen Geschwafels hin zum Originären, zur Welterfrischung, Weltergrünung.

Wirkliches Leben und Literatur: Zu den Erstaunlichkeiten ihres Zusammenspiels, und nur aus ihm entsteht Kunst, gehört das Faktum, daß, man täusche sich nicht, in Wolfs Texten prinzipiell ebensoviel sogenanntes Herzblut zu entdecken ist wie in Hamsuns Romanen, und in dessen Werken wiederum nicht weniger Kühle artistischer Kalkulation als in Wolfs Katastrophen- und Wortgetümmel.

Eins versteht sich: Die Arbeiten der beiden so unterschiedlichen Autoren kann man nicht in einer Inhaltsangabe oder Interpretation zusammenfassen. Sie sind niemals, sind durch nichts abzukürzen. Künstlerische Literatur läßt das nicht mit sich machen. Das erhöht ihre Chancen in der ungeduldigen Realität zeitgenössischer Verhältnisse keineswegs, weder in der bürgerlichen noch in der universitären Praxis. Da muß man sich nichts vorschwindeln.

Ich möchte unser Thema deshalb ein bißchen drehen und erläutern, weshalb ich Literatur brauche. Also keine Antwort auf die Frage: Warum schreiben Sie?

Die viel interessantere lautet ja: Warum sollte man überhaupt noch Bücher wie die von Hamsun und Ror Wolf, von Raabe und Joseph Conrad, Nabokov, Robert Walser lesen, Romane von Generationsgenossen, von sehr alten Dichtern und von jüngeren?

Sie alle müssen prinzipiell und vor allem dann und wann konkret in der Lage sein, sich durchzusetzen gegen die scharfe Konkurrenz der komfortablen, wenn auch manchmal kurz erschütternden Unterhaltung durch elektronisch dargereichte Weltnachrichten, gegen die üppige Realistik wüster Industrie- und wilder Sommerlandschaften hinter dem Zugfenster des Reisenden, der noch eben von schönen, komplizierten Verhältnissen las, aber plötzlich hochsieht und feststellt, daß er die unendlich kraft- und lebensvolle Wirklichkeit da draußen versäumt.

Können solche Bücher sich noch behaupten gegen die verführerische Kostümierung und Möblierung auch des vom Autor Nicht-Geschilderten oder wohlweislich nur Angedeuteten in ihren Verfilmungen? Gegen Filme überhaupt? Die meisten Leute lesen inzwischen beim Zugfahren ja durchaus keine Bücher, nicht mal Zeitungen mehr, sondern sehen auf ihren Laptops Filme an. Literatur im engeren Sinn steht noch in einem weiteren Wettbewerb:

Vor ein paar Jahren erzählte mir ein gesprächiger Taxifahrer, während er mich durch das nächtliche Buchmessenfrankfurt kutschierte, er lese viel, er liebe Bücher leidenschaftlich, sie seien sein Leben, es sei unglaublich, was er beim Warten lesend verputze. Sind Bücher mein Leben? fragte ich mich daraufhin im Stillen. Er nannte keine Titel, nur Autoren, die er einmal in seinem Wagen gefahren hatte. Am Hotel wolle er mir das Buch verraten, das für ihn das wunderbarste, packendste, großartigste des Jahres gewesen sei. Ich war gespannt, und er hielt Wort. Der Titel lautete *Wie gewöhne ich mir das Rauchen ab?*

Bereits zwischen 1800 und 1811 erreichte der Ratgeber für Jung und Alt *Noth- und Hilfsbüchlein für Bauersleute*, in dem der Verfasser Rudolph Zacharias Becker u.a. den lebensnahen Vorschlag macht, einen erfrorenen Menschen vorsichtig »wie einen gefrorenen Apfel« aufzutauen, da er vielleicht nur erstarrt sei, eine Auflage von einer runden Million. Die Werke der deutschen Klassiker wurden, das zum Vergleich, nur einige hundert Mal verkauft, und Goethes Gedichtsammlung *West-Östlicher Diwan*, man kann es nicht oft genug sagen, war trotz bescheidener Startauflage Anfang des 20. Jahrhunderts noch immer in der Erstausgabe erhältlich.

Das ist in einer Zeit, in der Erfolg und eng damit verbunden die Werbewilligkeit der Verlage mehr als alles andere zählen, besonders erwähnenswert. Man muß da gar nicht überempfindlich zwischen kommerziellem und feuilletonistischem Erfolg differenzieren. Die Geschichte ist nämlich alt, wie man sieht, nachgerade zäh, was in gewisser Weise tröstlich ist. Es sollte Pessimisten der Gegenwart daran hindern, allzu schnell Buch und Flinte ins Korn zu werfen.

Warum, noch einmal, brauche ich, brauchen Sie aber im und zum wirklichen Leben Literatur?

Romane schlagen einen Kreis um uns, sie ziehen einen entschiedenen Horizont. Das rotierende Kaleidoskop, der Hagel der Neuigkeiten und Kolportagen, des Zufälligen und Belanglosen erstarrt plötzlich zu Bedeutsamkeit. Wir betreten ein

Gebäude. Obschon Konstruktion und Gesamtarchitektur überaus wichtig sind, genügt bei guten Autoren oft schon die erste Romanseite oder irgendeine, willkürlich aufgeschlagene, um uns, neben animierender Fremdheit, die Luft einer vorübergehenden Heimatlichkeit atmen zu lassen, einer Weltbeleuchtung, in der man für eine Weile wohnen kann, deren Bildern, Nerven, Logik man sich anvertraut. Wir werden angeweht von einem fremden, vertrauten, uns einleuchtenden Geist. Es gibt im glücklichsten Fall einen Kurzschluß wie in der Liebe zwischen zwei Individuen, die bisher ganz gut ohne einander ausgekommen sind und sich auf einmal fragen, wie sie das so lange geschafft haben. Noch in den scheinbar beliebigsten Abschweifungen und düstersten Assoziationen spüren wir eine Bezauberung, eine Zuversicht, die Fatalität des Lebens durch deren Formulierung besiegen zu können.

Lange Zeit waren für mich Inbegriff eines das alles spendenden Romanbeginns die vier melancholisch entrückenden Wörter der älteren Übersetzung von Cesare Paveses *Der schöne Sommer*. Sie lauten »Damals war immer Festtag.« Klingt das nicht beinahe wie das »Es war einmal« der Märchen, nur ein bißchen vom Leben verwundeter, weniger behäbig, wenn auch sofort eine große Friedlichkeit verbreitend?

In Anlehnung an jenes schwer faßliche, erinnerungssüchtige »Damals« beginnt mein 1983 veröffentlichter Roman *Rita Münster* leicht stotternd mit dem Satz: »Da, damals, die kleine alte Frau im grellen Gras.« Und greift es zu Anfang des zweiten Teils noch einmal, nun weniger hektisch, auf: »Damals, im November ...«

Denn natürlich möchte Literatur mit dem, was uns das Geläufigste ist, mit Sprache, das, was wir alle erhoffen, wenn wir uns erinnern und erzählen. Sie will das Flüchtige festhalten, will es rekapitulierend intensivieren, das Gold, die Dramatik, ja die Unendlichkeit des bereits Geschehenen zutage fördern und ebenso des noch Möglichen, gerade erst Denkbaren. Nicht als Abklatsch, nicht als Reportage oder Dokumentation, sondern in Bildern, Figuren, in Vieldeutigkeit und dem Geheimnis, das in jeder Gestalt unauflösbar, unsezierbar, jeder Analyse widersetzlich, verborgen ist.

Literatur erfrischt und verfeinert unsere Sinne durch eine Ermutigung. Sie zeichnet uns nicht allein Formen des Hörens, Riechens, Schmeckens vor, jenseits der uns umgebenden Abgedroschenheit. Sie beweist uns: Nicht eigentlich unsere Wahrnehmungen sind eingeebnet in Pauschalisierung, nicht die Dinge sind verbraucht. Nur die Vereinbarungen, die von Milieu und Medien gestatteten Kürzel, die kollektiv erlaubte Verständigung darüber ist es.

Es ist der berechtigte Größenwahn des Kunstwerks, die Jugendlichkeit einer ursprünglicheren Welt wiederherstellen zu können. Literatur will nicht die Wirklichkeit einholen. Darum geht es durchaus nicht. Erst recht möchte sie nicht der ohnehin in Begriffen und Slogans immer beängstigender eingeschnürten Wahrnehmungswelt zugunsten einer Literarisierung den Garaus machen. Sie will stattdessen durch Stilisieren, durch Konzentration und Verfremdung beantworten, reflektieren, erwecken.

Wohl kaum jemand hat treffender und hochfahrender formuliert, was mit dem Leser angesichts der richtigen Wörter geschieht als Vladimir Nabokov in seiner Autobiographie. Er wählt dafür das Bild eines auf sein Spiegelbild zustürzenden Blattes. Ich bitte Sie, es optisch aufmerksam nachzuvollziehen:

»... den Bruchteil einer Sekunde fürchtete man, das Kunststück würde mißlingen, das geweihte Öl sich nicht entzünden, das Spiegelbild würde das Blütenblatt verfehlen, und dieses müßte wegtreiben. Aber jedesmal fand die zarte Vereinigung statt, magisch genau wie das Wort des Dichters, das seiner eigenen Erinnerung oder der des Lesers auf halbem Weg entgegenkommt.«

In solch glücklichem Fall erscheint uns die Welt, erscheinen wir uns selbst in unserem Empfinden nicht verschwiemelt, verstümmelt, aufgedunsen durch nivellierende Alltäglichkeit, die alles zu Pragmatik und Beiläufigkeit, zu funktionierender Automatik degradiert. Vielleicht ist die aufgezwungene Durchschnittlichkeit das paradoxe Drama unseres Daseins, da sie uns sowohl den Höhenflug wie das Dämonische abspricht, das Herzerhebende und die Abgründe, alles das, was unsere eigentliche Würde ausmacht. Zum Trost sollen wir uns an verlogener Medialexotik besaufen, die nichts mit unserem Leben zu schaffen hat.

Die Sprache der Literatur dagegen – wer es zu müssen glaubt, nenne sie distanzierend »Literatur im emphatischen Sinn« – lotet mit kräftigem Suchscheinwerfer unerschrocken die von uns fast vergessenen Winkel und Gänge von Verstand und Gefühl aus. Sie spricht uns selbst in jener »zarten Vereinigung« wie Nabokov es nennt, aus. Sie formuliert uns. Utopisch, nicht naturalistisch.

In ihren Protagonisten zeigt sie uns Stellvertreter, die alle ihre Freuden, Leiden, Prüfungen für uns durchstehen, mit denen wir uns identifizieren oder von denen wir uns abstoßen können, beides zu unserer Erhellung. Unser so oft mit dem Kollektiv verschwimmendes Ich konturiert sich dabei. Stirbt der Held, dürfen wir überleben, allerdings verändert, vielleicht vollständiger als vorher.

Literatur macht aus der Gesellschaft wieder Einzelwesen. Sie zeigt mit dem Finger auf den Leser. Sie ist höchstpersönlich, in geheimnisvoller Weise jeweils auf ihn gemünzt.

Wie gesagt, ich meine hier den glücklichen Fall, von dem Nabokov spricht.

Möglich, daß Romane auf diese Art trügerische Legenden des Individuums herstellen. Aber leben wir nicht auch von dem Glanz, von der Musik solcher Idealbilder, von Überhöhungen und heroischen Verfinsterungen und füllen uns gern eine Weile in solch berauschende Umrisse? Die Literatur, es wurde schon angedeutet, braucht die Wirklichkeit, aber die Wirklichkeit benötigt ebenso den Roman.

Literatur erleichtert unsere prinzipielle, wenn auch oft überdröhnte Einsamkeit, ja hebt sie gelegentlich auf, indem sie unser Einsamsein, unser uneingestandenes Außenseitertum beschreibt. Sie stellt uns die präzisen Schilderungen unseres Zustands als Vorschläge zur Seite. Und: Sie erklärt uns den Nebenmann als Mitmenschen. Unter der abweisenden, rätselhaften Front des Fremden macht sie ihn als ähnlich Fühlenden kenntlich und verständlich.

Sie weiß stets: Ich bin nicht die Wirklichkeit und will es nicht sein. Fabriziert sie nicht aber deren Modell? Ein Versuchsmodell, eine in Sprache übersetzte Rekonstruktion, wenn sie, und sei sie noch so fragmentarisch angelegt, plant, gliedert, Ordnungen setzt und Motive erfindet?

Romane vermitteln, und vielleicht zieht uns das am stärksten an, das Gefühl von Kontinuität, von Bedeutung, von: Sinn! Sinn unseres persönlichen Lebens, Sinn der Geschichte und gesellschaftlicher Entwicklung. Sie liefern ebenfalls einen Maßstab für deren Nicht-Sinn. Und auch wenn sie das alles beiseite zu fegen versuchen, bieten sie, noch durch gezielte Negation, Haltegriffe im Chaos totaler Zufälligkeit und also die kurze Versöhnung mit den Konditionen unseres Daseins.

Denn: Wer sagt uns, wenn nicht die Literatur, wenn nicht die Kunst generell, wo etwas überhaupt anfängt und wo es endet?

Allerdings behauptet sie nicht: Sie schlägt vor!

Ich war dreizehn Jahre alt, als wir aus dem heimatlichen Ruhrgebiet in das uns unbekannte Aachen zogen. Kaum hatten die Möbelpacker in dem nagelneuen kleinen Eigenheim das Feld geräumt, zeigte sich die Bescherung. Unser zukünftiger Eßtisch stand mitten im leeren Zimmer, beladen mit hoch aufgetürmten Stücken, die dort nicht hingehörten. Ich selbst befand mich, blind für die im Großen und Ganzen zum ersten Mal in meinem Leben perfekte Umgebung (tadelloser Fußboden, keine Risse in den Tapeten), fassungslos vor der Ansammlung von Dingen, die sich dort in chaotischer Masse eingefunden hatten, disparat weit über irgendeins der mir damals sicher ohnehin noch nicht bekannten, programmatischen Stilleben des Surrealismus hinaus.

Wie sollte man das jemals aufräumen! Es schien mir unmöglich, das wüste Durcheinander, Inbild der Destruktion, könnte sich in den nächsten Tagen und Wochen zu einer Ordnung, zum friedlichen Einnehmen der angemessenen Plätze seitens der aus ihrem bis dahin für mich ehernen Zusammenhang gerissenen Gegenstände überreden lassen. Ich war, von heute aus gesehen kurioserweise, und doch immerhin von früh auf an die Trümmergrundstücke zerbombter Häuser als Spielplatz gewöhnt, regelrecht verzweifelt und habe das Bild des zufällig Zusammengewürfelten als familiär tief beunruhigenden Mittelpunkt in dem noch fremden Ambiente nie vergessen.

Sie bemerken vielleicht, daß ich abermals, wie schon zu Anfang, auf eine Episode meiner Kindheit beziehungsweise Jugend zurückgreife. Das geschieht nicht von ungefähr und wird in der »Gewalt der Bilder« nicht anders sein. Ich bin der festen Überzeugung, daß auch unsere wesentlichen ästhetischen Grundbildungen zunächst aus dem eigenen Erleben kommen. Das würdigt die Stationen der Biographie von jedermann, von uns allen, und relativiert zugleich das Exklusive künstlerischer Initialzündungen, sowie unsere sicher wichtige, aber gelegentlich etwas akademisch überbetonte Prägung im Bereich der Ästhetik durch Kunst/Literatur, Kultur insgesamt.

Jedenfalls hat dieser vollgestapelte Tisch mit dem Titel meiner 1977 erschienenen Geschichtensammlung *Vom Umgang mit der Natur*, die dem heutigen Abend die Überschrift gab, mehr zu tun, als schon damals in der Luft liegende ökologische Erwägungen. Ich bin gar nicht auf den Gedanken gekommen, man könnte mich in eine naturschützerische, inhaltliche Richtung mißverstehen, obschon der 1968 gegründete Club of Rome bereits fünf Jahre vorher seinen Aufsehen erregenden und bis heute periodisch ergänzten Bericht über *Die Grenzen des Wachstums* vorgelegt hatte, ein Werk, das, als Kompendium von Schwarzsehern verhöhnt, leider in fast allen Punkten Recht behält.

Das war 1972, dem ahnungsvollen Jahr, in dem der Nobelpreisträger James Tobin die nach ihm benannte, abgeschmetterte und inzwischen ebenfalls wieder hochaktuelle Steuer auf den internationalen Devisenhandel vorschlug.

Gewiß: Wem von uns inkonsequent Gutwilligen läge mittlerweile Naturschutz, in der Klemme zwischen den Brenzligkeiten von Musealität und Freizeitparkgeschäft, nicht am Herzen? Wer fürchtete nicht die amoralische Energie allenthalben waltender Profitmaximierer, den Druck von Investoren auf die Kommunen und die nicht immer standhaften

Gemeinderäte, sowie die Gier von Industrie und global agierenden Spekulanten nach restloser Ausbeutung des Biokapitals? Ich erwähne hier als leidenschaftliche Mahner nur den Schweizer Soziologen Jean Ziegler und die beschwörenden Sachbücher des deutschen Biologen Andreas Weber, andererseits die neuerdings ins Militante gesteigerte Absage konservativer US-Politiker an den als unpatriotisch ausufernd denunzierten Naturschutz, um, aus republikanischer Sicht, die amerikanische Wirtschaft aus der Stagnation zu retten.

Vom Umgang mit der Natur: Als ich für mein drittes Buch den durchaus nicht in erster Linie stoffbezogen gedachten Titel wählte, umfaßte er, obschon die Zeit in dieser Hinsicht längst nicht so bedrohlich erschien wie heute, einige der erwähnten Sachverhalte mit, vor allem schloß er sie nicht aus, und um Landschaft dreht sich bei mir von Anfang an nicht alles, aber doch vieles. Meine Grundidee indessen war eine ganz andere, eher formale und prinzipielle, die ich allerdings keineswegs als harmloser empfand.

Hätte der Titel gelautet: »Vom Umgang mit der Wirklichkeit«, wäre das bestimmt eindeutiger, mir aber wegen der semi-philosophischen Abstraktheit nicht recht gewesen. Natur als Wald und Berg, Meer und Tier ist ein Teil der Wirklichkeit, und unser zunächst immaterieller Umgang mit dieser, der Wirklichkeit, hat Folgen auch für jene, die Natur im engeren Sinne.

Was ist gemeint? Seit meinem ersten Buch von 1974 ist es mir um eine Diskrepanz gegangen und zwar die – es klang bereits kurz an – von ungeordnetem Erleben als Eindringen, Einstürzen der Welt auf Sinne, Geist, Gemüt auf der einen Seite. Und, auf der anderen, dem, was wir anstellen, wenn wir aus dem Gewirr der Eindrücke ein Erlebnis machen, eine erzählbare, womöglich spannende Geschichte bis hin zu einem kompletten Lebenslauf, der stets eine künstlich arrangierte, aus der ungeheuren Menge der Details und Möglichkeiten heraus stilisierende Angelegenheit ist, eine nach Stationen und Zielen sinnvoll geordnete, lineare Inszenierung. Die alten literarischen Muster bieten uns dafür die Automatik, das Know-how. Sie liegen uns als Überlebenstrieb im Blut.

Was wir von der Wirklichkeit wahrnehmen sind Fragmente, ist, wenn wir allen unseren Sinnen nachgeben, ein wildes Durcheinander, vor dem uns schwindlig würde wie mir damals vor dem vollgepackten Tisch. Wir stellen uns also Ordnungen, Reihenfolgen her, klar begrenzte Abfolgen mit Höhepunkten und Motiven, Katastrophen mit Vorankündigungen, mit sortierenden Gefühlsbeleuchtungen – denken Sie in der Malerei an die durch gezielte, selektierende Lichtführung wunderbar aufgeräumten Bilder von Caravaggio und Georges de la Tour –, mit Wendepunkten und sogenannten Unausweichlichkeiten.

Würden wir diese Reglementierung der Wirklichkeit in unserem Kopf unterlassen, müßte er uns vermutlich platzen. Der ordnende Zugriff stellt sich für unsere geistige, seelische Gesundheit als unerläßlich heraus. Das Problematische ist nur, daß wir die Wirklichkeit allzu häufig mit ihren Interpretationsmustern verwechseln. Wir vergessen, daß wir uns in einer hausgemachten Realität befinden, die durch einen hermetischen Horizont einen klaren Umriß und gewissermaßen Durchschlagskraft gewinnt, aber zugleich zu einem Käfig erstarrt. In dem Moment, wo wir die möglichen Alternativen zu unserer Sicht auf Leben und Welt außer Acht lassen, werden wir zu Ideologen, ob wir damit lediglich unsere eigene Existenz beschneiden oder einen Teil der Welt verwüsten.

Es ist verblüffend zu konstatieren, wie kiebig, ich registriere das übrigens an mir selbst, Menschen über Erinnerungen und angebliche Fakten ihrer Lebensgeschichte wachen, wenn ihnen etwa ein Verwandter mit ebenfalls gutem Gedächtnis kritisch dareinredet und wir für korrigierende Alternativen in unserer Erinnerung Platz machen müssen. Sie kennen das sicher. Noch interessanter ist jedoch, wie die zu kollektivem Besitz gewordenen literarischen Schablonen und Entwürfe von perspektivisch orientierten Schicksalsbögen – denken Sie bitte an den spektakulären Fall der ominösen großen Liebe mit den von der einschlägigen Literatur kanonisierten Verläufen! – unser Leben bestimmen, das doch zunächst und naturbelassen ungeformt, irisierend ist.

Autobiographien waren in dieser Hinsicht eine fruchtbare Lektüre für mich. Mal fand ich dort in souveräner, mal in naiver Weise das ganze Repertoire der tradierten Erzählkunst samt Vernetzung der Motive und ihren vor Kontingenz schützenden Magien eingesetzt. Es soll sich aber – und das ist der schlagende Kontrast oder Widerspruch, ist Suggestion und Autosuggestion – um das echte, eigene, unmittelbar wiedergegebene Leben dabei handeln.

Der Dichter Jean Paul spricht von dem »neckenden Hang, den ich öfters am Schicksale bemerkt, immer nach dem Szenenplan meiner fremden Geschichten meine eigne auszuschneiden und so, wenn andre mit der Wirklichkeit ihre Dichtkunst wässern, schöner jene mit dieser bei mir abzusüßen.« Kürzer: Seine selbst erfundenen Geschichten formen ihm das eigene Erleben in der Wirklichkeit vor.

Das ist eine liebenswürdige Betrachtungsweise der Macht des, auch im weiteren Sinne, Literarischen, das durch seine Deutungen auf das Leben zurückschlägt. Für mich ist unser komplizierter Umgang mit der Wirklichkeit, der eben keineswegs – und anders, als die Kolportage behauptet – ganz selbstverständlich auf einer natürlichen, spontanen Begegnung mit ihr fußt, stets Stachel meiner Arbeit geblieben: Die Anfälligkeit für Formulierungen und Bilder, auch Klischees im Leben wie in der Kunst, gegenüber den Schrecken des Chaotischen, die Bezauberung durch deren Überredungskraft und: eine empfindliche Skepsis gegen alles Vorgestanzte, die Befürchtung, die Betörungen der literarischen Formvorgaben inbegriffen, um die potentielle Fülle oder in Wahrheit Andersartigkeit des eigenen Erlebens betrogen zu werden.

Der uns oft gar nicht bewußte Einfluß von Mustern, der Dichtkunst wie der gesellschaftlichen Verabredungen, auf die ungezügelte Lebenswirklichkeit ist ein nützlicher, strukturierender. Zugleich ein ungeheuer zwielichtiger, problematischer. Und doch ist das Bedürfnis danach mindestens ebenso stark wie das nach Freiheit, Anarchie, Formlosigkeit.

In meinem ersten Buch *Der unvermeidliche Gang der Dinge* von 1974 – das »unvermeidlich« war natürlich ironisch gemeint, es galt ja gerade, die angebliche Zwangsläufigkeit von Vorgängen infrage zu stellen – habe ich in Gestalt von Seriengeschichten Ereignisse mit, man würde heute sagen, hohen emotionalen Anteilen, demonstrativ in die jeweils wiederholte Mechanik einer festen Dramaturgie gesperrt. In jeder dieser Serien wurde ein bestimmtes vorgefaßtes Muster, sei es im Ablauf, sei es in der Logik der Schlußfolgerung, durchgeprobt mit der Hoffnung, durch die, wo nötig variierte Monotonie der Reihung, das Artifizielle, Präparierte des jeweiligen Umgangs mit der Wirklichkeit, das sich im Einzelfall als natürlich tarnt, zu verdeutlichen. Immer berichtet ein Ich unbeirrt aus seinem beschränkten Horizont. In der Serie

»Strophen zu einer Beobachtung« exerziert ein sich erinnerndes Ich, ausgehend von einem entsprechenden Zündungserlebnis, das ihm als erwachsener Person widerfährt, in zehn Episoden rückblickend von der Vierjährigen bis zur Pubertät, das Schema lustvoller Angst durch, von Ekel und seiner Attraktivität.

Ich möchte Ihnen jetzt zwei, stellvertretend für alle zehn, vorstellen:

»Im Alter von sieben Jahren finde ich in den Trümmern, die unserem Haus gegenüberliegen, beim täglichen Vordringen auf der Suche nach Gußeisenstücken, Stoffresten und bunten Kachelteilen ein totes Tier, das einer Maus gleicht, aber viel größer ist. Ein sofort versammelter Haufen von Kindern stellt fest, daß es sich um eine Ratte handelt. Einige behaupten, daß sie deshalb und aufgrund ihres Todes äußerst giftig sei. Augenblicklich beginne ich mich zu ekeln. Ich kucke das fette graue Tier an mit seinem kräftigen langen Schwanz, und mir kommt zu Bewußtsein, daß ich sie um ein Haar berührt hätte. Die Ratte liegt zwischen Schutt und Abfall. Ein Stück weiter sehe ich eine Rasierklinge. Ich spüre, während wir die Ratte betrachten und mit kurzen Stöcken hin- und herdrehen, ein Würgen im Hals. Ich meine, ich müsse mich nun übergeben und sage, man solle der Ratte mit der Rasierklinge den Schwanz abschneiden. Die Kinder krempeln die Unterlippen um. Ich nehme das Werkzeug, hocke mich vor die Ratte hin und drücke ihren Körper mit einem Stein auf den Boden. Mit der freien Hand schneide ich am Ansatz des Schwanzes. Das Gefühl in meinem Magen wird immer dringlicher. Ich weiß aber, daß ich es unbedingt tun muß. Ich würde es auch ohne Zuschauer ausführen. Eine Weile scheuere ich die Rasierklinge über den Schwanz. Ihr Leib sackt hin und her, bis er endlich abgeschnitten ist. Dort liegt die Ratte mit ihren bloßen Zähnen und hier der feste biegsame Schwanz. Ich werfe die Klinge weg und wasche mich zuhause gründlich, putze mir die Zähne und streite es ab. Ich schließe die Augen und weiß wieder genau, wie es war.«

»Im Alter von dreizehn Jahren besuche ich Verwandte in einer entfernten Stadt. Es gibt dort eine Reihe von Kindern, Vettern und Kusinen ausnahmslos, einer der Vettern ist schwammig und fett am ganzen Körper. Bei einem Spaziergang am Nachmittag legt er immerzu seine Hand auf meine Schulter, ich spüre seine weiche, feuchte Hand und werfe sie mit einem Schulterzucken ab, aber kurze Zeit später liegt die Hand wieder dort, und so geht es den ganzen Weg. Ich drehe mich weg. Seine Hand faßt schwer und unermüdlich meine Schulter. Ich werde wütend, er ist mir zuwider, ich will die Hand von niemandem auf meiner Schulter fühlen, ich hasse das Schwere, Nachdrückliche, diesen Zwang und die Zähigkeit und Absichtlichkeit und Bedeutsamkeit, mit der er die Hand wieder dorthin bringt. Ich halte mich den Rest des Tages von ihm fern. Am anderen Morgen regnet es, und wir verbringen einige Stunden im Zimmer. Viele Kinder laufen herum, alle sind zu einem Familienfest gekommen. Den Vetter beachte ich nicht. Ich sitze auf meinem Stuhl und lese. Plötzlich spüre ich, wie der Stuhl sich bewegt. Er hebt sich an den Vorderbeinen vom Boden und rückt nach hinten. Auch ich rutsche gegen die Lehne und sehe nun rechts und links von meinen Schultern die Hände des Vetters, der den Stuhl sachte nach hinten zieht. Der macht es ganz allmählich, ich spüre keinen Boden mehr unter den Füßen, ich hänge in der Luft, aber ich kann nicht fallen, weil er den Stuhl fest in der Schwebe hält. Mein Kopf fällt in den Nacken und meine Knie steigen höher.

Er läßt den Stuhl eine Weile in dieser Lage, dann schiebt er ihn genauso langsam zurück, und dann wieder zieht er ihn heran. Ich sage mir, daß ich es nicht will, daß ich es hasse, das mit mir machen zu lassen und immer, wenn ich mich daran gewöhnt habe, macht er es einmal zwischendurch. Ich sitze auf meinem Stuhl und sehe ihn nicht an, und keiner sagt etwas.«

Die Erzählerin hat einen – wie sie glaubt, den – Leitfaden für ihre Kindheit entdeckt. Tatsächlich ist er nur einer von vielen denkbaren. Nun aber hängen die Szenen wie Wäschestücke brav auf der Leine. Der Tisch ist aufgeräumt. Sie ist stolz auf ihre Erkenntnis und von ihr überzeugt. Wir aber sind hoffentlich doch ein bißchen mißtrauisch gegenüber dieser gerasterten, ideologisierten Wirklichkeit.

In der Geschichtensammlung *Vom Umgang mit der Natur* geht es, schon etwas weniger demonstrativ, inhaltlich um das Übliche: Liebe, Generationsdifferenzen, Mord, Natur, Naturverwüstung, Totschlag, U-Bahnen, Sexualität, Immobilien. Die Welt jeder Geschichte entsteht aus der Besessenheitsperspektive eines von Fall zu Fall nuancierten Ichs, dem sich entweder die festen Zusammenhänge auflösen, es kommt zu einer Entwurzelung aus der Vereinbarungsrealität, wo das allzu Bekannte einer ursprünglichen Wildheit zurückerstattet wird, manchmal bis an die Grenze der Verrücktheit. Oder das Umgekehrte: Es wächst oder schießt aus diesem Ich, aus einer freien, aber gefährlichen Disparatheit der Wirklichkeitseindrücke alles wie unter einem eingängigen Schlagwort zu einer bombensicheren Beschränktheit zusammen, die das gesellschaftlich nahegelegte Gitterbett akzeptiert. Das könnte im politischen Bereich ein jede Art von Krieg rechtfertigender »Patriotismus« sein, jede Landschaftszerstörung, die bauernfängerisch mit der Beschaffung von Arbeitsplätzen begründet wird.

Ich nenne zur Verdeutlichung einige Titel: »Plötzlich bekam alles einen Sinn«, »Die Entdeckung – eine Konstruktion«, »Ein Zufall und die anschließende Fügung«, »Eine Konsequenz um ihrer Tröstungen willen«, »Das Wunder einer Hypothese«. Sie merken vielleicht: Den natürlichen Abläufen wird jeweils ein abstrakter Knüppel zwischen die fleischigen Beine geworfen.

Ich versprach mir davon, daß sich die einzelnen, radikalisierten »Ichhorizonte« gegenseitig in einem Wettstreit von Wahrnehmungssystemen, fixen Ideen und Spleens relativieren würden. Ich hoffte, durch die miteinander konkurrierenden Überspitzungen könnte, wenn auch an alltäglichen Vorgängen gezeigt, die Utopie jener Souveränität aufscheinen, die zwar notwendigerweise das Muster weltordnender, weltinterpretierender Systeme benutzt, aber die Alternativen nicht aus den Augen verliert. Also das Instrument »System« nicht mit der Totalität einer Welterfahrung verwechselt.

Was sich ja, wie wir alle wissen, als Schwachpunkt jeder Ideologie erweist, wenn auch von großer, offenbar unverschlissener Verführungskraft.

Mich beschäftigt in meinen Romanen dieses Dilemma unserer menschlichen Natur, das uns immer zusetzt, wenn wir uns, ohne darüber verrückt werden zu wollen oder ins Schrankenlose zu diffundieren, um möglichst unbegrenzte Öffnung gegenüber der Welt bemühen und zugleich verlangen, von einem Gedankengebäude witterungsbeständig gegen das unerträgliche Bombardement der Zufälligkeiten zwar geschützt, jedoch darin nicht eingesperrt zu sein. Es interessierte mich allerdings nicht als halbphilosophisches Problem, vielmehr als eine jede Zuckung unseres Lebens bestimmende Praxis und damit, in der Darstellung, Sache der Literatur.

Bis heute, bis hin zu meinem bisher letzten Roman, prägt dieser Spagat die Inhalte (etwa die persönliche, wechselnde Beleuchtung von Lebensmomenten und Krisenpunkten wie auch das Zurechtlegen ganzer Lebensgeschichten) und vor allem die Art und Weise meines Erzählens. Ich suche in jeweils neuen Anläufen einen Weg, die potentiell uneingeschränkte Erforschung der Wirklichkeit, der Dinge und unseres Inneren, in allen Verästelungen mit dem kontrolliert eingesetzten alten Geschichtenzauber, d.h. mit den überlieferten Erzählweisen zu verbinden.

Das ist schwieriger, als es sich anhört, denn die konventionellen Formen und ihre Beschwichtigungen sind diktatorisch. Wenn Sie, simpel gesagt, eine zeitgenössische Ehegeschichte beispielsweise im Märchengewand darböten – ich meine jetzt nicht als ironische Miniatur, da ginge es natürlich –, würde einerseits schnell ein verwässertes Märchen und andererseits ein Beziehungsdrama ohne die Nerven der Gegenwart daraus. Damit wäre nichts gewonnen, und so funktioniert es wahrscheinlich auch nur im sehr seltenen Einzelfall. Meines Wissens existieren keine Patentrezepte.

Bis auf eins: Man sollte sich nicht auf der einmal gewählten Form ausruhen.

Vom Umgang mit der Wirklichkeit und wie sie mit uns umspringt? Als Zwischenergebnis sei festgehalten: Wir können sie, mit entsprechenden Tatfolgen, in unserem Kopf deformieren, wie es uns gefällt. Sie läßt es zunächst willig, ohne einen Mucks mit sich machen, reagiert und rächt sich dann aber, indem sie uns, je selbstherrlicher wir verfahren, als Stümper gegenüber ihrer Unendlichkeit zurückläßt. Sie wendet sich in ihrer irritierenden, unauslotbaren Fülle mit kaltem Schulterzucken von uns ab und präsentiert sich als ideologisches Skelett oder auch als schiere Materialität. Die Frage ist selbstverständlich, ob wir es bemerken, wir, die Inhaber und Manager der Realität.

Nirgendwo habe ich darüber mehr gelernt, nirgendwo scheint mir das brisanter offensichtlich zu werden, als in unserem Verhältnis zur Natur. Darum endlich zu ihr, der Natur im engeren Sinne als dem nicht von Menschen Geschaffenen.

Es mag teilweise im Rückblick eine private Legendenbildung sein – um diese Neigung zu autobiographischen Mystifizierungen in uns allen ging es hier ja schließlich eine Weile –, doch scheint mir tatsächlich einiges dafür zu sprechen, daß sich eine meiner kritischsten Lebensphasen in Konfrontation mit ihr, der Natur, und zwar in aller tückischen Stille, im Alter von fünfundzwanzig Jahren abspielte.

Ich war damals, nach sehr arbeitsreichen Monaten, in den sommerlichen Ferien mit dem Schiff zu einem rund zweiwöchigen Aufenthalt auf der Insel Rhodos angekommen. Zu jener Zeit konnte es für mich kaum etwas Begeisternderes geben als Morgen, Mittag, Abend, Nacht auf dem Meer, noch dazu auf einem südlichen, umrauscht vom Wogenschaum, umbraust oder salzig umfächelt vom Seewind. Dazu hatte ich, noch nicht allzu abiturfern, die einschlägigen Vorkommnisse der griechischen Götterwelt im Kopf. Ich konnte, wenn ich wollte, zumal an diesem Schauplatz, die mir höchst einleuchtenden unsterblichen und halbgöttlichen Meeresgeschöpfe beim Namen rufen. Nereus und seine Töchter, die Nereiden, darunter die schöne Thetis, Triton und seinen Vater Poseidon, dessen Wagen die Seepferde ziehen, Proteus, den sanften Zephyros und den rauhen Boreas, all die changierenden, altüberlieferten Personifikationen des wässrigen Bereichs, Nymphen, Najaden, Okeaniden, in denen man so aufgeräumt, nämlich gebündelt und geballt zu Personen und menschlich sprechenden Gestalten, die verwirrenden Gefühle überwältigender Momente unterbringen kann und die, wenigstens als dekoratives Zitat, bis heute Literatur, Bildende Kunst und Gartenarchitektur inspirieren.

So ausgestattet mit prächtigen Wasseranblicken, Meeresmythologie, obendrein gut versorgt mit privatem Glück, traf ich auf der Insel ein, in der Erwartung, die Euphorie durch stetige, ungestörte Himmel-, Horizont- und Wellenbetrachtung noch steigern zu können, vis-à-vis mit der magischen und existentiellen Wucht des Meeres an sich.

Das ist, nebenbei, gar nichts sonderlich Apartes oder Nachpubertäres, immer noch nicht. Fahren die aktuellen Touristen des 21. Jahrhunderts, wenn sie mit der Geräumigkeit grenzenloser Himmels- und Wasserbläue per Reklamebild und -zauberspruch an überfüllte Strände gelockt werden, etwa nicht auch dorthin mit überdimensionierten, irrationalen, unausgesprochenen, vielleicht auch unaussprechlichen Sehnsüchten, die man besser verheimlicht? Gerade so, wie es die PR-Profis der Reiseunternehmen – sonst würden Nah- und Ferntourismus auf der Stelle zusammenkrachen – kühl bis ans Herz hinan kalkulieren, und doch ohne in vollem Umfang zu wissen, was sie da tun?

Ich jedenfalls setzte mich sogleich dem Meer in der Mittagshitze gegenüber und starrte es an, zu jeder Herzenserhebung bereit. Und was passierte? Es starrte blöde zurück. Es starrte zwei Wochen lang mit einem Briefkastengesicht, stets schön blau am Tage, schulmäßig unter Sternbildern in der Nacht, völlig nichtssagend zurück und ließ sich nicht erweichen zu einem letzten Schimmer der alten, mythischen Kraft die es immer für mich besessen hatte. Ich sah ins Leere, in die Ereignisse, die Naturwissenschaftler beschäftigen und in eine völlig unmetaphysische Neutralität. Mir fielen Zahlen, chemische Formeln ein, statt der sonst vom Meeresanblick evozierten und verkörperten Wörter »Unendlichkeit«, »Unermeßlichkeit«, »Ewigkeit«.

Es war, wie wenn man plötzlich den Glauben an Gott verliert. Ich befand mich, aus allen Wolken fallend, zum ersten Mal von nacktem Angesicht zu nacktem Angesicht mit der zufälligen, gleichgültigen Natur.

Sie offenbarte ihr zweites Gesicht: das einer kompletten Indifferenz.

In meiner kleinen Meeresgeschichte »Wie« von 2004 hört sich das so an: »Wie stets ist ihm der Ruf vorausgeeilt, eine unserer großen, ja vielleicht die allergrößte Wonne und Leidenschaft von Groß und Klein zu sein. Und nun: Verheerend aufgetaucht, platt, präsent, daß es eine Annullierung ist. Vorhanden wie nichts Gutes, das Meer, aber ohne weiteres in der Lage, jeglichen Glauben an das Gute und Böse und die Unterschiede dazwischen im Handstreich zu ertränken, nichts weiter als unparteiisch vorhanden, grausig anwesend bis zur Unsichtbarkeit.«

Unter »Unsichtbarkeit« ist hier die Abstraktion zu verstehen, die das physikalische Sein bestimmt, wenn wir es von allen mythologischen Bedeutungen und Verknüpfungen mit unserer eigenen Geschichte, unserem eigenen Dasein, seinen tiefen Befürchtungen und hochfliegenden Hoffnungen entblößen, wenn wir, in schattenloser Aufgeklärtheit, beginnen, die Geheimnisse der Dinge und unseres eigenen Selbst abzustreiten.

Und obschon sich das alles vorzugsweise in großer Gefühlsdiffusität abspielen mag, so ist es doch in uns vorhanden, nämlich das, was mir damals in Rhodos widerfuhr und vielen Leuten im Urlaub zustößt, wenn sie, durch ihr Normalleben nicht vorbereitet, aber voll anachronistisch kindlicher Erwartungen, zwischen zwei Terminen mit der Natur zusammenprallen.

»Die Welt«, schreibt der Pole Leszek Kołakowski in seinem Großessay *Die Gegenwärtigkeit des Mythos*, »die so vollendet erfüllt ist von den Spuren unserer technologischen Eingriffe, diese scheinbar vermenschlichte Welt, die in allen ihren Einzelheiten von der Intensität unserer Interventionen gezeichnet ist, beginnt uns erneut als Alptraum zu erscheinen. Aus welchem Grund hegen wir denn mit Sorgfalt die Enklaven urwüchsiger Natur zwischen den Bändern unserer Autobahnen, was liegt uns eigentlich daran, die Reste der aussterbenden Pflanzen- und Tierwelt vor dem Aussterben zu retten und die wilden Berge vor der Erosion zu schützen (...), woher kommen die massenhaften und zerrbildhaften Fluchten in die Natur?«

In den Pausen, in denen wir uns aus dem vorhersehbaren Leben des technologischen Funktionierens und streng empirischen Welterklärens aus mysteriösen Motiven entfernen möchten, fällt uns die für zwei, drei Wochen willkommene poetische Sicht nicht einfach, pünktlich nach Kalender und Aufenthaltsort, in den Schoß. Sie pariert nicht, nicht mal den Verheißungen der Prospekte, über die wir zwar lachen, aber an die wir dann doch ein bißchen glauben wollen. Im Gegenteil, wie eben geschildert, ist es gut möglich, daß uns seitens jener als malerisch und womöglich gemütsbewegend erhofften Natur ein Strich durch die Rechnung gemacht wird. Das kann, wie bei mir damals, zu einer schweren Depression führen oder zu ernsten Familienkrächen aus Ratlosigkeit. Die Urlaubsstatistiken bestätigen das.

»›Wie schultert man das Meer?‹ fragt jener Männerkörper in neuer Badehose mutig im Ausfallschritt. Er weiß es auch nicht«, heißt es in der erwähnten Geschichte »Wie«.

Die janusköpfige Natur läßt, auch jenseits katastrophaler Reaktionen auf ihre Demütigung durch Umweltverwüstungen, mit denen wir täglich krasser konfrontiert werden, nicht mit sich umspringen. Das Umgekehrte ist wohl selbst im psychischen Sinn der Fall. Die finalen Verlierer sind wir. Nur wenn wir, wie Kołakowski es nennt »zum mythischen Verständnis des physikalischen Seins zurückkehren«, geben die Dinge ihre Fremdheit, Gleichgültigkeit, ihre unendliche Heterogenität uns gegenüber auf zugunsten einer humanen Verbindung, wie sie in den alten mythologischen Organisationen stattgefunden hat.

Nur: Wie sollten wir heute noch daran glauben können? Vielleicht kommt es viel eher darauf an, etwas zu begreifen, nämlich die unüberholbare Weisheit der Mythen als, fern aller kastrierenden Ideologie, ordnende Verdichtungen und Leitungsstränge zu den Tiefen unserer Evolution.

Im 19. Jahrhundert, mit Beginn der stürmischen industriellen Entwicklung, haben viele Schriftsteller die Beschneidung der Natur, die nur noch nach Gesichtspunkten ihrer möglichen Ausbeutung begutachtet wurde, mit melancholischen und scharfen Worten beklagt, etwa Gottfried Keller, Adalbert Stifter, Wilhelm Raabe.

Der Spätromantiker Eichendorff formulierte in zwei Sätzen die beiden Pole unseres Verhältnisses zur Natur: »Wald und Rehe, als wenn das alles nur so zum Einheizen und Essen wär!« Und an anderer Stelle: »Hör nur, wie der Fluß unten rauscht und die Wälder, als wollten sie auch mit uns sprechen und könnten nur nicht recht!« Gemeint sind, was sich aber nicht bequem und einfach nach gusto miteinander abwechseln läßt: die nüchtern ausplündernde Domestizierung der Natur durch den Menschen auf der einen Seite und andererseits das tiefe Verlangen nach einer Freundschaft mit ihr.

Das aber heißt letzten Endes: Freundschaft mit uns selbst, denn wir sind im Segensreichen wie Entsetzlichen als Partikel der natura naturans und natura naturata auf Gedeih und Verderb mit dieser vernetzt, ob wir das leugnen oder nicht. Nein, falsch! Sie, die viel Mächtigere, Umfangreichere, wird uns in gewandelter Form, wenn auch zunächst mit hohen Verlusten, überleben. Ich glaube mehr denn je, es ist die Literatur, einstmals Erfinderin mythologischer Figurationen, die uns, den schwankenden Akteuren des 21. Jahrhunderts, die alten, stabilisierenden Verbindungen zur Natur garantieren könnte.

Mit einem erprobten, allerdings vom Wind der Gegenwart geschliffenen und frisch polierten Rüstzeug, mit den neu und skeptisch durchgesehenen Hebeln und Handreichungen ihrer Sprache, mit der alchimistischen Zeichenwelt ihrer Bilder ist sie in der Lage, ohne den Verstand zu suspendieren, den Kontakt zu den Abgründen, Höhen, den der Vernunft entzogenen Sehnsuchtstrieben unserer eigentlichen Natur, der die Mythen entstammen, wiederherzustellen und, wenn nicht mehr in heidnischen Göttern, so doch im magischen Zugriff von Geschichten zu konzentrieren.

Wie das, vom Standpunkt der Literatur aus, in der Malerei ohne die Schwaden abgelebter Mystifizierungen möglich ist, wird Gegenstand meines folgenden Vortrags sein.

Nicht nur Naturinteressierten aber möchte ich abschließend zwei höchst ungewöhnliche, ebenso instruktive wie bewegende Bücher ans Herz legen. Von W. H. Hudson *Fernab und vor langer Zeit* von 1918, Erinnerungen an eine Kindheit im wilden Patagonien (Achilla Presse, 2008), und Ambrose G. H. Pratt *Menura* von 1933 (2011 in der Friedenauer Presse erschienen) über die phantastische Persönlichkeit eines in Australien lebenden Vogels, des legendären Leierschwanzes.

Nachtrag: Stefano Ricci, *Die Geschichte des Bären*, Graphic Novel, avant verlag, 2014.

Die Gewalt der Bilder

Die Kindheit, hatte ich zuvor gesagt, wird auch zu Beginn dieses dritten Vortrags die Einleitung übernehmen und zwar deshalb, weil unsere wesentlichen, auch ästhetischen Prägungen nach meiner Übersicht der lebendigen Wirklichkeit und insbesondere jener frühen, höchst beeindruckbaren Phase entstammen. Außerdem liegt mir daran, durch das Erwähnen privater, autobiographischer Momente meine Erfahrungen und Überzeugungen verstärkt als subjektive einzuschränken.

Was vor allem für das Thema dieses Abends gilt. Ich rede heute ja nicht über meinen Beruf, sondern über eine Liebhaberei, plaudere als Dilettantin über ein Interesse, oder, offen herausgesagt, über eine Hauptleidenschaft.

Sie begann früh. Bilder jedweder Art sprachen schon zu mir, als ich noch kein einziges Wort entziffern konnte. Das machte mich unabhängig von Eltern und Älteren, denen das Lesen spielend von der Hand ging. Ich benötigte ihre Hilfe nicht. Man mußte sie nur für mich erreichbar machen. Ich mußte sie nur irgendwo aufspüren: die Märchenillustrationen und Postkartensammlungen, die Heiligenbildchen und Kataloge, die Modezeitungen der Großmutter, Fotoalben, Comic-Heftchen, die Spielkarten der Erwachsenen – ich spreche, Sie bemerken es, augenblicklich von einer Zeit, in der es noch kein Fernsehen gab –, mit den Händen kaum zu bewältigende Bildbände über Malerei, exotische Briefmarken, die Reklame auf dem gelackten Einwickelpapier von Ölsardinendosen – es waren meist südlich schöne Frauen in Flatterröcken –, die berühmtem Risse in Tapeten.

Jedem wird seine eigene Bilder-Kollektion in der Erinnerung zur Verfügung stehen, aber natürlich ist die optische Reizbarkeit nicht bei jedem zu jeder Zeit gleich hoch. Ich glaube, ich konnte stundenlang für mich allein in ein Gespräch mit dafür auch nur entfernt geeigneten, am besten aber melodramatischen Abbildungen versinken, froh, von keinem gestört zu werden bei einer aufregenden, zuverlässig einsetzenden Metamorphose.

Hatte ich nämlich ein Weilchen die dargestellte Szene betrachtet, fingen die Figuren an, sich zu bewegen, redeten miteinander, redeten mit mir, umarmten sich und kämpften, starben, brachen auf aus dem Bilderrahmen zu ihren, von den Kostümen nahegelegten Abenteuern und schnellten schließlich, wenn man mich rief oder wenn es mir reichte, aus ihren lebhaften Geschichten mit leisem Nachbeben in ihre ordentliche Steifheit zurück bis zum nächsten Mal. Wobei es selbstverständlich Konfigurationen gab, die nur schwerfällig, unwillig auf meine Wünsche reagierten und solche, die darauf brannten, aus der Starre endlich erlöst zu werden. Auch ich selbst begab mich als Mitspielerin in den lockenden Bildraum hinein.

Das alles geschah zunächst ganz wahllos. Allerdings spürte ich allmählich, daß besonders kraftvolle Bilder existierten, solche, die, auch in der Wiederholung, Macht über mich gewannen. Ich geriet, wie es mir bis heute mit meist ganz anderen Bildern geschieht, in ihren Bann.

In meinem Roman *Rita Münster* von 1983 hört sich das angesichts gotischer Madonnendarstellungen folgendermaßen an:

»Lieblich befand sie (Maria) sich zwischen dem Mobiliar in diesen aufgeräumten, reglosen Räumen, wo alles klar an seinem Platz ruhte, als wäre ihr ganzes Leben nichts als dieses anmutige Dasitzen (...) mit Lilien und Akelei in Bodenvasen, so frisch, unvergänglich, Tag um Tag. (...) Natürlich würde sie nicht aufwachen und staubwischen, aber vielleicht die Blumen gießen, (...) einen der Metallteller ein wenig polieren. Ich stellte sie mir als heiliges Püppchen in ihrer Wohnung vor, und alle ihre Handlungen waren heilig, ob sie aus einer Tasse trank, (...) dem Kind die Brust gab (...) oder sich in das feierliche Bett legte (...). Ich ließ sie in den grünen Pantoffeln über den glänzenden Boden gehen, ein paar Schritte nur. (...) Ich ließ sie eine Sanduhr mit ihren zarten Händen umdrehen. Dann sollte wieder alles erstarren, Maria auf dem Thron im heiteren Licht, die Fransen der Bettdecke, (...) ein unendlicher, ungetrübter, durch und durch klarer Augenblick. Ein solches Leben wünschte ich mir sehr. Wie gern hätte ich, so daumen- oder handgroß, in diesem für immer makellosen, friedlichen Raum gelebt. (...) Ohne daß es jemand bemerkte, brachte ich halbe Tage aber auch in unserer unvollkommenen Wohnung als Maria zu, mit kleinen, gemessenen Schritten. Ich nahm eine Schale aus dem Küchenschrank und stellte sie zurück, wieder als Maria. (...) Ich raffte meinen Rock und schlug ein Buch mit Eselsohren und Flecken auf, ein Kochbuch, das machte aber nichts, ich rückte es ja nur ein bißchen vor mein Gesicht, graziös und unbequem, das hielt ich gern aus. (...) Ich trank dann aus einem Becher etwas Wasser, schlückchenweise, und legte mich am Abend steif und ohne Zufälligkeiten ins Bett.«

Vielleicht können Sie jetzt ermessen, wie von Grund auf quälend der im vorigen Kapitel präsentierte, chaotisch vollgestapelte Eßtisch für jemanden sein mußte, der von der unversehrbar sakralen Feierlichkeit eines aufgeräumten Ambientes, von dieser frommen Insel der Seligen, so tief zu bezaubern war wie ich. Mir selbst aber wird erst langsam deutlich, daß die zertrümmerte Nachkriegsumgebung weniger eine Abhärtung gegen Destruktion bewirkte, als deren Abwehr in Gestalt einer heftigen Sehnsucht nach Intaktheit, ja Vollkommenheit.

Für das sich erinnernde Ich der Rita Münster, deren Rekonstruktion gegen Ende des Romans Sie eben partiell lasen, hat sich diese Sehnsucht, chronologisch gesehen viel später, im magischen Raum einer sehr kurzen, mit sehr langem Nachleiden bezahlten, jedoch unbereuten Liebesekstase erfüllt: Ein Außer-sich-Sein, in dem, wie auf einem gotischen Gemälde, jedes Detail seinen Platz hat im Zeichensystem des überwältigenden Gefühls, das sich aus den Potenzen der Kindheit speist.

Die Gewalt der Bilder! Geht es hier nicht eher um die Gewalt der Literatur, die sie mit ihren Auslegungen den Werken der Malerei antut? Auszuschließen ist das nie, erst recht nicht angesichts der oft stark aufs Symbolische zielenden Interpretationen in feuilletonistischen Bildkritiken der Gegenwart.

Dergleichen soll hier unbedingt vermieden werden. Ich vermute viel eher, daß jene entrückende Klarheit der früh und völlig arglos von mir betrachteten mittelalterlichen Gemälde eine literarische Prägung entscheidend mitverursacht hat. Mir leuchtet sehr ein, was man von schwangeren Spanierinnen erzählt: Sie setzten durch längeren Aufenthalt im Kircheninneren ihre ungeborenen Kinder den farbigen Lichtgestalten der Fenster aus, damit Schönheit und Frieden in sie übergehen möge.

Ich selbst wurde, ebenfalls empfindungssteigernd, als Säugling durch Fliegeralarm aus dem Schlaf gerissen.

Prädisposition durch Kontrast?

Bis heute könnte ich nicht sicher sagen, was meine Wahrnehmung der Welt entschiedener beeinflußt hat: Die Sprache? Die Bilder? Sie durchdringen einander. Die Energie kommt möglicherweise aus derselben Quelle.

Kurzer Seitenabstecher: In Graphic Novels, die Zeichnung und Text in unterschiedlichen Anteilen kombinieren, läßt sich gut überprüfen, wie sich beide, Bild und Wort, wechselseitig steigern oder relativieren können. Nach meiner bisherigen Erfahrung, auch anhand einiger meiner, vom jungen Comic-Zeichner Sascha Hommer ausgewählter, optisch ergänzter Geschichten, bekommt das isolierte und dadurch prononcierte Ausstellen einzelner Sätze, gerade wenn das dazugehörende Bild keineswegs einfach illustriert, den Texten gut, ebnet ihre Wirkung durchaus nicht ein, sondern hebt, bei guter, sparsamer Auswahl, ihre Bedeutsamkeit zur Kompaktheit einer Gedichtzeile. Zwei in Spannung zueinander versetzte Kräfte sind, im Glücksfall, am Werk.

Im 2000 erschienenen Roman *Teufelsbrück* habe ich ein Extrem versucht. Die leicht dämonische Zara zaubert allein per Sprache halb spöttisch, halb inständig, einigen Besuchern ihrer Villa im Alten Land an der Elbe einen Klappaltar biblischer Berührungen vor die Augen, die, wie bei einem solchen Altar üblich, zueinander in kalkulierter Konfrontation und Parallelität stehen. Ihre Gäste sehen u.a. auf den einzelnen Flügeln den Kuß des Judas, Maria, Marthas Schwester, beim Trocknen der Füße Jesu, natürlich auch die am Ostermorgen zurückgewiesene Maria Magdalena. Alles Szenen aus der Ikonographie der älteren Kunstgeschichte, Episoden, die vielen ohne die Gemälde in den Museen gar nicht geläufig wären, treffender wohl: noch unbekannter als mittlerweile schon.

Erzählt werden die einzelnen Momente vordergründig, um einen ihrer Gäste zu ärgern, den sektiererischen, selbsternannten Kulturkritiker Specht. Es gibt nämlich in Zaras Version eine Frivolität. Sie hat die heiligen Gestalten in Tiere verwandelt, Jesus in ein Zebu, Johannes in eine Giraffe, Petrus in einen Bären, die schmeichlerisch fußwaschende Maria in ein Kätzchen, Magdalena in eine Hirschkuh. Allein der Verräter Judas, von Kind an besonders empfänglich für Anblicke, ist dazu verdammt, ein Mensch zu bleiben. Seinen Verrat stellt Zara als eifersüchtige Rache für den seiner Seele eingebrannten Anblick dar, den Jesus ihm mit dem an seiner Brust ruhenden Lieblingsjünger Johannes geboten hat. Das Verbrechen des Judas besteht in Zaras Beleuchtung hauptsächlich darin, im verräterisch erzwungenen Kuß ein uraltes Symbol größter Zuneigung optisch mißbraucht zu haben, seine Strafe im Verfolgtwerden durch das Bild des mit Strikken gefesselten und abgeführten Jesus.

Die Gewalt der Bilder! Die leichtsinnige Zara versieht ihre Figuren, die usurpierte Figuren der Bibel und der Kunstgeschichte sind, mit erfundenen Biographien, steht aber selbst unter dem Bann der tradierten Bilder und übt gleichzeitig, mit ihrer Sprache und dem Rekurs auf die Vorgestalten im Bildgedächtnis ihrer Besucher, verwirrende Macht auf diese aus.

Was als ein unschickliches, ja blasphemisches Manövrieren Zaras mit den biblischen Protagonisten und den konventionellen Gefühlen der Besucher erscheinen könnte, erwächst, unter dem Deckmantel von Paraphrase und Parodie, aus dem Schmerz darüber, daß die ergreifende Kraft der visuellen Erzsäulen abendländischer Überlieferung und Seelenbildung zu schwinden und in einem kollektiven Vergessen zu erlöschen droht.

Noch aber, und erst recht in diesem Roman, ist die Herrschaft, ja Heimsuchung durch solche Gemälde virulent. Ein Kapitel weiter tauchen die Konstellationen auf einem Fest, mitten im Gedränge der Leute, wieder in Zaras Haus, als Anspielungen alle noch einmal auf. Diesmal nicht in Gestalt von Tieren allerdings. Es sind die Partygäste, die jetzt, ohne es selbst zu bemerken, für Momente die bedeutungsvollen Haltungen der Bibelfiguren zitieren. Zweifellos handelt es sich um Inszenierungen Zaras, aber ebenso um Halluzinationen der Ich-Erzählerin Maria Fraulob, der sich das zufällige Gewühl der Fremden für stillstehende, entprofanisierte Augenblicke unter dem Stempelabdruck der Szenen aus Zaras Klappaltar zur Kongruenz mit ihnen ordnet: Fußwaschung, Kuß des Judas, das »Noli me tangere« am Ostermorgen usw. in neuer Besetzung.

Das geht mir selbst mit diesen, wie auch anderen Bildern bis heute so. Ein Stempelabdruck auf der Wirklichkeit.

In dem 2009 erschienenen Buch *Zwei schwarze Jäger* schokkiert im Borghese-Museum in Rom der plötzliche Anblick einer barocken Plastik eine junge Frau. Es handelt sich um zwei an Jagdlöwen gekettete Afrikaner von Giovanni Campi. Diese Szene ist Ausgangspunkt des Romans. Am Ende des ersten Kapitels schlägt die Wirklichkeit der Binnenerzählung in die Wirklichkeit des Romans um: Eine erzürnte Ehefrau zerstört die Kopie der fatalen Doppelfiguren und deren von ihrem Mann leidenschaftlich empfundenen Appell. Umso mehr bleibt die titelgebende Zwillingsplastik, interpretiert als Jagd nach der Utopie und Gezogenwerden von der Sehnsucht nach ihr, das entscheidende, alle Kapitel in wechselnder Stärke durchschimmernde Grundmotiv. In diesem Fall liegt also eine eher inhaltlich prägende, assoziative Infektion vor.

Ganz anders verhält es sich mit den formalen Einflußnahmen der Malerei auf die Literatur. Bei keinem Schriftsteller wurde mir das so deutlich und die eigene Schreibpraxis bestätigend wie bei dem polnisch-englischen Epiker Joseph Conrad, der hierzulande besonders als Verfasser melodramatischer Südseeromane und der Erzählung *Das Herz der Finsternis* bekannt ist.

In meinem Roman *Berittener Bogenschütze* aus dem Jahr 1986 sitzt der dicke Anglist Matthias Roth an einem südlichen Meeresstrand und kommt, im ständigen Wechselspiel mit Szenen seiner momentanen Umgebung, zu Erkenntnissen, die ich hier auszugsweise zitieren möchte:

»Wenn er sich an Conrads Romane erinnerte, erschienen immer einzelne Bilder vor ihm. Die Geschichte, der Handlungsverlauf verflüchtigten sich nach jedem Lesen rasch. Was er behielt, was sich oft genug aufdrängte, waren die Anblicke einer Reglosigkeit, etwas Starres, beherrschend und die Wege und Geschicke dahin und davon weg verschlingend.«

»Ja, sagte er sich, so ist es mit den Conradschen Bildern. Wie Trichter schlucken sie die Handlung, wie Duft strömen sie die Handlung aus, aber immer sind sie die Hauptsache, Inbilder, Inbegriffe.« Oder:

»Es ist ein Umwandeln von Bild in Handlung, von Handlung in stillstehendes Bild, ein Agieren mit der jeweils zum Tableau erstarrten Klimax. Den Höhepunkt markiert nicht die äußerste inhaltliche Dramatik des Geschehens, sondern der Moment, wo die Handlung zum Bild gerafft ist, die konzentrierte, nach außen gekehrte Anschauung innerer Verhältnisse.« Oder:

»Alles Versuche, den Augenblick aus seiner Vergänglichkeit zu retten, (...) daher die Abfolge zu Bildern erstarrter Ereignisse im Strom der Romane, in der Strömung unbeständiger Handlungen. Die Ereignisse sind nichts weiter als Lieferanten, das ist ihr einziger Zweck, von Ewigkeitssituationen.« So weit Matthias Roth.

Daß es bei diesen literarischen Tableaus nicht um eine tote, sondern hochdramatische Reglosigkeit geht, vergleichbar der einer lauernden Katze, ist, so hoffe ich, klargeworden. Und noch etwas anderes: Auch hier findet, wie bei der eingangs geschilderten kindlichen Bildbetrachtung, eine Verflüssigung der eingefrorenen Sekunde statt. Nur ist diese jetzt nicht der zu aktivierende Ausgangspunkt wie damals. Die Bewegungslosigkeit ist zum intensivsten Höhepunkt des Geschehens geworden, der nicht durch Hektik ausposaunt, sondern arretiert wird. Es ist eine fast mit Trägheit zu verwechselnde Scheinruhe, Steigerung durch Polarität also, das kaum merkliche Zittern im Waage-Punkt, bevor die Szene im zeitlichen Ablauf wieder die normale Fluidität erlangt.

Kurzum: Auch bei der Malerei, die das in der Literatur vom Medium erzwungene Nacheinander in die viereckige, sich an dieser Beschränkung entzündende Gegenwärtigkeit preßt, sind mir solche Bilder die liebsten, die das in meinen Augen unerhörte Wunder bewerkstelligen, uns Schönheit und Schrecklichkeit der Dinge vor die plötzlich nicht mehr routinierten, vom vielen Benutzen auf einmal nicht mehr allzu abgeklärten Augen zu stellen, und das mit der Unerbittlichkeit, die jeder Gegenstand für uns in der Kindheit besaß, als die Wirklichkeit mit ihren Erscheinungen wie ein persönlicher Weltbeginn auf uns einstürzte.

Anders gesagt: Bilder einer auf dem Höhepunkt aller angespannten Wahrnehmungs-, Vorstellungs- und Gefühlskräfte fixierten Welt, die mit der im Leben so überaus ephemeren inbrünstigen Präsenz eines unversehens vors Auge tretenden Fabrikschornsteins oder Menschengesichts, eines Raubvogels oder Wassertropfens konkurrieren können.

Was in der entschiedenen Begrenzung eines Gemäldes stattfindet, ist die Vernichtung des Zufalls und damit der Banalität und, wie es scheint, die Etablierung von Sinn.

Ob der Realität letzten Endes Sinn und Ziel zugrunde liegen, können wir nur vermuten. Noch das finsterste Kunstwerk aber ist Abbild dieser Hoffnung. Auch wenn es um Folter, Hinrichtungen, Kreuzigungen geht: Im Bild-Kosmos hebt die subjektive Ordnung der künstlerischen Organisation – sogar dann, wenn sie sorgfältigste oder schnödeste Destruktion sein sollte, ist sie doch stets Stilisierung des Chaotischen – die Sinnlosigkeit auf. Sie verwandelt Gleichgültigkeit und Kontingenz des Phänomenalen in den gezielten, auf die Leinwand gebannten Aufruhr des Extrems. Ob es ein höllisches oder himmlisches ist, tut jetzt nichts zur Sache.

»Die Kunst«, so der bereits zitierte Leszek Kołakowski, müsse das in der Welt aufdecken, »was nicht in ihren evidenten Ansichten gegeben ist, namentlich den geheimen Reiz des Häßlichen, die verborgene Verkrüppelung ihrer Anmut, die Lächerlichkeit ihrer Erhabenheit, die Armseligkeit des Luxus und die Kostbarkeit der Armut, mit einem Wort, alle geheimen Fasern enthüllen, die von den empirischen Qualitäten überwuchert werden. (...) Die Kristallisation der Welt in der Kunst ist immer ungerecht, weil sie unendlich parteiisch ist, sie zwingt mich gewissermaßen, zur Kenntnis zu nehmen, daß die ganze Welt Zorn oder unerfüllte Begierde oder grenzenlose Ruhe oder Warten auf die Explosion sei. Es gibt keine, und sei es die flüchtigste, Qualität meines Welterlebens, die in der Kunst nicht als herausfordernde, weil fixierte Namengebung des Seins erstarren könnte.«

Wie sollten dem, der sie kennt, da nicht spornstreichs die Maskenbilder, und nicht nur die, des belgischen Malers und wohl einzigartigen Koloristen James Ensor einfallen, Bilder, auf denen die Dinge unter ihrer Starre durch die Nervenanspannung der feurigen Farbe in ein Zucken und Flackern geraten? Das Licht der flämischen Küste und das Ensorsche Farbgenie bringen die ganze Klaviatur der Seelengrimassen menschlicher Gesellschaft zum Vorschein, häßliche Fratzen in Farbklängen von phantastischer, nie zuvor gesehener Schönheit, die Grazie überschäumender Blumensträuße als diabolisches Glühen.

In Ostende, wo der Künstler sein Leben lang wohnte, gibt es in der Vlaanderenstraat 27 ein bescheidenes Ensor-Museum mit Kopien. Die Originale finden Sie hauptsächlich in Brüssel und Antwerpen. Mein Roman *Verlangen nach Musik und Gebirge* von 2004 ist auch eine Hommage an diesen Maler, der es immer wieder schafft, mir die pragmatische Immobilienkolonie an der belgischen Atlantikküste erträglich, ja, auf abstruse Weise verlockend zu machen. Ich fahre jedes Jahr für einen Tag dorthin, um, als ziemlich schreienden Kontrast, in der winddurchbrausten Betongräue des touristischen Ostendes den, natürlich imaginären, Fanalen seiner Bilder zu begegnen.

Über das Museum heißt es im Roman:

»Kein einziges Original darunter. Was macht es schon! Selbst eine Postkarte als Anhaltspunkt, wenn sie nur farbig ist, reicht aus, damit es ersteht und sich vergrößert in der Erinnerung: das stets weißdurchschimmerte Lodern von Blau und Gelb. Masken, Blumensträuße, Meerestiere, heimgesucht von der Hysterie kreidiger Farben, die ihre gefügigen

Sujets bis zu einer brenzligen, bis zur kritischen Temperatur erhitzen, Weißglut, jawohl, das läßt sich hervorpressen aus Verkleinerungen und Kürzeln, wie aus dieser Enge der Nummer 27 das nahe, sandunterlegte und kreidige Meer, das pocht und schlägt unter allem Grün und Rot. (...) Farbarien, Farbterzette und -konzerte, bei denen einem das Herz sehr wohl zerbersten könnte.«

Angestachelt von den Bildern, verfällt die Erzählerin, eine sonst durchaus recht spöttische Frau Fesch, selbst in ein Stammeln der Euphorie bis hin zur temporären Übergeschnapptheit: Die Gewalt der Bilder!

Auch bei Ensor finden sich gelegentlich von Menschen wimmelnde Szenen am Strand, im Liebesgarten, auf dem Schlachtfeld, die allerdings meist einen satirischen Anstrich haben. Bei Pieter Bruegel d. Ä. dagegen, dem mehr als drei Jahrhunderte vor dem Belgier Geborenen, entsteht durch die erdige, manchmal dunkelbunte Menschenfülle eine vollkommen andere Welt. Deren Bewohner, oft Dörfler und Bauersleute mit offenbar erhöhtem spezifischen Gewicht, scheinen zu ahnen, daß sie ihre schwerfälligen Posen, vertieft in die Darstellung einfacher Handlungen, für alle Ewigkeit eingenommen haben. Während nur der Maler weiß, daß ein Rot oder Grün in Gestalt von Kappen, Westen, Mänteln in einer Verteilung, die ihn als ästhetischer Schachzug gewiß nicht weniger als seine Figuren interessiert, über sie alle hingestreut ist.

Hingestreut über diese Menschenmassen, die, wie Moose und Flechten, obschon jeweils ohne Zweifel Individuen mit der Majestät eigener Glücks- und Leidensfähigkeit, die großen, schrecklichen, legendären Ereignisse vom Sturz des Ikarus bis zur Kreuzigung mühelos überwuchern. Die Tragödien von Einzelpersonen, deren blinde Zeugen sie sind, gehen sie nichts an. Sie kehren ihnen die von der Arbeit gebeugten Rükken zu und ersticken das Außergewöhnliche beinahe auch im Betrachter, diese Exempel des unaufhaltsamen Ganges unserer mühsamen eigenen Alltäglichkeit – und: treiben es als das geleugnete Einzigartige durch solche Bedrängnis erst recht hervor.

Ein Prinzip, das Bruegel dann im *Triumph des Todes* auf den Kopf stellt. Dort ist der spektakuläre Weltuntergang das Massenereignis mit Scharen von zugrundegehenden öffentlichen Persönlichkeiten und Divisionen aufmarschierender Skelette. Nur in der rechten unteren Ecke gibt es eine winzige Zweiergruppe, das träumerische Liebespaar, das mittels naiver, seligster Liebesversunkenheit das Toben von Feuer und Schwert ein letztes Mal, bildlich jedoch für immer, in der Waage hält.

Ist die grandiose Kühnheit dieser Komposition, und das nicht allein innerhalb der Bruegelschen Bilduniversen, vielleicht sogar das, was uns noch stärker als das apokalyptische Rasen den Atem verschlägt?

Was mich mit dem Maler verbindet, dem ich mich zum Schluß widmen möchte, ist nicht nur die Generationszugehörigkeit, sondern, viel eklatanter, das Pathos, mit dem er die Anblicke der einmaligen Dinge aus dem Strom der Zufälligkeiten, aus dem Schummerlicht der Gewöhnung und dem nivellierenden Vorüberrauschen der Phänomene zu retten versucht. Nein, sie sichtbar macht in ihrer hervorgetriebenen Singularität, in ihrem exklusiven So-sein.

So, wie sie uns im besten Fall, im Fall einer Höchstform unserer Aufmerksamkeit, im Leben, meist nur in der Kindheit, ich sagte es schon, begegnen.

So, wie der degenerierte Lord Chandos des Dichters Hugo von Hofmannsthal plötzlich, tief aufgewühlt, Ratte und Gießkanne, das Glatte und Pelzige, das Zerknitterte und das Pralle der Gegenstände, also ihren je eigentümlichen Erscheinungsmodus als das wahre, taufrische Weltwunder erkennt.

Ich spreche von Dieter Asmus, dem Maler, den ich am längsten persönlich kenne und dessen Bilder mich am stärksten beeinflußt haben (www.dieter-asmus.de). Von seiner Kindheit weiß ich zweierlei. Erstens: Anders als bei mir gehörten Bilder nicht zu seiner selbstverständlichen norddeutschen Umgebung, was offenbar das schon früh vorhandene dringende Bedürfnis nach ihnen verschärfte. Wobei der in Zeitschriften abgedruckte Comic *Prinz Eisenherz*, dem auch ich Folge für Folge im Wartezimmer eines Zahnarztes im Ruhrgebiet entgegenfieberte, eine wichtige Rolle spielte. Wie viel später etwa die Bewunderung für die enorme Rasanz der Bildgeschichten des Amerikaners McCay *Little Nemo in Slumberland* und, allein Asmus betreffend, in direkter künstlerischer Verwandtschaft der amerikanische Comic-Künstler Richard Corben, der Spätgotiker Konrad Witz und die Photographie.

Zweitens: Wir wuchsen als Kriegskinder zwar in verschiedenen Gegenden auf, aber beide in zerstörten Großstädten. Auch bei Dieter Asmus, und wohl noch stärker als bei mir, weil er das Trümmerchaos als der etwas Ältere deutlicher wahrnahm, führte dieser Ernstfall zu einer Immunisierung gegenüber den Erosionsreizen von Trash, Verschwommenheit, Zersetzung. Im Gegenteil: Der Staub, allerdings auch der von konventioneller Sichtweise und Gewöhnung, sollte von den Dingen entfernt werden, um ihr Epiphanisches unübersehbar, einzigartig und zugleich exemplarisch zu machen.

Viel wesentlicher als für die meisten Schriftsteller – es war mir, als ich Asmus Anfang der Siebziger kennenlernte, die beste Hilfe und Lehre – ist für Maler – wie bei mir immer die Frage nach der Konstruktion eines Textes – die nach Stilmitteln und Technik. Wie kam es, konnte ich mich direkt an der Quelle erkundigen, nach den die Abstraktion überwindenden, noch Dubuffet-nahen Gemälden aus der tachistischen Anfangsphase (wo sich aus wilden, evokativen Farbgründen, in die sogar kleine Gegenstände eingearbeitet waren, wieder erste figürliche Rudimente entwickelten), wie kam es bei einem Systematiker wie Asmus zur lateinischen Klarheit und Kühle der *Frau unter der Höhensonne* von 1968?

Obschon es ein Weg von bestechender Logik ist, soll er hier nicht im Einzelnen dargelegt werden. Nur ein paar Hinweise zu der so elegant Posierenden: Bei diesem per Brille und Badehaube zusätzlich anonymisierten Rückenakt auf dem Bett oder Podest, wird weder durch Farbe noch graphische Details (wie etwa Haare, Mimik, Falten) die durch umlaufende schwarze Kontur erzeugte plastische, damals kunsthistorisch verbotene Intaktheit, ja Überpräsenz des Rückens und Hinterteils beeinträchtigt. Der umgebende leere Raum steigert den Eindruck noch. Es war vor allem der Sieg eines Konzepts, der Triumph einer neuen Formensprache.

Wobei das einzelne Objekt immer eine Summe, ein Extrakt aus vielen verschiedenen Anblicken und Stützfotos ist. Nur so erhält der gemalte Gegenstand, erhalten menschliche und tierische Wesen wie gewünscht Energie und Gewicht, die sie von einer flüchtigen Wahrnehmung, ohne auf Symbolik zu reflektieren, unterscheiden.

Für mich, als ich, zusammen mit meinem Mann, das Gemälde zum ersten Mal sah, wurde es, vom Maler vermutlich gar nicht intendiert, aber eben nur durch die genannten Stilmittel ermöglicht, souveränes Inbild, geradezu das Wappen von Unabhängigkeit und Gelassenheit einer noch utopischen Frau, die sich ihre Nacktheit leistete, ohne ostentativ, ohne ideologisch zu sein, so, als wäre sie ein kühles Kleid. Wie gesagt, wir schreiben 1968! Ich hatte nicht das Bedürfnis, sie, wie damals die gotische Maria, in Aktion zu versetzen – was sicher auch mit einer gereiften Rezeptionsweise zusammenhing –, der Geist dieser Frau schien mir vollständig in ihrer ruhenden Rückenansicht verkörpert, das Fleisch ohne Vernebelung, ohne Mystifizieren ebenso animalisch wie vollständig transzendiert. Was ich sah, war ihr in der geschlossenen Oberfläche anschaulich gemachtes Inneres.

Mehr als zwanzig Jahre später, 1991, entstand in etwas anderen Braun- und Grautönen das großformatige Pastell *Fixerin*. Nein, keine Bildbeschreibung meinerseits. Nur dies: Der Gegensatz zur Höhensonnenfrau könnte kaum größer sein. Das gesamte Bild scheint sich in seiner rechten Hälfte in einem Leidens- und Lustanfall zu verkrampfen. Aber läßt sich nicht die geheime Schönheit im Häßlichen oder Schmerzverzerrten, von der Kołakowski spricht, und die in der Kunst nicht in Verklärung, sondern in Ausdrucksmächtigkeit besteht, trotz Spritze und Urinbecken erkennen? Je länger man das Bild ansieht, desto zwingender in Attacke und Intensität? Die Details, Ring, Tätowierung, sind durch ökonomische Auswahl aus der Zufälligkeit diskret ins Symptomatische entrückt und jeweils zum pars pro toto geworden. Vor allem: Werden wir, nachdem uns dieses Mädchengesicht, riesig zwischen den helfend-gewalttätigen Händen, so unausweichlich vor Augen gesprungen ist, die Süchtigen an Straßenecken und auf Bahnhöfen nicht anders sehen, auch ohne deshalb sentimental zu werden?

Auf dem Gemälde *Krankenzimmer* von 1998/2001 konfrontiert uns Dieter Asmus mit einem dritten Frauenbild oder müßte man richtiger sagen: Menschenbild? Eine Greisin streckt, auf der Suche nach Hilfe, ihre verdorrten, ins Vegetative übergehenden Arme nach oben – ein Metaphysiker würde vermuten: Richtung Himmel wie der Anachoret Paulus bei Grünewald – und trifft auf die Triangel des Metallgalgens. Ein Gedanke, den jeder auf eigene Verantwortung weiterverfolgen kann. Ansonsten gibt es noch den lächerlichen Trost der geometrischen Bildchen an der Wand.

Und wir? Benötigen nicht auch wir angesichts der grausamen Vorführung des so gern Verdrängten Zuspruch? Zunächst zucken wir vor dem Anblick zurück, vor diesen mit unnachsichtiger, aber keineswegs sadistischer Schärfe gemalten, vom sehr langen Leben verunstalteten Gliedmaßen, als wären sie eine Beleidigung von Weiblichkeit und Alter und nicht Teil ihrer Wirklichkeit, wozu auch gehört, daß man das Geschlechtsspezifische nicht mehr identifiziert.

Aber stellen sich nicht gerade diese eingetrockneten Arme und gichtigen Hände, furchtlos betrachtet, als der eigentliche Trost heraus? Sie sind in der technologischen Kälte des Zimmers, und deshalb dieser trotz der Hinfälligkeit überlegen, das einzig Lebendige, Organische – ein erschreckendes und festliches Naturschauspiel –, sind mit den Resten von Muskeln, den Sehnen und hervortretenden Adern Ihnen und mir und einer Baumwurzel gleichermaßen verwandt. Sehen wir also ohne Scheuklappen hin! Ist das Gewaltsame des Bildes nicht auch eine strahlende Emphase? Warum sollten wir, einem ängstlichen Vorurteil folgend, die Formenvielfalt eines alten Astes schöner finden als die eines alten Menschenarmes!

Ein letztes Frauenporträt, wiederum ein großformatiges

Pastell von 1998, beinahe lieblich, auch wenn es sich um eine Selbstmörderin handelt. In dem Roman *Zwei schwarze Jäger*, von dem schon die Rede war, unterhalten sich im Atelier des Malers Grosse die Steuerberaterin Martina und die hier als Fotomodell arbeitende Prostituierte Uschi über das Werk:

»Der Maiglöckchenstrauß und die weißen Handschuhe! Wie traurig, aber auch wie schön! Es geht zu Herzen. Sie ist bestimmt aus unglücklicher Liebe gestorben«, so die fürs Romantische zuständige Uschi.

Die Steuerberaterin: »Eher aus Angst und Abneigung vor den Menschen. (...) Von hoch oben gesprungen, deshalb ist das Autodach so verbeult. Aber sie liegt in dem geknautschten Blech ja unversehrt auf dem Rücken, wie ein allen entrücktes Juwel in einer seidig ausgeschlagenen Schatulle, wenn auch mit gebrochenem Genick und gestauchtem Körper. (...) Man hört noch den Aufprall, das Knirschen des Metalls und spürt die Zugluft vom tiefen Fall an der roten Backsteinmauer entlang. Es hat ihr den Strumpf und den Schuh runtergerissen. Wie man in das Bild hineinstürzt, brutal hineingesaugt wird, (...) und doch geht eine solche Frische, ein so unnahbarer Frieden davon aus! Sie ist in einem Zustand angelangt, der, ich kann es nicht anders ausdrücken, unzerstörbar, nicht mehr kaputtzukriegen ist.«

Wirkung und Appell dieses, wie aller Gemälde von Dieter Asmus, bestehen darin, meine ich, die zeitgenössische, scheinbar unmythologische, prosaische Welt, in der es immerhin um unser Lebensglück und unsere Todesangst geht, als Erscheinung überhaupt wahrzunehmen und zu würdigen, sie darüberhinaus jedoch als eine im Kern nicht-banale, hochgradig inbrünstige zu begreifen. Genau das erhoffe ich mir auch von der Literatur.

Was ist schon ein Roman!

Eine »Reportage«

Ein paar Vorbemerkungen zum Titel.

Was ist schon ein Roman! Am Ende dieses Satzes, in dem, durchaus beabsichtigt, eine gewisse Geringschätzung mitschwingt, steht ein Ausrufezeichen. Es handelt sich demnach nicht um eine Frage, erst recht nicht um die Ankündigung einer literaturwissenschaftlichen Begriffsbestimmung, nicht um eine angepeilte Situierung des Romans zwischen Mimesis, Imagination, Dekonstruktion usw. Eher um eine abschätzig nuancierte Behauptung, die man für eine lediglich rhetorisch gemeinte halten könnte, wenn man bedenkt, daß sie jemand, ich nämlich, in die Welt seufzt, der mehr als zwei Drittel seines inzwischen ziemlich langen Lebens mit dem Verfassen von Literatur zugebracht und soeben im Großen und Ganzen seinen zehnten Roman fertiggestellt hat.

Ich wiederhole trotzdem in ernster Absicht und keineswegs mit der, die Feststellung gleich zu widerrufen, ein beklommenes Achselzucken inklusive: Was ist schon ein Roman! Sage es mir in meinen schwächeren Stunden bis heute, Tendenz zunehmend. Diese Momente sind mir wichtig, weniger zur Schärfung meiner Gedanken, als zur Prüfung der beim Schreiben nötigen Substanzen. Die eigenen skeptischen Einwürfe gegenüber dem Medium sollen nicht voreilig von alten Antworten beschwichtigt werden.

Ich nenne Ihnen die drei wichtigsten solcher kritischen Augenblicke, und wohl nur härteste Literaturanhänger unter Ihnen werden solche Anwandlungen nicht nachvollziehen können.

Trotz unserer unerläßlichen Abgebrühtheit gegenüber katastrophischen Lokal- wie Globalnachrichten gibt es immer wieder Ereignisse, die jedem Versuch, der Wirklichkeit mit einem Romangebäude entgegenzutreten, spotten. In meinem Fall betreffen sie häufig eine unverdrossene, unter dem vielfach augentäuscherischen Deckmantel der »Schaffung von Arbeitsplätzen« betriebene Zerstörung von Landschaft und die Marginalisierung ihrer ästhetischen Bedeutung, als sei sie allenfalls noch für touristische Zwecke relevant, ansonsten im 21. Jahrhundert anachronistischer Quark. Es meldet sich mit durchdringender Stimme das Argument: Sollte man als Autor Zeit und Kräfte in Wort und besonders Tat nicht wirksamer, unmittelbarer, und insofern auch befriedigender einsetzen, als in der Beschäftigung mit dem milden, selbst da, wo es sich berserkerhaft gebärdet, geradezu demütigen Instrument einer zwangsläufig umwegreichen Romanschreiberei? Nach meiner Erfahrung kann man das vielleicht mit dem Hirn und einem animalisch drängenden Schreibtrieb, aber sicherlich nicht mit dem Gefühl ein für alle Mal entscheiden, falls man Kompromissen aus Überzeugung und vom Naturell her auf diesem Feld aus dem Wege gehen möchte.

Weniger gefährlich für mich selbst, jedoch folgenreicher im allgemeinen Bewußtsein, ist der triumphale Vormarsch eines wissenschaftlich-zielgerichteten Weltbildes, das epischen Produkten jovial den Platz eines zerstreuenden Ornaments zuweist. Mit Zustimmung wird die literarisierende Ausschmückung amouröser, auch historischer Ereignisse betrachtet, am besten beides nach gefälliger Rezeptur miteinander verquickt in der Manier eines modernen Märchenerzählers für Leser ab vierzehn Jahren. Wohlgelitten sind außerdem unterhaltende Phantastik und eingängige Illustration gesellschaftspolitischer Analysen, Sachbücher, aufbereitet zur flotten Lesbarkeit im Sinne von nicht hundertprozentig für voll zu nehmenden Damenprogrammen. Ansonsten aber geht es in Wirtschaft, Politik, Forschung um Gravierenderes und Effizienteres als kulturellen Hokuspokus. Allerdings darf er feierabendlich, als immerhin einstmals verdienter abendländischer Bildungsfaktor, ruhig weiter existieren, auch wenn man mittlerweile zeitgemäßere Formen unterhaltsamer, vorübergehend auch gern ein klein bißchen aufrüttelnder Entspannung kennt. Anderes als das wird ohnehin weder verlangt noch gewünscht von der Literatur.

Sie soll packen, aber nicht am Genick.

Vielleicht gibt es hier eine Analogie zur Revolution in der Pflanzensystematik, in der die Morphologie Linnés mit ihren organistisch orientierten Vertretern den molekularen Modellen aufgrund von DNA-Analysen weicht. So weit, so vermutlich gut. Aber offenbar ist in fortschreitendem Prozess die Gestalt der untersuchten Pflanze dem progressiven Professor und dem ehrgeizigen Studenten als längst Überholtes ebenso unbekannt wie die Beschäftigung mit ihr, die zur nachsichtig belächelten Nostalgie und also bestenfalls luxuriösen Zeitverschwendung geworden ist. In einem Interview mit der Süddeutschen Zeitung sprach kürzlich die Ökonomin Esther Duflo von Lehrplänen, die vorsehen, daß Siebenjährige bereits Atomphysik lernen sollen. Sie sieht das als Gefahr für die Mehrheit der Kinder, die mit der frühen Elitebildung überfordert sind. Aber es stellt sich auch die Frage, auf Kosten welcher Fächer, ich vermute erfahrungsgemäß: Literatur- und Kunstunterricht, geht diese Entwicklung?

Eine dritte Anfechtung besteht im gewaltigen Sog der medialen Zaubereien. Auf die Bedürfnisse des großen Publikums bezogen, dessen Quantität die wahre Bedeutung eines Werks mehr und mehr zu bestimmen scheint – das Feuilleton beginnt sich dieser Einsicht zu fügen –, steht der Roman ohnmächtig da. Das Kaufen eines Buches kann dessen anschließende Lektüre vortäuschen. Aber nicht mal das aufgekratzteste Event ersetzt die antiquiert einsame Prozedur des Lesens. Eine gewisse Konkurrenz zu den optischen und akustischen Betörungen bietet, ihre Beliebtheit bestätigt es, ausgefuchste Kriminal- und Science-Fiction-Prosa, des Weiteren solche, die mit robusten Inhalten aufwartet, kompetent und durchaus ehrenwert auf direkte Wirksamkeit bedacht, etwa aus dem Krebs- und Kriegsbereich. Das alles mit guter Aussicht auf eine Position unter den Stapeltiteln der Saison. Aber womöglich ist auch das nur ein – noch lukratives – Gnadenbrot für die auf Papier gedruckten Buchstaben?

Lediglich zum Beruhigung verbreitenden Schmunzeln ist das eigentlich nicht, obschon man es im optimistisch sanktionierten Bereich eines Literaturhauses kurzfristig glauben möchte.

Viel erheblicher als das bisher Gesagte scheint mir persönlich der nun doch zur Frage gewendete und leicht ergänzte Satz zu sein: Was ist für mich diesmal ein Roman? Denn nur, wenn ich, und zwar nicht zu definitorischen Zwecken, am Beginn eines epischen Vorhabens diese Überlegung anstelle, bin ich in der Lage, die freundliche Verachtung des »Was ist schon ein Roman!« abzuschmettern.

Wem das allzu deutsch, nämlich typisch vergrübelt, vorkommt, der sei nicht nur an die aufwendigen erzählerischen Arbeitsanstrengungen eines Flaubert und die lebenslangen Selbstzweifel eines Kafka erinnert, sondern auch an die, zusätzlich zu den finanziellen, vielfach belegten literarischen Qualen so angeblich furioser Autoren wie Herman Melville und Joseph Conrad. Man muß das andererseits auch nicht idolisieren, es gehört schlichtweg zum Beruf. Obschon es heute weiß Gott genügend Leute gibt, die solcherart Gewürge überflüssig, ja albern finden und es einem romantischen Geniebegriff des 19. Jahrhunderts zuordnen. Dabei trifft der wohl eher, eine merkwürdige zeitgenössische Verdrehung, auf das exakt Umgekehrte, auf die momentan so adorierte Geste des Spontanen und die Pose des rückhaltlosen Geständnisses zu, was jedem irgendwie irgendwas Schreibenden, ganz demokratisch, ein schönes Flackern des wahrhaft Kreativen, gar Originären verleiht.

Ich glaube, trotz größtem Respekt vor dem Handwerklichen und Beharren auf der Autorenpflicht zur wenigstens maßvollen Belesenheit, nicht an eine verbindliche Romanform, bevorzuge stattdessen gelegentlich Werke, die aus einer zäh überlieferten Dramatik, aus Muster und Schema der Tradition, die sie selbstverständlich kennen, vergleichsweise rücksichtslos ausbrechen, favorisiere eher Unklassisches wie beispielsweise Tiecks *Die sieben Weiber des Blaubart*, Victor Hugos *Die Arbeiter des Meeres*, Robert Walser sowieso, besonders natürlich *Jakob von Gunten*, Hubert Fichtes *Xango*, die Prosa Ror Wolfs, Eckhard Henscheids *Die Mätresse des Bischofs*, ziehe, bezogen auf den herrschenden Kodex, partiell Gescheitertes wie Brentanos *Godwi*, Eichendorffs *Ahnung und Gegenwart*, ein Roman, in dem sich immer wieder dieselben Menschen treffen, in riesigen Wäldern, auf ruinierten

Schlössern, in einem vom Krieg verwüsteten und vom Mond beschienenen Land, wo es außer den paar Hauptpersonen auf der Welt nur noch hin und wieder Soldaten und Jäger am Horizont gibt, auch Mörikes *Maler Nolten*, Herman Melvilles *Mardi*, William Faulkners *Schall und Wahn* (der Roman, den er selbst als sein »heldenhaftestes, glorreichstes Scheitern« klassifizierte), ziehe das alles dem vor, was Musil »primitive Epik« nannte. Diese Werke – und es ist kein Zufall, daß sie alle wenig populär sind – prägt etwas störrisch Originäres, das sich weder nach Jahrzehnten, noch, bei den älteren Romanen, nach Jahrhunderten abgenutzt hat.

Gemeint ist nicht unbedingt programmatischer Avantgardismus. Davon gibt es viel im letzten Jahrhundert. Ich spreche auch nicht von Rebellentum, das gezielt Erwartungen zu stören beabsichtigt. Ich denke bloß ganz bescheiden daran, daß man etwas noch Unsichtbares, nicht Artikuliertes, die noch »ungeborenen Geister«, wie Jean Paul es nannte, auch unter Einsatz einer scheinbaren Formentgleisung, ans Licht bringen will. Gerade, weil man die Form, die kein Kleid von der Stange sein sollte und auch keine Zelebration ehrwürdiger Epikrezepte, ernst nimmt: Eine Vision soll in die Außenwelt überführt werden, ohne dabei durch Fremdeingriffe der Norm in den interessantesten, persönlichsten Aspekten zum Teufel zu gehen. Das passiert nicht automatisch.

Automatisch sagt man unwillkürlich anderes, als man eigentlich möchte. Man kann sich aus Bequemlichkeit damit abfinden, riskiert aber, daß Inhalte durch die falsche, die nicht angemessene Gestalt gerade im Wesentlichen deformiert werden. Es gilt, Lust und Last einer großen Freiheit zu nutzen, falls man nicht von vornherein, wie man sagt, erfolgsorientiert und marktabhängig schreiben will.

Das zu machen, was einem paßt, bedeutet, daß Gehirn, Seele, Eingeweide intensiv belauscht werden, vor der Arbeit und währenddessen, erst recht bei größeren Romanvorhaben. Gelassen eine Tür offen halten für Einfälle und Zufälle unterwegs kann man umso besser, wenn man am Anfang, das ist meine immer wieder bestätigte Erfahrung, rigoros plant. Man muß sich selbst dann ja nicht lückenlos gehorchen.

Dazu gehört selbstverständlich auch – das betrifft jetzt die Gesamtästhetik des Romans und ist nicht in erster Linie Problem einer Höflichkeit gegenüber dem Publikum –, daß der Autor die Wirklichkeit unter Zuhilfenahme erlernter und neu erfundener literarischer Manöver in eine offensichtliche oder verdeckte Entwicklung, neutraler gesagt: in Bewegung, in eine Strömung versetzt, in ein dynamisches, die Anteilnahme von Kopf und Herz des Lesers auslösendes, hin und wieder möglichst mitreißendes System.

Was ist schon ein Roman? Was ist schon Literatur? Ich möchte an den drei Abenden hier in Zürich über die Werke einer Autorin und die zweier Autoren sprechen, die sowohl die immensen Möglichkeiten wie das strenge Gesetz des Epischen auf außergewöhnliche Weise konkretisieren, und zwar anhand einer »Reportage«, eines Fragments und eines Riesenromans oder besser: Romanriesen.

Die 1938 geborene Marie-Luise Scherer war mehr als zwanzig Jahre Autorin beim *Spiegel*. Die Fülle der vorbereitenden Recherchen, auf denen ihre Reportagen basieren, ermöglichte ihr, im schriftlichen Arbeitsprozeß äußerst wählerisch zu verfahren. Sie sammelte nicht Indizien zum dramatisch aufgeputzten Beleg einer vorgefaßten Meinung, sondern leistete sich den Luxus der Unvoreingenommenheit. Das springt unterminierend auf den vor allem in diesem Genre an ganz

Anderes gewöhnten Leser über. Die Autorin blendet also nicht – zunächst einmal bescheiden und ex negativo gesagt – mit einer Schein-Genauigkeit, die in Wirklichkeit nur Beweise für Klischees liefert.

Ich werde das Wort »Reportage« übrigens ab jetzt nicht mehr benutzen, da die Autorin, genuin literarisch, die Welt der offiziellen, offensichtlichen Faktizität für Fiktion hält, nicht andersherum.

Legendär ist ihre Arbeitsweise. Sie zählt zu der Sorte von Schriftstellern, die, für eine Mitarbeiterin bei einem großen Nachrichtenmagazin höchst ungewöhnlich, mit ans Phantastische grenzendem Zeitaufwand an ihren Texten meißeln, von der Konstruktion bis zu jedem einzelnen Wort, bis es vielfältig geschliffen und ohne durch sentimentale oder kaltschnäuzige Pointierung verdunkelt zu sein, funkelt.

Als Lektüre empfehle ich die Sammlung *Der Akkordeonspieler* von 2004 und werde mich ab sofort einer dieser, wie es im Untertitel heißt, »Wahren Geschichten aus vier Jahrzehnten« zuwenden. Sie heißt »Die Hundegrenze«, erschien 1994 im *Spiegel* und spielt im letzten Jahrzehnt der DDR vor dem Mauerfall sowie kurz danach, also in einer der brisantesten Phasen der jüngeren deutschen Geschichte.

Schauplatz ist die deutsch-deutsche Grenze. Hauptakteure sind die sogenannten Laufleinenhunde.

Der Leser begreift schnell, daß es sich dabei um ausgewählte Wachhunde für die wirksame Absperrung der Grenze zur BRD vor Republikflüchtlingen aus der DDR handelt. Was genau unter der Bezeichnung zu verstehen ist, wird jedoch erst nach zwanzig Seiten geschildert. Bis dahin erfährt man in Vor- und Rückblenden Anekdotisches und dezidiertes Insiderwissen, Einzelheiten zu Auswahlkriterien und Beschaffung der Tiere, ihre unterschiedlichen Schicksale und die der Menschen, denen sie zu gehorchen haben. Beide Gruppen werden mit persönlichem Namen benannt. Die Behandlung der Hunde schwankt zwischen Zuneigung und Verdinglichung. Aus Züchterperspektive sind sie Mängelexemplare für den Verschleiß. Ihre Einsamkeit, ihre psychische und physische Pein werden in beispielhafter Trockenheit, wenn auch nicht ohne heiße, aber beherrschte Parteilichkeit dargestellt. Faktenreich präsentiert Marie-Luise Scherer eine barbarische und zugleich lächerliche Grenze in Europa, einschließlich Angst, Bespitzeln, Kumpanei beim illegalen Handel ideologisch abgerichteter, trotzdem bürgerlichen Versuchungen ausgesetzter DDR-Grenzbeamten untereinander.

Jede dieser knappen, teilweise in kurzen Szenen mitgeteilten Nachrichten ist, neben ihrem unschätzbaren Wert als präzis Symptome erhellendes Zeitzeugnis, in mehrfacher Hinsicht funktional. Alle Details verdichten im Verlauf des Geschehens rückwirkend ihr spezifisches Gewicht und verändern sich durch eine unbeirrbare Ökonomie, die man beim Lesen in ihrer Strenge erst allmählich registriert. Es bildet sich ein geheimnisvolles Netz zusätzlicher Botschaften zwischen den sparsam kommentierten Tatsachen: »Moldt war seiner naturscharfen Diensthunde wegen, die er in Gehorsam zu lenken verstand, in Grenzerkreisen hochgeachtet. Sein Ansehen wuchs noch, als er 1966 mit seinen Empfehlungen hervortrat, wie eine Hundetrasse wirkungsvoll zu bestücken sei. Es war die Anfangszeit des Laufleinenhundes, der mithelfen sollte, die Republikgrenze unpassierbar zu machen. Die ersten, die das Los dieses Wächteramtes traf, waren ausgemusterte Diensthunde. In ihrer nutzbringenden Weiterverwendung lag der Beginn des Wachhundesystems.«

Aus technischen Informationen entsteht hier eine charakteristische Atmosphäre. Am intensivsten beschäftigt uns, diese Gefühlsfährte hat die Autorin früh gelegt, ein gewisser gelber Trassenhund, der zur Spezies der schwachen Exemplare zählt. Seine Erscheinung strahlt inmitten des allgemeinen Hundeunglücks »eine gewisse Festlichkeit« aus. Bei seinem ersten Auftritt bildet ein »Geriesel von Schafgarbenblüten« ein Dreieck auf seiner Stirn. Das Urteil des vorführenden Soldaten, hart dagegengesetzt, lautet: »Das ist Alf, den könnte man mit einer Mütze totschlagen«. Alf mit der Stammrollennummer A-0441 und der Wesensziffer II/344.

Er, die dezente Hauptperson der Geschichte, taucht im zeitlichen Vorgriff des Anfangs nach dem Fall der Grenze auf und begleitet den seit seinem Entree um ihn bangenden Leser bis zum Schluß. Schafgarbenblüte und Totschlag mit der Mütze: Das sitzt, ehe man sich versieht, im Gemüt! Normalerweise, es bleibt uns an anderer Stelle nicht erspart, bringt man hier Hunde mit der umgedrehten Axt um.

Zur Psychologie, die Alfs Arbeitsfeld kennzeichnet, heißt es: »Zuerst spielte Moldt nur gedanklich mit den Kompositionen für eine brauchbare Hundetrasse. Er komponierte den Wütenden neben den Gelangweilten oder Sanften, wo die Dynamik des einen den lammfrommen oder gelassenen anderen mitreißen müßte, er dachte sich den Gelangweilten oder Sanften an die Seite des Wütenden, damit dessen Reizbarkeit nicht noch bedient würde. Moldt kleidete seine Vorschläge in ein Klima von Wissenschaftlichkeit, als er sie beim Bataillon offenbarte. Er tischte die Temperamentenlehre des Hippokrates auf, die auch für Hunde gelte.«

Was erreicht die Autorin mit dieser Einlassung hinter dem Rücken des ehemaligen Berufssoldaten und Hundekenners

Moldt, der im Bewußtsein absoluter Verfügungsgewalt über Klassifizierung und Gebrauch fühlender Wesen theoretisiert?

Vorher eine Zwischenbemerkung. Es geht in dieser Geschichte der Grenzerrichtungen und Grenzauflösungen zunächst, politisch gesehen, um die nationale Grenze, wobei die Autorin, ich sagte es bereits, und nun leuchtet es als formale Schlüssigkeit gewiß schon ein, sich nicht an die chronologische Reihenfolge der Ereignisse hält. Sie durchlöchert die Abfolge, ohne bei ihrem Vor- und Zurückspringen die Fakten zu ändern, was eine nicht unbeträchtliche Unsicherheit gegenüber dem historisch Gewußten erzeugt.

Unterlaufen wird die Front zwischen den beiden Lagern und ihren starren, plötzlich leicht wankenden Feindbildern anschaulich durch eine Episode des Jahres 1986, als der durchfrorene Hund Kemal, offenbar in Panik vor der Sylvesterknallerei unversehrt über die Grenze in die DDR geflohen, mit Lübecker Adresse im Halsband beim Grenzaufklärer Zimmermann abgegeben wird. In einem ohne ironisches Blinzeln servierten Kabinettstück schildert Marie-Luise Scherer die bürokratische Rückführung auf dem Dienstwege, bei der unter Einschaltung der Schleswig-Holsteinischen Landesregierung Kemal amtlich korrekt zu einer »Importsache« und einem »Ausfuhrgut« werden muß, da er den »Tatbestand der illegalen Einfuhr von Tieren« erfüllt.

Selbst wenn das dokumentierte Realität sein sollte: In der satirischen Präzision muß es makellose Erfindung sein.

Der Bericht über den Zwischenfall ist amüsant und für den damaligen verkrampften Verkehrston von hoher Signifikanz, aber sehr viel mehr als nur das. Und nun komme ich auf den Hundepsychologen Moldt zurück. Perfid unschuldig beleuchtet die Autorin gleich zu Beginn, als es nach dem Mauerfall darum geht, Restbestände der nutzlos gewordenen Trassenhunde abzugeben, eine zweite, eine ontologische Grenze.

Es ist die zwischen Mensch und Tier, die sich durch das gesamte Stück zieht. An dieser Frontlinie, gegen alle hierarchische Anmaßung, aber ohne die kleinsten Ausflüge und Ausflüchte ins Esoterische, eine zunächst verborgene, hartnäckige Erosionsarbeit zu leisten, ist Marie-Luise Scherers eigentliches Ziel. Die Infiltration gelingt ihr so zwingend wie die Grenzübertritte, die ihr journalistisches Ausgangsgenre betreffen. Nicht per Effekt, Pointe, Fazit, vielmehr allein durch das stille und umso nachwirkendere Mittel von Wortwahl und Komposition.

Auf der einen Seite existieren die Tiere als pure Ware. Ein Fährtenhund wird finanziell in sachlichem Ton, als eignete sich die Verfasserin die Weltsicht der Protagonisten an, zum Wert eines gebrauchten Audi in Beziehung gesetzt. Die Tiere sind rechtloses Material zur freien Verfügung, begehrenswerte oder schäbige Kaufobjekte, verwendbar je nach Art fürs Mästen, Schlachten, für hemmungslose Jagdmassaker, diesmal nicht auf flüchtende Menschen, sondern auf Wild in den Grenzwäldern, auch als durch guten Drill für einige Zeit wertvolle Wachhunde und gegebenenfalls als unerwünschtes, ausgedientes Ding wieder abzustoßen.

Andererseits schmuggelt die Autorin laufend Begriffe, Bilder, Szenen aus dem einen, dem tierischen Bereich in den anderen, den der Menschen. Moldt merkt gar nicht, wie sehr er das Einsickern der Zersetzungskräfte befördert, indem er seine These von den Temperamenten auf die Hunde anwendet. Genauso läßt sich militärpsychologisch mit den Soldaten verfahren, die, wie die Hunde, bedrohliche und zugleich drangsalierte, individuelle Kreaturen sind. Wenn er, der den wirkungsvollen Schutz der Grenze fordert, leichthin behauptet, der sanguinische Hund begreife schneller als ein Professor, ist er sich über die, nennen wir es: philosophischen Implikationen solcher Vermischungen natürlich nicht im Klaren. Umgekehrt kann ein Grenzaufklärer bei seinen nächtlichen Kontrollgängen nur in enger Zusammenarbeit mit den ausgezeichneten Ohren seines Hundes die Trittgeräusche eines Rehs von denen eines zu jagenden Republikfeindes unterscheiden. Ein heimlicher, nirgendwo ausgesprochener Mauerfall findet statt, eine Überredung allein durch Motivspiegelungen, Gleichungen, Vergleiche.

Marie-Luise Scherer bringt jedoch noch eine weitere Grenze ins Wanken. Stabsoberfähnrich Zimmermann zum Beispiel, der in dem von ihm beherbergten Westhund Kemal stramm sozialistisch einen verweichlichten »Zögling der Klassengesellschaft« wittert, treibt als Nebenerwerb Handel mit liebevoll betreuten Kleintieren im Tausch gegen Filzfliesen und Mischbatterien aus Westpaketen, was allerdings durch Anzeige eines nachbarlichen Feindes zu einer »Verwarnung wegen Kleinbürgerlichkeit nach Dienstschluß« führt. Der strategische Mischer von Hundetypen Moldt gewährt zuhause im Sessel seinen Tieren größte körperliche Zuwendung.

Und so zeigen sich eigentlich nahezu alle, die auf die eine oder andere Art mit dem Schutz der Grenze befaßt sind: zwiespältig, heterogen, gehorsam der Parteilinie und mit verstohlener Widersetzlichkeit, grausam aus Lust, aus banger oder überzeugter Treue gegenüber dem autoritären Regime und zugleich unberechenbar weichherzig bis zur Kindsköpfigkeit, alle von kleinen Freuden und größeren beruflichen wie familiären Bitternissen geprägt.

Es mag im Ergebnis nichts für die Opfer ändern. Aber

die von der Autorin praktizierte Königstugend der Ambivalenz (die schon vor Jahrhunderten etwa Henry Fielding zum ehernen Prinzip seines *Tom Jones* machte), d.h. ihrer Wahrnehmung in allen menschlichen Belangen, modifiziert, vervollständigt und humanisiert den Blick. Sie ist außerdem das wirkungsvollste Gegengift bei Ideologieanfällen. Auch die wenigen Guten sind an irgendeinem Punkt problematisch und die Bösen nicht ohne ein stilles Plätzchen für edle Anwandlungen.

Obschon es dem in uns allen vorhandenen Bedürfnis nach Grenzziehung samt Verteufelung und Vergötterung den Spaß verderben mag: Gier nach Geld, Konsum, Macht kommt wie die biedere Sehnsucht nach menschenfreundlicher Geselligkeit und familiärem Geborgensein in ein und demselben Individuum ans Licht, sobald es die Chance dazu hat, im Westen wie im ehemaligen und heutigen Osten.

Das wird, wohlgemerkt, nie ausgesprochen, verdeutlicht sich dagegen als Gestalt in einem unerwarteten Spotlight, in einer Information, die scheinbar illustratives Beiwerk ist. Man kann den Hinweis konstatieren oder überlesen. Nie aber wird man auf ein Klischee stoßen, das nicht schleunigst zersetzt würde in diesem gewaltigen Kleinstroman über die von gegenseitigen Vorurteilen so dicht verminte Grenze zwischen den beiden feindlichen deutschen Brüdern, zwischen Mensch und Tier und, dritte Ebene, zwischen Gut und Böse.

Dadurch macht die Autorin freilich keinen Vorschlag zur Güte. Ihr mit langmütiger Kühle verabreichtes Einträufeln des Zweifels an der Stabilität der Fronten faßt im Leser, der einer stillen Argumentation in Bildern ausgesetzt ist und nicht lauten Resümees, von denen er sich grenzsichernd distanzieren könnte, mit beunruhigender Nachwirkung Fuß.

Formal gesagt: Der Text konfrontiert ihn mit den Arbeitsweisen, Schachzügen, Demagogien der Literatur.

Literatur nimmt den Umweg über das Konkrete und riskiert willentlich, daß sich nie völlige Eindeutigkeit ergibt. Sie traut weder dem Eindeutigen, noch allerdings dem Verschwommenen, das gar nicht wenige mit Poesie verwechseln. Bei Marie-Luise Scherer tritt hinzu – Schriftsteller bewundern sie dafür und beneiden sie darum –, daß die geschulte Journalistin für das professionelle Nachforschen bis hin zum Entlocken eigentlich unerreichbarer Details ziemlich einzigartig begabt ist und ausgestattet mit dem Fleiß zum Erwerb gründlicher Sach- und Fachkenntnis, sowie, all dem voran, mit Instinkt und Besessenheit zum Aufspüren des absoluten Bildes, des treffenden Worts.

Hier liegt wohl der Unterschied zur noch so überzeugenden Reportage: Die Autorin besitzt ihren Stoff durch und durch – und verwandelt ihn, ohne die Inhalte nachweisbar zu manipulieren oder ihr Gewicht zu reduzieren, in ein rein sprachliches Kraftfeld. Noch entscheidender: Man hat, wenn man die Texte dieser mit kühler Leidenschaft zu Werke gehenden Menschenbeobachterin und über ihre eigene Schmerzgrenze hinaus Tierliebenden liest, den Eindruck, etwas viel Komplexeres, Wuchtigeres, Wahreres aufgenommen zu haben als die schieren, schwarz auf weiß gedruckten Sätze, ihre Informationen und Analysen. Der Leser fühlt sich versetzt in einen höher oder tiefer gelegenen, weit geöffneten Raum, in ein Reich der Signale und Zeichen, die sein Inneres zusammenzucken und aufhorchen lassen, obschon Marie-Luise Scherer nie im Vulgärsinn symbolisch wird und immer vorbildlich bei der Sache bleibt.

Es wird in uns ein Existenzecho geweckt, ein antwortender Klang. Sie stöbert in unserem Gedächtnis etwas dort lange Verwurzeltes auf. Die »Hundegrenze« ruft, im Ton einer nahezu unbewegten Berichterstatterin vorgetragen, von fern Erinnerungen an Mythen und Archetypen, an eine alte Ahnung vom paradiesischen Zusammenleben aller Geschöpfe, wie es der gotische Meister Bertram in der *Erschaffung der Tiere* malte, an den Sündenfall und die Arche Noah wach. Sie können den, der die Volkslegende von den vier Heymonskindern kennt, an das um sein Überleben kämpfende, heldenhafte Roß Beyart mahnen, das erst ertrinkt, als ihm der teuerste Freund unter den Menschen den Blickkontakt verweigert. Es handelt sich um eine Szene von unvergeßlicher Intensität und Legendenkraft, als man die auf zugefrorenem See angeketteten, hilflosen Trassenhunde nach plötzlich einsetzendem Tauwetter ertrinken läßt. Ein einziger, Alf, wird von einem Soldaten in Sicherheit gebracht und ist schließlich, nach dem Mauerfall als »Bewacher eines Gasthofes in Strachau bei Dömitz« tätig.

Auf den letzten Metern ein fast glückliches Ende also! Man leistet es sich in der literarischen Moderne und Nachmoderne nur dann, wenn man ein sehr gutes künstlerisches Gewissen besitzt. Es ist ein Schluß, der uns, ungetäuscht von der gleichmütigen Lakonie der Finalsätze, als etwas rätselhaft Stellvertretendes berührt.

Stellvertretend wofür? Das muß wohl jeder für sich entscheiden.

»Manchmal sah ich nach unten und sah meine Hände, aber ich wußte nicht, ob das meine Hände waren, oder die Hände der Frau, die neben mir stand«, heißt es in Ror Wolfs Buch *Die Vorzüge der Dunkelheit* (2012), und wenig später: »Ich lag da und wußte nicht, wer ich war. Ich erinnerte mich nicht an mich, schon gar nicht, woher ich kam und wohin ich wollte.«

Es gibt eine bestimmte schriftliche, aber auch mündliche Prosa, in der wir alle, egal mit welchem Beruf und welcher Schulbildung, wohl mehr oder weniger Meister sind. In ihrem Mittelpunkt steht das Ich, unser eigenes Ich!

Sie alle wissen, wie schwer es andererseits dieses Ich in der modernen, vor allem zeitgenössischen Literatur hat. Im Frühjahr 2011 fand im Literaturhaus Zürich ein Symposion zu dem schwierigen Patienten statt. Man war sich, mit vielen Zitaten belegt, ziemlich einig darin, daß man im 20., erst recht im 21. Jahrhundert, nicht mehr an dessen Konsistenz und Kontinuität glauben mag. Eigentlich ist es sogar noch schlimmer. Denn wer ältere, auch sehr viel ältere Literatur liest, trifft bei den besseren Autoren, versteckt oder offensichtlich, auf erhebliche Zweifel, nicht nur am eindeutigen, auch am homogenen Ich. Man denke z. B. an Komik und Pein der Doppelgänger bei Jean Paul. Vielleicht ist diese Skepsis und die Entdeckung der Ich-Spaltung und Ich-Zerrüttung also gar nicht neu. Wendet man sich ihr, unterstützt etwa durch die Bestätigungen der – unvermeidlichen – Hirnforschung, heute eventuell nur stärker zu, sicher auch in höherem Maß bereit, seine Lädierungen zu akzeptieren und zu formulieren, als es vor Freud der Fall war?

Auffällig ist allerdings eine merkwürdige Anhänglichkeit an diese ehrwürdige, offiziell entmündigte Institution namens Ich. Fast scheint sie unverzichtbar zu sein. Nicht nur deshalb, weil, wenn wir körperlich oder seelisch verletzt werden, da irgendwer aufschreit, den wir gewohnheitsmäßig, ein Notbehelf und nicht recht auf der Höhe der Zeit, als »Ich« bezeichnen. Es wird auch weiterhin haftbar gemacht bei Verfehlungen, sofern es sich nicht um einen akuten Fall von Unzurechnungsfähigkeit handelt. Die Gesellschaft und ihre Justiz können sich bisher nichts anderes leisten.

Wenn wir uns das Ich zeitlich verflüssigt, verästelt in die Vergangenheit hinein denken, uns möglichst weit zurückerinnern und von dort wieder bis hin zur Gegenwart und diese Fragmente mündlich und schriftlich chronologisch aneinanderlöten, sprechen wir von einem, von unserem »Lebenslauf«. Wir arbeiten unaufhörlich daran, indem wir einander, privat oder öffentlich, bruchstückhaft davon berichten und Passagen unserer Biographie in uns speichern. Politiker, Sportler, Filmstars, alles, was sich für prominent hält – das gute Recht von jedermann –, schreibt in echtem oder gespieltem Selbstentblößungsfuror vom Lebensweg seines intakt gedachten Ichs, mal tatsächlich von eigener Hand, mal mit professioneller Hilfestellung und immer, ob unbewußt oder bewußt, nach bereitgestellten Dramatisierungsmustern.

Nicht selten, um die sogenannte »Deutungshoheit« über bestimmte, von der Öffentlichkeit als zweideutig beäugte Lebensetappen zurückzuerlangen, so etwa Bettina Wulff, die Frau des deutschen Ex-Bundespräsidenten oder der Schauspieler und Ex-Gouverneur Arnold Schwarzenegger. Und nun hat auch Felix Baumgartner, der Mann, der sich aus fast vierzig Kilometern Höhe auf die Erde stürzte, mutig die Herausforderung angenommen, wie Zlatan Ibrahimović ein Buch zu schreiben, also quasi Rezensent seines eigenen Lebens, gar Schicksals zu sein. Der Fußballer Zlatan Ibrahimović wird jetzt durch einen angesehenen schwedischen Literaturpreis für seine Autobiographie geehrt.

Stets begibt sich das Ich in solchen Fällen, bei Dreißigjährigen natürlich noch nicht vollständig, unter den Schutz der herrischen Superstruktur: Kindheit, Jugend, Erwachsenenzeit, Alter. Und offenbar ausnahmslos, bei aller Sucht, etwas Besonderes zu sein, sind alle diese Ichs getrieben von dem noch stärkeren Bedürfnis, sich letzten Endes kongruent mit diesem kollektiven Schema zu fühlen.

In einer der berühmtesten abendländischen Autobiographien ist zu lesen: »So gelangte ich denn auf der Wanderung von der Kindheit zur Gegenwart ins Knabenalter, oder vielmehr es kam zu mir und folgte auf die Kindheit. Und doch machte sich diese nicht davon, denn wo wäre sie geblieben? Aber schon war sie nicht mehr. Denn ich war kein lallendes Kind mehr, sondern ein Knabe, der sprach.«

Diese knappe Schilderung des Vorwärtsströmens von Zeit und Lebensetappen am Beispiel der eigenen Person darf nicht darüber hinwegtäuschen, daß es Aurelius Augustinus, aus dessen *Bekenntnissen* ich zitierte, durchaus nicht in erster Linie darauf ankommt, das Vergangene zu bannen. Das ist nur ein Nebeneffekt. Seine großartige Konfession aus dem 4./5. nachchristlichen Jahrhundert wurde von ihm verfaßt, um sein gesamtes Leben vor einer für ihn unbestechlichen Instanz darzulegen, nämlich vor seinem Gott. Das heißt, es hatte unter dieser Perspektive nicht den geringsten Sinn, sich selbst oder seinem Adressaten etwas vorzumachen.

Das ist bei normalen Autobiographien ein bißchen anders.

Besonders in einer, die ungefähr tausend Jahre später geschrieben wurde und mir selbst auf der Suche nach meinem literarischen Weg einmal sehr wichtig, ja, einer der Ausgangspunkte für meine eigene Poetologie war: *Des Girolamo Cardano von Mailand eigene Lebensbeschreibung*. Cardano, ein berühmter Arzt und Mathematiker, der zwischen Spätmittelalter und Renaissance lebte und, trotz mehrerer Abtreibungsversuche, 1501 zur Welt kam, möchte »daß es bekannt sei, daß ich bin; ich wünsche aber nicht, daß jeder wisse, wie ich bin«. Genau das aber liefert er: Das Porträt eines Mannes, der nach dem Vorbild Marc Aurels, zwischen nüchterner Selbst- und Menschenbeobachtung (Beispiel: »Meine Mutter war jähzornig, von gutem Gedächtnis und klarem Verstand, klein von Gestalt, fett, fromm«) und heftigstem Aberglauben, Abhängigkeit von Astrologie, Träumen, Vorzeichen hin- und hergerissen wird. Von ihm stammt ein Zitat, das ich 1974 in meinem ersten Buch der programmatischen Geschichtenserie *Vorkommnisse mit geraden und ungeraden Ausgängen* voranstellte:

»Ähnliches ereignete sich im Jahre 1531. Eines Tages heulte ein sonst ganz stiller Hund gegen seine Gewohnheit ununterbrochen, Raben saßen auf dem Dach und krächzten ungewöhnlich laut, und als mein Hausbursche ein Bündel Holz zerbrach, sprangen Feuerfunken heraus. Ich heiratete noch im gleichen Jahr ganz unerwartet rasch, und von dieser Zeit an verfolgte mich ein Unglück nach dem anderen.«

Die Szene befindet sich, wie man am Eingangssatz sieht (»Ähnliches ereignete sich«), in einer Reihe von nach demselben Rezept erzählten Ereignissen. Immer wieder, durch das gesamte Werk hindurch, nimmt Cardano, der sein Leben rational, fast buchhalterisch nach Themen zu katalogisieren versucht und die »göttliche Eingebung« für einen »seltenen

Vogel, der nie jedermann in allen Fällen recht tut« hält, zwischendurch Zuflucht zu den Suggestionen magischer Muster und Motive, die entlegenste Dinge bedeutungsvoll zu einer manchmal abstrus wirkenden, aber mitreißenden Schlüssigkeit miteinander verknüpfen. Die »sonderbaren Schicksalsfügungen« zutage zu fördern, sie dem Zufall zu entreißen, sie sich und dem Leser als sinnvolles Geschehen aufzuzwingen, scheint sein eigentlicher Ehrgeiz zu sein. Sie verleihen seinem Leben den, wie er es nennt, »inneren Glanz«.

Von den vielen Gründen für die Beliebtheit von Autobiographien leuchtet mir – anders als im einfachen Tagebuch – der von Cardano bis heutzutage praktizierte am meisten ein: Das chaotische Mosaik des eigenen Lebens, und dabei die pure Addition von Fakten, die Notiz, das Sammelsurium von Erinnerungsfetzen überbietend, in den Bogen eines einleuchtenden Zusammenhangs zu überführen, mit magischen, beziehungsweise alten, zum kollektiven Besitz gewordenen literarischen Mitteln, die sich der Wirklichkeit annehmen und sie auf ein Ziel hin strukturieren, so daß sie im Extremfall sogar Beweischarakter für eine These oder Lebensmaxime erhält.

Genau eine solche privatideologische Ausrichtung des erzählten Lebens in Gestalt einer Episodenfolge als exemplarische Belege für Charakter und Maximen habe ich in meinem ersten Roman *Frau Mühlenbeck im Gehäus* darzustellen versucht. Die scheinrealistischen, unbeirrbaren Interpretationsbemühungen der Frau Mühlenbeck am Fleisch der eigenen Existenz sind im Grunde das Urmodell meines Schreibens geblieben, erweitert auf unseren Umgang mit der Wirklichkeit generell.

Denn das ist, jedenfalls für mich, das Aufreizende an dieser Art von Lebensbekenntnissen und den Erfindungen ihrer Ich-Darsteller: Hier der energische Anspruch auf blutige Authentizität, dort die offensichtliche Selektion, Zutat, Gewichtung, kurz die Manipulation der Fakten auf einen roten Faden hin, auf eine Pointe, auf einen Glücks- oder Unglücksstrang samt emotionaler Tönung. In diesem Mischgenre erweist sich schlagend, wie Leben und Literatur ineinander verschlungen sind und zugleich wie sehr voneinander getrennt!

Natürlich gibt es neben der starren Repetition jener Frau Mühlenbeck, die ihr Leben samt Einzelheiten ein für alle Mal als absolute Deutungsinstanz in den eisernen Griff genommen hat, auch das Gegenteil: die von Stimmungsschwankungen veränderlich bewegten oder nach einschneidendem Erlebnis (großer Verlust, schmerzliche Täuschung) prompt einsetzenden Neuinterpretationen ganzer Lebensabschnitte. Es ist, als wäre der Person plötzlich ein alles Bisherige umordnendes Licht aufgegangen. Es »fällt ihr wie Schuppen von den Augen« behauptet sie womöglich und glaubt es auch.

Das relativiert zweifellos die Kompetenz unseres Erlebens und das Erzählen davon »wie es wirklich war«. Die frohe Botschaft aber besteht in der Freiheit, die sich uns öffnet, wenn wir begreifen, daß es niemals eine endgültig feststehende, objektive Deutung des sogenanntes »Schicksals« gibt. Ein Perspektivwechsel färbt die Dinge auch rückwirkend um. Eine andere, z. B. düstere oder rosige Beleuchtung kann sie in eine entgegengesetzte, überzeugende Folgerichtigkeit transponieren. Wahrscheinlich allerdings auch diese wieder mit Verfallsdatum. Ein neues Licht geht auf, neue Schuppen fallen von den Augen.

Der 1623 geborene Blaise Pascal, wie Cardano überragender Mathematiker, notierte in seinen *Pensées*: »Wir begnügen uns nicht mit dem Leben, das wir aus unserem eigenen Sein haben: wir wollen in der Vorstellung der anderen ein imaginäres Leben führen. (...) Wir arbeiten unaufhörlich daran, unser imaginäres Sein zu verschönern und zu erhalten und vernachlässigen das wirkliche.« Erinnern Sie sich bitte an die Praktik der Frau Mühlenbeck! Eine flüchtige Vergegenwärtigung der Beliebtheit von Selbstdarstellungen in Internetforen legt die Idee nahe, daß Pascals »imaginäres Leben« in den dort entworfenen, teilweise phantastischen Wunschbiographien erst jetzt, fast vierhundert Jahre später, zur vollen Form aufläuft. Das dort Offensichtliche täusche jedoch nicht hinweg über das grundsätzlich Irreale, Künstliche in jeder sich noch so natürlich aufführenden Lebensbeichte, sobald sie nicht nur aus Daten und Zahlen besteht.

Literarischen Schriftstellern ist das bewußt. Ihr Umgang mit Erinnerungen ist nicht unschuldig. Ein schönes Beispiel gespielter Naivität hat Gertrude Stein in der angeblichen Biographie ihrer Freundin und Haushälterin Alice Toklas geliefert. Sie schlüpft in deren Kleid und berichtet mit deren Zunge, als handelte es sich nicht in Wahrheit um das, was es ist: eine Autobiographie Gertrude Steins, mit verstellter Stimme geschrieben. Autobiographie als avantgardistische Kunstform!

Das ist elegant, gescheit, amüsant. Normalerweise geht es wesentlich simpler zu. Schriftsteller beuten ihre Erinnerungen und die darin ruhenden Energien aus, vor allem die der Kindheit entstammenden, die sich mit der unvergleichlichen, durch nichts ersetzbaren Energie des zum ersten Mal Gesehenen scharf einprägten. Ihr Leben ist der Steinbruch, an dem sie sich frei bedienen. Sie verbrennen im Laufe ihrer Romanarbeiten die geheimen Substanzen, die sie in ihrem Gedächtnis mit sich tragen. Es kommt zu Mehrfachverwertungen, bis das Urerlebnis verdunstet und als privater Besitz verloren ist.

Ein Schriftsteller, der den vorgegebenen Mustern nicht traut, sondern mit ihnen spielt, kann beim literarischen, fiktionalen Schreiben für seine Zwecke Details einer Person des wirklichen Lebens, am bequemsten solche von sich selbst, für ganz entgegengesetzte Charaktere nutzen, eine beobachtete komplexe Vorlage in diverse Menschen auflösen oder sie mit anderen kombinieren. Alles ist in diesem Sinn letzten Endes beim Verfassen eines Romans autobiographisch, beziehungsweise, im planen Sinn: Überhaupt nicht!

Nach dieser kleinen Sammlung von Aspekten zur Autobiographie und zum erzählenden Ich generell, möchte ich mich endlich dem Helden des Abends zuwenden. Und zögere sofort. Ist nämlich der große Epiker Wilhelm Raabe gemeint (1831–1910, freier Autor, dann fast vergessen, noch einmal im Alter kurz gefeiert und wiederum fast vergessen, mißverstanden und unterschätzt), oder ist dieser Held ein gewisser Geheimrat Professor Doktor Fritz Feyerabend, internationale medizinische Kapazität, vor allem Seelenarzt und Hauptfigur in Raabes letztem, Fragment gebliebenen Roman *Altershausen*?

Das gleich vorweg: Der 1899 begonnene, 1911 posthum veröffentlichte Roman war nicht im romantischen Ruinenkonzept als Fragment geplant, andererseits lebte Raabe nach Abbruch der Geschichte noch lange genug, um sie zu vollenden. Rätselhafterweise hat er es anders beschlossen. Der Roman beginnt so:

»›Überstanden!‹ Der das sagte, lag in seinem Bette, und nach dem Licht auf dem Fenstervorhang zu urteilen, mußte die Sonne eines neuen Tages bereits ziemlich hoch am Himmel stehen. Es war dem befreienden Seufzerwort ein längeres

Zusammensuchen, erst der körperlichen Gliedmaßen, sodann der noch vorhandenen geistigen Fähigkeiten voraufgegangen.«

Sie erinnern sich an das Ror-Wolf-Zitat des Anfangs aus dem Jahr 2012? Bei Wolf wird der Grund für die verwirrende Zerstückelung seines alterslosen Protagonisten nicht angegeben. Bei Raabe liegt er in der Erschütterung durch die bombastischen Feierlichkeiten zum siebzigsten Geburtstag des am folgenden Morgen Erwachenden. Sie stellen für ihn ein be- und entfremdendes Ereignis dar, das sich aber eben doch auf ihn, das vom neuen Lebensabschnitt irritierte, in den Ruhestand offiziell und unerbittlich von der Gesellschaft entlassene Individuum unmittelbar bezieht. Erst als der noch anonyme Sprecher seine physischen und psychischen Kräfte sortiert hat, erfahren wir: Das bin »Ich, der Schreiber dieser Blätter«.

Dem Wort »Ich« wird eine ganze Zeile zugestanden. Es ist obendrein gesperrt gedruckt.

Raabe vollzieht also eine Kehrtwendung vom »Er« zum »Ich«. Er gibt den kleinen Erkenntnisschock, der den fragmentarisierten Hochgeehrten in seinem Bett durchfährt und ihn, von der Ansammlung bloßer Personenpartikel, wieder zur Person mit dem Etikett »Ich« macht, an den verblüfften Leser, der, ob jung oder alt, im Prinzip solche Aufwachmomente sicherlich kennt, unmittelbar weiter.

Nicht unmittelbar verfährt Raabe dagegen mit sich selbst – und schon jetzt sei vermutet: um dadurch umso schonungsloser im Fortgang einiges von sich und seiner eigenen prekären Lage verraten zu können. Das auffällig gedruckte »Ich« ist ja nicht Wilhelm Raabe, sondern der ihm vorgeschobene Fritz Feyerabend mit seinem ruhmreichen Lebensweg, der sich selbst, als der »Schreiber dieser Blätter«, hingegen zwei, drei Seiten später durch die neuerliche Entscheidung gegen ein berichtendes »Ich« und für die dritte Person Luft und eine schärfer blickende Distanz zu sich selbst verschafft.

Die direkte Sprache einer Konstruktion des Indirekten, der Spiegelung! Die Verwirrung des Helden greift auf den Leser über, und das wird sich nicht ändern.

Obschon Wilhelm Raabe detailliert Veränderungen aus den ersten Tagen des frisch gebackenen Ruheständlers erwähnt, die er nur aus der Anschauung des eigenen Erlebens kennen kann, legte der freie Autor Raabe großen Wert darauf zu bezeugen, daß er das Werk über den Geheimen Rat und großen Seelenarzt Feyerabend 1899 begonnen habe, als sein eigener siebzigster Geburtstag noch zwei Jahre vor ihm lag und er nicht etwa, wie er betonte, von der eigenen Biographie »abgeschrieben« habe.

Bevor wir über diese Empfindlichkeit, maximal vierundzwanzig Monate betreffend, voreilig gerührt sind, sollten wir fragen, warum Raabe den Roman, der schon im Titel anzeigt, daß es, wenigstens teilweise, um ein Buch über das Alter geht, warum er diesen Roman so ausdrücklich nicht als Autobiographie verstanden wissen wollte. Um der erhofften Würdigung des literarischen Erfindens und seiner prophetischen Imaginationspotenzen willen? Diese Art schriftstellerischer Eitelkeit liegt hier wohl nur sehr bedingt vor.

Es kommt ihm, vermute ich, auf etwas Allgemeineres an als auf die Geständnisse eines alten Mannes, so treffend, konkret, lebensklug dessen Beobachtungen an sich und der Welt auch sind. Die Verwunderungen und Verwundungen, die seinem Ich widerfahren, nachdem es erstmals nach Arbeit und Rausch des Gesellschaftlichen auf sich zurückgeworfen ist, erscheinen jenseits des Spezifischen seiner Situation als Beispiel für Prinzipielleres.

Bereits auf der ersten Seite setzt Raabe das Datum von Feyerabends nach-geburtstaglichem und zunächst für ihn destruktivem Erwachen datumsmäßig in Beziehung zu den historischen Großereignissen der Verschüttung von Herculaneum/Pompeji und der blutigen Bartholomäusnacht in Paris. Das ist natürlich komisch, hat aber zusätzlich System. Der schroffe Kontrast von Großem und Kleinem, Elite und Volk, Internationalität und Provinz, Stagnation und angeblichem Fortschritt (die hier wie im Gesamtwerk zuverlässig auftretenden, leidenschaftlich ökologischen und melancholischen Beschwörungen Raabes, Landschaft als kostbaren Menschenbesitz zu retten, lasse ich jetzt aus), von Gegenwart und Vergangenheit, Weltgeschichte und Privatem zieht sich durch das ganze Fragment. Die betörenden Originalzeilen eines Liebesgedichts von Sappho stehen übergangslos neben der unverhohlenen Gier eines Mannes nach Kuchenresten.

Es handelt sich also nicht nur um die Konfrontation von Alter und Kindheit, wenn der weltweit geehrte Professor Feyerabend, da er sich keinen anderen Rat weiß, sein vom Gebrause der Welt brüskiertes und ramponiertes Ich von Grund auf zu kurieren, einen Ausflug in seinen kleinen, früh verlassenen Geburtsort Altershausen beschließt. Nach »zwei Menschenaltern« kehrt er für ein paar Tage dorthin zurück. Mit etwas Glück könnte er dort den Anschluß an die entrückte Kindheit durch seinen wichtigsten Freund und ehemaligen Klassenkameraden wiederfinden. Durch Ludchen Bock nämlich, eine Art schlingelhaften Überflieger, für den Lehrer der Hoffnungsvollste von allen und zugleich im fröhlichen Matsch des Jungenlebens dem artigeren Fritz Feyerabend ein »unbewußter Pädagoge«. Hören Sie, wie schon bei der Ankunft des – klassisch gebildeten – Professors im Heimatstädtchen diese Erwartung auf sehr unerwartete Weise in Erfüllung geht:

»›Soll ich Sie das nach dem Hotel tragen?‹ fragte eine weinerliche Kinderstimme hinter ihm, und wie der landfremde König von Ithaka hatte er keine Ahnung, daß nur diese Stimme es war, die ihm sagen konnte, daß er wirklich noch einmal zu Hause in Altershausen angelangt sei und seine Fahrt nach Traumland zum Zweck führen könne. – – – Der greise Ankömmling sah sich um nach dem Fragesteller und sah in ein altes, altes, feistes, runzelloses, unbärtiges Greisengesicht und in Augen, deren Zwinkern unter schlaffen Lidern hervor ihm nur zu gut aus seiner Wissenschafts- und Lebenspraxis bekannt war. ›Ich bin ja Ludchen!‹ greinte das Gespenst«.

Ludchen Bock ist sein Mitschüler aus Kindertagen! Raabe-Leser kennen solche Verblüffungen, denen der Autor seine Figuren und Leser ohne Ankündigung ganz unzivilisiert aussetzt, beispielsweise, wenn in *Die Akten des Vogelsangs* der bisher treue Sohn Velten Andres das von der Mutter zärtlich für ihn gehütete Mobiliar kalten Blutes in einem Vernichtungsrausch verschleudert und verbrennt, oder wenn in *Pfisters Mühle* der Dichter Lippoldes, Wiedergänger des Dramatikers Grabbe, in biederer Glühweinrunde plötzlich sein dämonisches Weihnachtslied vorträgt, oder wenn in die urgemütliche Apotheke »Zum Wilden Mann« der gleichnamigen Erzählung der schneidende destruktive Wind des Kapitalismus fährt.

Immer sind es krasse Spielregelverletzungen, die nicht etwa formalistisch oder gar effekthascherisch sind, sondern tief in den Absichten des Autors begründete Stilbrüche. Dazu später ausführlicher.

Im Roman *Altershausen*, in dem bis zu diesem Zeitpunkt die Tonart wehmütig-ironischer Gemüthaftigkeit vorherrschte, schlägt Raabe noch schriller zu, und selbst die reziproke Überraschung der hochbetagten Braut in Johann Peter Hebels Erzählung *Unverhofftes Wiedersehen* wird nicht größer gewesen sein, als die Greisin nach fünfzig Jahren den im Eisenvitriol des Faluner Bergwerks konservierten, tödlich verunglückten Bräutigam so jugendlich unversehrt wiedersieht, wie er sich vor einem halben Jahrhundert von ihr verabschiedete.

Überraschung Nr. 2 für den berühmten Arzt und den Leser also. Ludchen, der Gleichaltrige, mit dem der alte Geheime Rat Feyerabend noch einmal in seine jungen Jahre zur Kräftigung des schwächelnden Ichs eintauchen wollte, ist auf der Stufe eines etwa Zehnjährigen stehengeblieben. Das heißt, er ist ein debiler Siebzigjähriger. Nach seinem Umzug aus dem Geburtsort, erfährt der heimgekehrte Arzt, wurde der Freund durch die Folgen eines fast tödlichen Sturzes auf den Kopf unter einem vergreisten Körper irreparabel in sein Kinderalter eingesperrt. Wie der Kern des Städtchens, wie das versunkene, legendäre Vineta unter Wasser, ist das ehemalige Ludchen konserviert, zum Greifen nah mit all den kindischen Lüsten von damals und gleichzeitig unberührbar, unerreichbar in seiner Infantilität.

Auch Altershausen hat ja, als wäre es eine Halluzination für den weitgereisten Arzt, seine eigentliche Altstadt nicht im geringsten verändert. Ein einschmeichelndes Willkommen zunächst.

Nur, daß die Familien unter den vertrauten Bezeichnungen zwei Generationen weiterrückten. Die alten Namen sind noch da, die Personen aber durch die Enkel ausgetauscht. Niemand erkennt Feyerabend, der sein konsterniertes Ich, auf das Städtchen vom Hotel hinunterblickend, von der scheinvertrauten Gesellschaft folgendes gefragt fühlt – es ist wohl der bekannteste Satz des Fragments: »Liebster Freund, haben Sie auch einmal nackt vor dem furchtbaren Geheimnis des Selbstbewußtseins gestanden?«

Das Ich nämlich gerät nicht ins Trudeln aufgrund der scharfen Gegensätze. Es beginnt zu stolpern und zu schwimmen, weil sie sich auf das Impertinenteste mischen, nachdem die Hierarchie der maßgeblichen Welt einen schleichenden Umsturz erlebt hat. Bereits bei den Geburtstagsfeierlichkeiten gab es ein paar Sekunden, in denen Feyerabend, aufs Höchste gepriesen für seine Lebensverdienste, sehr unprotokollarisch in Erinnerung kam, wie ihn jenes rotzfreche Ludchen vor Lehrer und Klasse lächerlich machte. Und reißt der debil gewordene Schulfreund nicht gegenüber dem Heimgekehrten zwar dienend das Gepäck, aber im rätselhaften Ahnen seiner Macht auch sofort die Führung an sich, halb scheu vor dem Fremden, halb im unbewußten Erkennen von »Fritze«, dem Kumpel von einst?

Der »große Seelenarzt« wird, im Laufe des Aufenthalts, »Kind mit dem Kinde, Idiot mit dem Idioten«. Die Weltereignisse von Vergangenheit und Gegenwart und ihre triumphalen Persönlichkeiten sind gar nicht spöttisch zitierter Kontrast zur privaten Alltäglichkeit und Tragik kleiner Leute in ihrer Provinz. Vielmehr erhalten jene hier so häufig zitierten Großereignisse und ihre fragwürdigen Helden einzig und allein dadurch lebendige, die Menschen betreffende Bedeutung, daß sie sich in Verbindung setzen lassen zu deren Biographien und Gefühlen. Feyerabend verwechselt zunehmend Zeiten und Namen. Seine Empfindungen schwanken unkontrollierbar zwischen der Lust zu lachen und zu weinen, so, wie es in der reinen infantilen Seelenhaftigkeit von Ludchens unberechenbarem Mienenspiel ständig unbeständig ablesbar ist, sternenfern von dem, was Mörike die »Fratzen der Gesellschaft« nannte.

Auf diese Weise wird es möglich, daß der bei seinem risikoreichen Weg zu sich selbst tief verunsicherte Arzt schließlich auf vertrauter Bank neben einem verrunzelten Fräulein aus dem Volke auf wunderbare Weise Frieden findet. Es ist Minchen Ahrens, die, als sie Zeugin von Ludchens Unfall wurde, ein noch mit der Puppe spielendes Mädchen war, dann aber im Fortgang der Jahre zärtlich und treu sorgend die Mutterstelle für das greise Kind angenommen hat und in dieser Funktion nicht zufällig an die den früh verwitweten Professor bemutternde, ledige Schwester Karoline erinnert. Während Feyerabend diesem Minchen, dessen verborgene Größe er schnell erkennt, nur kurz von seinem wissenschaftlichen Aufstieg und dann ausführlicher vom Wichtigeren, dem lange zurückliegenden Tod seiner Frau und ihres Kindes erzählt, »vermischten sich den beiden die Zeiten mehr und mehr. Sie sah sich aus ihrem heutigen Alter heraus in seinem jungen Haushalt als greise Kindermuhme, Krankenwärterin, Spinnerin und Beraterin«.

Das zunächst Verwirrende all dieser Vermengungen, abweichend von den gesellschaftlichen Schablonen, die den bisher so tätigen Feyerabend ruckhaft als einen, wenn auch geehrten, ausschließlich alten Mann identifizierten, mit dem er selbst sich gefälligst identisch fühlen soll, aber nicht fühlt, erweist sich allmählich als Segen und Befreiung, als Möglichkeit zur Wiederfindung seines verlorenen Ichs, in dem sich, anders als die gängigen Beschilderungen behaupten, alle Lebensstationen zu einer neuartigen, erregenden Gleichzeitigkeit mischen.

Sanft melancholisch einlullendes Glück des aus Erinnern und Kindheit wiedergeborenen Ichs, weise und verjüngt, in schönster träumerischer Humanität also? Beim zeitlich entgleisenden Nachmittagsschlaf im Hotel ereilt Feyerabend, und uns mit, in einem Alptraum die dritte Überraschung, in dem sich das bisher Unterdrückte Bahn bricht.

Träumend sieht sich der souveräne Weltbürger auf einmal als menschengroßen, prächtigen Nußknacker, der in gelben Lederhosen und lackglänzenden Husarenstiefeln über den Marktplatz von Altershausen in sein Vaterhaus marschiert und dort in die weihnachtlich geschmückte Blaue Stube. Bis dahin trägt er die Verwandlung mit Fassung. »Was war denn aber das? War das nicht das Gesicht seines Nachfolgers im Amte, auf dem Lehrstuhl, in der Wissenschaft, in den Glanzsälen der Wonneburgen der Walchen und im Verehrungsbedürfnis der Menschheit? Nein, es war nur der neue Nußknacker, der vom diesmaligen Heiligen Abend«, der ihn in der gleichen, aber nagelneuen Ausrüstung höflich begrüßt: »Guten Abend, Herr Kollege!«

Das Volk der Puppen nimmt ihn freundlich auf, besonders, nachdem er die Rute, die ihn, den nur noch zum Feueranmachen taugenden Nußknacker vom vorigen Jahr, zu gehässig-neidischen Altersurteilen über die frisch nachgelieferte Generation der Schachtelwesen aufhetzen will, des Platzes verwiesen hat. Milde sagt schließlich der Abgeblätterte zu seinem noch tadellos funkelnden, jedoch von seinem zukünftigen Schicksal (dessen er im Vorgänger ansichtig wird) entsetzten Nachfolger: »Ich gehe und Sie kommen – wir werden nicht alle!«

Vom lange vor Raabe geahnten und, etwa durch E.T.A Hoffmann literarisch beschworenen, zwielichtigen Zauber des Automatischen ist hier nichts Faszinierendes übriggeblieben. Während heute von Informatikern die Arbeit des Computers mit der des Gehirns in weiten Bereichen euphorisch gleichgesetzt wird und tieferes Verständnis gar nicht nötig sei, um einen sinnvollen Text zu produzieren, so daß Maschinen, so wird triumphierend berichtet, schon damit begonnen haben, selbständig journalistische Artikel zu schreiben und sogar nach bestimmten Konventionen ablaufendes Erzählen lernen und übernehmen können, vermutlich bald sogar, nach Einspeisen entsprechender Informationen, die verbale Produktion kompletter Biographien.

Bei Raabe prallt die kalkulierbare Mechanik der Abläufe unter der resignativen Beschwichtigung des nutzlos Gewordenen mit untröstlicher Bitternis und zerstörerischem Furor auf das vorher entwickelte Idyll. Die Szene mit Minchen und dem um die beiden herumspielenden Ludchen, so scheint es, droht rückwirkend vom Gift des Nußknackerauftritts infiziert zu werden.

Was noch eben nach Entwicklung, Reife, Einsicht aussah, erweist sich jetzt, wie das Individuelle alles erlittenen und genossenen Lebens, als Maskierung des unaufhörlich perpetuierten Schemas endloser Wiederholung, als wäre der zur Demut vor der nagelneuen Nußknackernachlieferung gezwungene Feyerabend mit diesem Traum im blechernen Herzen der Wahrheit oder meinetwegen im stählernen Motor, im knirschenden, knackenden Regelwerk der Wirklichkeit angelangt. Die Muster des nicht mehr geheimnisvollen, nun skelettierten Lebens sind, viel schlimmer als die im Vergleich harmlose Offenbarung eines zerbröselten Ichs, unter der Schminke des jeweils persönlichen Schicksals freigelegt. Die sturen Gebote von verbraucht und neu, Kommen und Gehen werden als neutrales, für Jung und Alt ausnahmslos und gleichermaßen grausiges Existenzgesetz durchexerziert.

Das Erwachen Feyerabends bringt dann bald eine versöhnlichere Beleuchtung. Vorläufige Abwehr der Nußknakkerparade durch die rosig lächelnde, exquisite Kaffeetisch-Gegenwart mit Minchen, der jungfräulichen Mutter, und Ludchen, dem greisen Kind. Die dunklen Geister aber sind gerufen. Zunächst verdampfen sie zwar beinahe im Licht des lieblichen Plauderns der alten Jungfer, als sie von ihrer einzigen Liebe und deren Schmerzen zu erzählen beginnt. Bis die schlichte Seele aus purer Bescheidenheit meint, ihre Herzensgeschichte »sei tausendfach dagewesen« und »das, was alle Tage passiert unter jungem Volk (...) und bloß ein bißchen von dem, was so bei der Orgel auf dem Jahrmarkt gedruckt verkauft wird«.

Selbst hier also, mitten im Trost des Allermenschlichsten, ereilt es Feyerabend: Die freiwillig akzeptierte ewige Leier, die Spieluhr mit immer derselben Musik, das eintönige Klischeeprogramm des menschlichen Daseins und seiner Zwangskonstruktion, ob in Alter oder Jugend, Kindheit oder Erwachsenenzeit. Auch der Hoch-Zeit des Lebens, der angeblich so exklusiven Phase der großen Liebe, ist keine Ausnahme gegönnt.

Damit aber wird der Roman in seiner wesentlichen Botschaft für den Leser selbst, egal welchen Alters, autobiographisch.

Die freundliche Stimme der ahnungslosen Frau, die ihr Ich im Griff des entindividualisierenden Schemas von Groschenromanen zu erkennen glaubt und sich ohne Gegenwehr, ihre doch offensichtliche Originalität opfernd, darin geborgen fühlt, muß Feyerabend plötzlich abscheulich in den Ohren gellen. Auch wenn er es mit freundlich ermutigenden Floskeln zu überspielen sucht, so daß sich ihr Zuhörer und die Leser bequem auf die Lebensbeichte des strickenden Minchen einrichten.

Vielleicht wird es ja doch wieder ganz gemütlich?

Exakt da, als Minchen Strickzeug und Erzählen wiederaufnimmt, nach den knapp 251 kleinen Seiten der Erstausgabe von 1911, reißt Feyerabends Autobiographie ab, streicht Raabes Roman die Segel. Der Überdruß angesichts des allzu erwartbar Kommenden muß ihn selbst überrascht haben. Raabe reagiert künstlerisch lauter. Das sture epische Weitermachen wäre für ihn ab jetzt Verrat an einer Erkenntnis. Erneut gelingt es damit dem Autor, den Schock an den involvierten Leser, der sich dem fait accompli ja unmöglich entziehen kann, weiterzureichen. Der Abbruch übertrumpft in der Wirkung jeden Stilbruch.

Trotz der Erfahrung des Alters am eigenen Leibe hatte Raabe sich bis hierher durch die Freiheit zielgerichteter Fiktion jene inhaltliche und formale Distanz verschafft, die er für seine epische Entäußerung benötigte. Mit dem Abreißen der Erzählung und dem Durchschneiden von Minchens Erzählfaden stemmt er sich selbst, als Autor von immerhin circa sechzig Romanen, über den »Schreiber dieser Blätter«, wie es zu Anfang der nicht zu seinem Ich zurückgekehrte, jetzt beiseite gefegte Feyerabend von sich sagte, hinweg, gegen das mechanistische Diktat der biographischen Kolportage.

Was passiert dadurch?

Raabe protestiert mit dem denkbar schroffsten Mittel für die subjektive Deutungshoheit des Individuums, gegen das kollektiv gestrickte Lebensdesign, gegen das scheinbar übermächtig Maschinelle der üblichen Existenzperspektive, gegen das ausweglos alles Private und Persönliche Deformierende, ja Kupierende eines konventionellen Musters im Leben, wie im Erzählen von ihm, nach der gängigen Leiermelodie. Diese Art von Generalstreik, von Totalverweigerung gegenüber der gesellschaftlichen Dressur und dem Soll des Genres ist ein grobes Geschütz, sein gröbstes.

Sein Verstummen ist ein wortloses Sich-Abwenden, ist formale Konsequenz, ein dröhnendes Schweigen plötzlich, mit jenem unverkennbaren, hier: dissonanten Nachhall, der sich in der Kunst des Romans nicht der Betroffenheit, sondern allein deren betroffen machender Formulierung verdankt.

»Sie sahen schon die Riesen des Winters, die Schweizer und Tiroler Alpen im Lager; die Göttersöhne standen, mit Lawinen, Katarakten und Wintern bewaffnet, Wache um das göttliche Land, wo Götter und Menschen einander wechselseitig nachahmten.«

Das »göttliche Land«, Sie ahnen es, ist Italien. Aber wohl kaum ein Dichter hat die Schweizer Berge kühner und inbrünstiger erfunden, als der hier zitierte, vor allem in dem Werk, das im folgenden im Mittelpunkt stehen soll. Dabei ist der Autor in seinem ganzen Leben nicht nördlicher als Berlin und im Süden nur bis Stuttgart, Heidelberg, München gekommen. Wer aber hätte je den Lago Maggiore zu einer so prächtigen Vision gemacht wie Jean Paul, Worterfinder und fruchtbarster Metaphernschöpfer der deutschen Sprache, auch wenn er die Berge und das Meer, phasenweise Hauptakteure des Romans, nie mit eigenen Augen gesehen hat?

Keiner wird so naiv sein zu hoffen, derart arkadisch rauschhafte Landschaften in der Wirklichkeit anzutreffen – das denkt man höchstens im Kindesalter, aber da liest man nicht Jean Paul –, und doch haben sie indirekt unser Bild von südlichen Regionen und besonders die Erwartung an die dort möglichen Entrückungen mitgeprägt, vielleicht sogar das, was wir an Ort und Stelle dann tatsächlich wahrnehmen.

Von der ebenso geduldigen wie glänzenden, überaus präzisen Rechercheurin Marie Luise Scherer, deren Nachforschungen integraler Bestandteil ihrer Texte sind, war am ersten Abend die Rede. Hier jedoch gilt: Statt Anschauung radikale Imagination! Manche Leute gehen so weit zu behaupten, die

Zauberkraft der Landschaftsschilderungen Jean Pauls habe gerade deshalb ihre hohe Intensität gewonnen, weil sie ausschließlich Fiktion bleiben.

Das allerdings stimmt höchstens zur Hälfte.

Alle ihm erreichbaren Wissensgebiete, Geographie, Physik, Astronomie, Botanik, Militärkunde, Geschichte, Medizin, Philosophie, Meteorologie (besonders die!), zog er für sein Schreiben zu Rate und hat das für ihn Verwendbare in zigtausenden von Exzerpten für spätere Nutzanwendung selektiert. Selbst so unwahrscheinliche Details wie Linden unterm Gipfel des Vesuvs im *Titan* lassen sich in mehreren der von Jean Paul studierten Reiseberichte finden. Es ist ein Verdrängungskunststück temporärer Literaturpäpste, daß man den großen Romancier lange Zeit und immer mal wieder als zügellosen Phantasten und allenfalls Blumenbeschwärmer für die Bedürfnisse schöngeistiger Leserinnen, die ihn, zugegeben, offenbar sehr bewunderten, abzutun sich erlaubte.

Die dokumentierten Fakten sind für Jean Paul in mehrfacher Hinsicht unerläßlich. Sie bilden, auch durch ihr fachspezifisches Vokabular, das harte Fundament, aus dem seine verwegenen Gebilde erwachsen können, in Wörtern, Bildern, Gleichnissen, dank der Verwandlungskraft seines poetischen, der Realität keineswegs ausweichenden Blicks. Dieses Verfahren ermöglicht ihm das zu vermeiden, was er als »poetischen Nihilismus« ablehnt, nämlich das ideologische Überstülpen der Welt mit einer Idee und andererseits den »poetischen Materialismus«, der lediglich die Realität durch Wiederholung kopiert. Jean Paul eignet sich das jeweilige Wissen an, um, das Faktische durchaus respektierend, mit ihm sein besessenes Spiel zu treiben: Vernetzung der Dinge zu einem Universalgespinst aus Gleichnissen.

Der unstillbare Hunger nach Stoffen und Erkenntnissen der Wissenschaft war in der Hauptsache einer nach Material für das Errichten seines Metapherngewölbes, nach soliden Bausteinen für eine hochartifizielle, glühende Weltneuschöpfung, eine Prosa, in der Göttliches und Irdisches »einander wechselseitig nachahmen«.

Den Luftschiffer Giannozzo, ich werde kurz auf ihn zurückkommen, der mit seinem Gefährt zwischen Himmel und Erde verkehrt, wirft ein Windstoß über eine tobende Schlacht. Nicht nahe genug am Verbluten, Stöhnen und Jammer der Sterbenden, hört er doch plötzlich das »Wiehern der guten, unschuldigen Pferde«. Da packt ihn die Wut und er wirft alle Steine, die er an Bord hat, »auf die ringende, vom Erdbeben eines bösen Geistes zum Kampf-Wahnsinn untereinander geschüttelte Masse – – Mög' ich nur kein unschuldiges Pferd getroffen haben! – Da hob mich der Gewicht-Verlust plötzlich ins hohe Blau hinauf«.

Erbitterung über die Menschen und Mitgefühl für die ihnen ausgelieferten Lebewesen verbindet den großen Tierfreund mit den Gleichgesinnten Scherer und Raabe. Der aus dem jetzt ohne Ballast treibenden Luftschiff nachgetragene Zorn Giannozzos über das unausrottbare Elend des Kriegführens ist dagegen, wenn er ohne Übergang in den Höhenrausch eines für ihn schließlich tödlichen Flugs zwischen zwei Gewittern gleitet, singulärer Jean Paul: »Noch sonnen die goldgrünen Alpen ihre Brust, und herrlich arbeiten die Lichter und die Nächte in den aufeinander geworfnen Welten der Schweiz durcheinander; Städte sind unter Wolken, Gletscher voll Glut, Abgründe voll Dampf, Wälder finster, und Blitze, Abendstrahlen, Schnee, Tropfen, Wolken, Regenbogen bewohnen zugleich den unendlichen Kreis.«

Es fällt auf, wie viele Sammlungen aus Zitaten, Aphorismen, Kleinstpassagen aller Art von Jean Paul – er selbst nannte es »schäkernde Ideenfischchen« – in Buchform greifbar sind. Das liegt zum einen gewiß daran, daß er ein genialer Formulierer war und die Versuchung groß ist, auch für mich, ihn möglichst oft selbst zu Worte kommen zu lassen. Ich hege darüber hinaus aber den Verdacht, daß gegenüber seinen Romanen vielfach das empfunden wird, was Theodor Fontane über die Erzählung *Dr. Katzenbergers Badereise* als arrogantes Kompliment bilanzierte: »(…) auf jeder Seite ein Goldkorn, das ganze moderne Novellen aufwiegt« und »den umgebenden Häcksel, der wirklich nur Pferdefutter« sei, vergessen lasse.

Auf diese Weise mühte sich Fontane, ein Extremer allein in stilvollendeter Ausgewogenheit, mit Maßlosigkeit und Übermaß eines Kollegen fertig zu werden, der Mystiker, Klassiker, Romantiker, Realist und Seelenerforscher bis in kleinste Verzweigungen war, jedoch mit keiner der Klassifizierungen annähernd zu packen ist. Friedrich Nietzsche, ansonsten kein schlechter Aphoristiker, hat Fontane im prägnanten Ab- und Fehlurteilen noch übertroffen, auch wenn er dem Großmeister des satirischen, meist aus Schmerzen gewonnenen Humors »Witz« nicht komplett abspricht. Man vergleiche einmal Nietzsches frühe und späte Klagelieder auf den verlorenen Gott mit der fürchterlichen »Rede des toten Christus vom Weltgebäude herab, daß kein Gott sei« aus Jean Pauls *Siebenkäs*. Wirkt da Nietzsche nicht harmlos weinerlich gegenüber jenem Markerschütternden, den er als »Verhängnis im Schlafrock« zu bezeichnen wagte? Die Schweizer Gottfried Keller und Robert Walser haben Klügeres über den Dichter geäußert. Kein Wunder! Wenn wir etwa in Jean Pauls Roman *Siebenkäs* lesen, daß sich der Armenadvokat Siebenkäs von seinen Satiren an der »ewigen, warmen und umfangenden« Natur ausruht, scheint er dann nicht mit Walsers großem Prosastück *Der Spaziergang* und der Endphase des *Jakob von Gunten* für einen Moment zu verschmelzen?

Nicht ganz so krass gilt das Vorurteil auch für den in Wahrheit so rabiaten Wilhelm Raabe. Gutwillige Leser, die aber den Übertritt aus der Normliteratur in das ganz andere Reich der Sprache nicht riskieren wollen, versuchen es vielleicht mit drei, vier Seiten, verstehen nicht, wovon überhaupt gesprochen wird und geben auf. Die anderen fangen schrittweise Feuer, das ihnen eine Weile die Lust an jeder anderen, weniger verdichteten Literatur verderben kann. Es ist aufschlußreich, wie viele Raabe-Freunde auch Jean-Paul-Liebhaber sind und zugleich oder deshalb ungerührt gegenüber den melancholischen Schmunzeleien und der ölig satten Ironie unserer Höchstkanonisierten bleiben.

Die fast Satz für Satz waghalsigen Architekturen aus Anspielungen und Abschweifungen – Jean Paul hätte kaum Lust gehabt, Romane zu verfassen ohne sie, denn erst mit ihnen, und gegen die bürgerliche Herrschaft des Plots, gerät sein Genius in volle Fahrt und läßt die Sätze zu sprühenden »Digressionen« explodieren – sind eben nichts für den Geschmack der Propagierer einer Literatur, die, in popularisierter Form, auf fatale Weise den heutigen Massengeschmack bestimmt. Solche Literatur meidet den Umweg und suggeriert, die kürzeste, kurzweiligste und vor allem einzige Methode für das schlüssige Zurücklegen der Strecke von A nach B gefunden zu haben. Jean Paul, der, nach Ludwig Börne, noch lange nicht allen geboren ist, und geduldig wartet, bis »sein schleichend Volk ihm nachkomme«, und der den gesunden Menschenverstand angesichts der gewaltigen Landschaften rechts und links der Direttissima, die in der Literatur ja ohnehin nur eine herrische Konstruktion ist, sicherlich kaum für eine literarische Kategorie hielt, ein solcher Dichter wüßte wohl nicht, wieso er dann überhaupt losmarschieren sollte.

Es ist ehrenwert, die Kleinodien, die »Oasen« in der »Sahara« (Fontane) aus dem angeblich unverdaulich Unzeitgemäßen retten zu wollen, aber doch dem auf Dauer schwer Erträglichen von Galakonzerten verwandt, die eine Parade der schärfsten Zugnummern von Verdi und Puccini basteln. Der etwas bessere Zeitgeist als Sortiermaschine? Man kastriert nicht nur das Werk und mißachtet, sofern man – was verdienstvoll ist – solche Zitate nicht lediglich als Köder für die Lektüre größerer Zusammenhänge sieht, die Komposition, sondern verfälscht u. U. sogar das ohne den atmosphärischen Druck seines Umfeldes präsentierte Stück selbst.

So viel vorweg.

Über den hier ins Auge gefaßten Roman schrieb der Autor 1797 in einem Brief: »Ich füge nun die stückweise seit 4 Jahren gesammelten Gebeine zu einem Knochengebäude (Plane) für meinen Mammut-Titan zusammen; dann überzieh' ichs mit meinem Nerven- und Adernsystem«.

Insgesamt arbeitete Jean Paul zehn Jahre am *Titan*.

Er besteht aus rund 850 Seiten ohne die Anmerkungen der Herausgeber (die man tatsächlich ab und zu benötigt). Dazu kommt ein »Komischer Anhang«. Dieser umfaßt das »Pestitzer Realblatt«, »Des Luftschiffers Giannozzo Seebuch« und »Clavis Fichtiana«, eine satirische Auseinandersetzung mit dem Transzendentalen Idealismus und der Fichteschen Absolutsetzung des Ichs. Das mag furchterregend, ja abschrekkend klingen, und man muß auch wirklich nicht alles lesen.

Den eigentlichen Roman, der nach Jean Pauls Plan sein »General- und Kardinalroman« werden sollte, den irgendwann allerdings nach Möglichkeit schon – und zwar wegen der ganz seltenen Beflügelung, die er beschert –, den »Giannozzo« als Gegengift dann später mal obendrauf.

Im jederzeit mit leicht Verdaulichem à la mode wohlgefüllten Lesermagen möge also Platz geschaffen werden für die Abweichung.

Um was handelt es sich? Um einen Staatsroman aus der Intrigenwelt deutscher Kleinfürstentümer, um eine Suche nach dem Vater, um einen Reise-, Schauer-, Liebes- und (teilweise) dem Publikum in den nach Reißerischem gierenden Rachen gestopften Kolportageroman. Es handelt sich um Jean Pauls nach eigenem festen Vorsatz geschlossenstes Werk, weil er gegen seine Gewohnheit Abschweifungen in den Anhang verlegte und auf den letzten Etappen – die Weimarer Gesetzeshüter des Guten, Wahren, Schönen beschwichtigend – dem Gebot des Bildungsromans folgt. Obschon es diesem Autor stets eher um eine das Unendliche streifende Weltausleuchtung und um Weltenbau geht als um lineare Entwicklung.

Er läßt die Lichtgestalt des jungen, in mancher Hinsicht noch kindlichen Grafen Albano, optisch ein »malerischer Heros«, über den es gleich auf der ersten Seite heißt: »(...) er schien noch ein Brennspiegel im Mondlicht, oder ein dunkler Edelstein von zu vieler Farbe zu sein, den die Welt, wie andere Juwelen, erst durch Hohlschleifen lichtet und bessert«, reifen. Läßt ihn nach viel Italientrunkenheit und allerlei Herzensverwicklungen gegen Ende vom hochfliegend und hochfahrend Empfindsamen seiner gesellschaftlichen Rolle als verantwortungsbewußter Herrscher über ein winziges

Reich, ein bißchen arg dienstlich, ein wenig sehr unlustig im Schnellkurs entgegenwachsen. Ohne damit das Aufgerissene, Zerreißende des Buchinneren zudecken zu können.

Es mag ein im traditionellen Sinne durchaus nicht fehlerloser Roman sein, aus Strudeln, Stromschnellen, Hindernissen, dem Auftauchen und Erledigen von rätselhaften Hinweisen, Spiegelungen, rasenden Wechseln der äußeren und seelischen Witterungen. Keineswegs soll hier diesen Zuckungen und ihrer Bedeutung im Einzelnen nachgetappt werden.

Was aber dann?

Ich hoffe auf die Konfrontation mit einer Auffassung vom Gebilde »Roman«, die sich nicht um die üblichen Verläufe kümmert. Vergessen wir also die aktuellen Regeln und die von wem auch immer erlassenen, schon älteren Vorschriften zur Konsumierbarkeit! Man darf – und das ist immer wieder passiert, indem man Jean Paul erfolglos in das Zwangsbett gewöhnlicher Romanmuster stecken wollte – von diesem Erzähler nicht verlangen, was er überhaupt nicht beabsichtigt. Sehr wohl aber dies: In der Vorrede zum *Quintus Fixlein* beschreibt er die drei Wege, glücklicher zu werden. Erstens die Vogelperspektive auf alles Geschehende aus der Höhe hinab, oder zweitens die Sicht des in die Ackerfurche Geduckten oder als dritte, schwerste und klügste Methode, lerchengleich zwischen beidem abzuwechseln.

So macht es der sich aufschwingende und absinkende Luftschiffer Giannozzo. So macht es der *Titan*. Wir werden, zu unserem Glück, erstens in den Mikro-, und zweitens in den Makrokosmos des romanlichen Universums gerissen oder besser, drittens, von seiner Maschinerie und Choreographie zwischen beidem laufend hin- und hertransportiert. Nicht allein durch die Leiden und Seligkeiten einer einzelnen Person, vielmehr vor allem und mit unausweichlicherer Wirkung durch das Auf und Ab der umgebenden Welt.

Das Zurücklegen der Distanzen zwischen einer Träne der Verzweiflung und der einer Euphorie – es wird, dem Jahrhundert entsprechend, viel geweint in diesem Roman, von Männern nicht weniger als von Frauen –, zwischen Erhitzung und Erkalten, Nachgeben und Erstarren vollzieht sich mit der gleichen hohen Geschwindigkeit wie das von Erdkrume zu Sternenzelt, ohne daß durch dieses schnelle Umspringen Willkürlichkeit entstünde. Das liegt vermutlich, auf der Basis tiefer Empfindung, am Organischen des »Nerven- und Aderngeflechts« über dem wohldurchdachten »Knochengebäude«, das für die Emphasen des jungen Grafen Albano und seiner zarten wie auch feurigen Liebschaften, für die Verwirrung stiftenden Geheimnisse jeweils eine abenteuerliche, aber nicht unlogisch auflösende Entschleierung liefert.

Das größte, den Roman durchgeisternde Rätsel gibt der Ritter Gaspard auf, angeblicher Vater Albanos, nach dem sich dieser in den zwanzig Jahren seines Lebens wie nach einem göttlichen Mysterium gesehnt hat und dem er nun am Lago Maggiore, so der Romanbeginn, endlich Auge in Auge gegenübertreten soll. Die Umgebung könnte für den festlichen Augenblick nicht grandioser vorbereitet sein: »Albano drehte sich langsam im Kreise um und blickte in die Höhe, in die Tiefe, in die Sonne, in die Blüten; und auf allen Höhen brannten Lärmfeuer der gewaltigen Natur und in allen Tiefen ihr Widerschein – ein schöpferisches Erdbeben schlug wie ein Herz unter der Erde und trieb Gebirge und Meere hervor.«

Durch diese Panoramaschau sind wir im Bilde über Albanos von überschwenglicher Verehrungslust erregtes Gemüt. Zugleich wird damit die Legende, die der Vaterfigur vorausgeht, zu einer geradezu übermenschlichen Aura gesteigert, der kein irdisches Wesen, wir ahnen es bereits, würde standhalten können. Erst recht nicht dieses.

Als Gaspard sich dem schon im Voraus in Liebe entbrannten Sohn endlich zeigt, blickt Albano in ein »vertrocknetes hageres Angesicht«. Er sieht einen »von jenen Fürchterlichen, die sich über die Menschen, über das Unglück, über die Erde und über das – Gewissen erheben«. Der Eindruck verstärkt sich in der Sekunde der Begegnung durch einen Anfall von Starrsucht, der den Vater heimsucht und in einen wächsernen Gliedermann verwandelt. Er wird durch die momentane Katatonie-Attacke nicht verfälscht, sondern auf einen Schlag vorausgreifend in seinem Charakter überplastisch visualisiert. Albano ist dennoch wild entschlossen, in dem Frostgeschöpf unerschrocken den Vater heiß zu lieben, den Kranken mit Liebe gleichsam zu überrennen. Der Leser registriert es gerührt oder genervt. Die sorgsam aufgebaute Legende aber, auch wenn Albano, aufrichtig vernarrt in sein schönes Gefühl, sich die Sekunde der wahren Erkenntnis partout und geradezu blindwütig nicht eingestehen will, hat zu wanken begonnen.

Das Prinzip dieses Auftakts wiederholt sich an den wichtigsten Figuren des Romans. Ihnen allen, den Geliebten, der elfischen Liane, der glutvoll stolzen Linda, dem verführerischen Freund Roquairol geht ein begeisterndes, Albanos Imaginationskräfte erhitzendes Gerücht voraus. Er errichtet ihnen, noch vor Ansichtigwerden der Objekte, die zunächst solche einer eher spirituellen Begierde sind, in seiner verzückten Seele Andachtsbild und Altar. Wir erleben dann schrittweise mit ihm Erosion, Absturz, Ernüchterung, auch, in gewissem Umfang, Zweifel an Albano selbst, dessen betörende

Ausstrahlung die Mailänder bereits in den ersten Romanzeilen wünschen ließ, er bliebe ihnen versteinert zwischen den Marmorgöttern des Museums konserviert.

Der Vorgang der Legendenzerstörung nach allzu hoch gespannten Hoffnungen durchzuckt das gesamte Werk. Er ist das instabile Wetter der Romanlandschaft, ohne allerdings, und das ist entscheidend, die Enttäuschung als definitive Enttarnung darzustellen. Die Wirklichkeit erweist sich nicht in der Destruktion des illusionären Bildes. Sie zeigt lediglich die zweite Seite der Medaille. Sie ergänzt zum Licht den Schatten, das Tal zum Berg, die Hölle zum Himmel, den »Olympos« mit der »tiefen, bangen Erde«.

Das vorangestellte idealisierende Gerücht ist die Utopie, die uns überhaupt an Menschen Interesse haben läßt, so wie wir in der frühen Jugend lange Zeit von der »Liebe« (Rock- und Popmusiktexte beweisen es für jede Generation neu) bereits eine großartige Vorstellung hegen, bevor sie uns, meist weniger hinreißend, ohne daß wir es unbedingt wahrhaben wollen, leibhaftig widerfährt. Das eine löscht im *Titan* das andere nicht aus, das eigene Erleben faltet und furcht jedoch die anfangs glatt glänzende Oberfläche.

Aufbauen und Einreißen ist, wie das leidenschaftliche Anziehen und Abstoßen der Gestalten voneinander, der dämonische Wirkstoff dieses mit einer alles ergreifenden Sinnlichkeit angezettelten Krieges der Ideen. Es ist das Antititanische, das keine »Einkräftigkeit«, wie Jean Paul das Eindimensionale nennt, duldet. Es manifestiert sich darüber hinaus in den Gegenfiguren, die der Autor zu seinen jeweils ins Extrem getriebenen Protagonisten – im Italienischen heißt Stuntman »Controfigura« – errichtet. In liebender Vereinigung scheinen die Liebes- und Freundespaare schwärmerisch zu versinken und stürzen schon bald auseinander in Haß, als spalteten sich in den für kurze Zeit scheinbar zu einer einzigen Person Verschmolzenen für immer zwei nicht miteinander zu vereinbarende Wesenszüge in Ich und Nicht-Ich.

Wobei Jean Paul die Möglichkeiten seiner weiblichen und männlichen »Stuntmen« scharf ausreizt. Ein trügerischer, auch betrügerischer Rollenwechsel, der die grundsätzliche Austauschbarkeit der Ichhülle andeutet, ist das eine Mal lebensrettend, im anderen Fall wird mit ihm eine fatale sexuelle Erfüllung erschlichen. Den diesbezüglichen Höhepunkt bildet zweifellos der Selbstmord des schillernden Roquairol auf der Bühne, ein Tod in der Rolle und am eigenen Leibe, als Sühne und Rache in einem.

Sollten Sie allmählich ungeduldig die Vermittlung eines klaren Bildes vom *Titan* vermissen, so ist das durchaus von mir beabsichtigt. Es kommt hier, noch einmal gesagt, nicht darauf an, den üblichen Verlauf von Handlung und Sinn der romanlichen Inszenierung darzulegen. Vielmehr sollen ihre Kraftfelder und Energieströme hervortreten, durch deren Qualen und Wonnen der Leser körperlich hindurch muß, so daß die Fiktionen Jean Pauls ihm Realität werden.

Der Gegenheld zu Albano ist sein schon erwähnter Freund Roquairol, diabolischer Bruder der verwehenden Mondscheingestalt Liane. Deren Arzt wird einmal von Albano dabei beobachtet, wie er im heftigsten Lachen begriffen ist. Er lacht willkürlich Tränen zur Überprüfung physiologischer Forschungen. »Er hätte sich gern anders erschüttert, durch Rührung«, heißt es, »aber er kannte seine Natur und wußte, daß nichts dabei herauskäme, nicht ein Tropfe.«

Auf diese Art erzeugte Tränen fesseln uns womöglich stärker als das viel gewöhnlichere Weinen aus Gefühl, und so geht es uns (und wahrscheinlich auch Jean Paul selbst) mit Roquairol, dem zwielichtigen Herzensbruder des allzeit aufrichtigen Albano. Auch wenn es über ihn, Albano, zu Beginn fast manifestartig heißt: »Es frappierte mich sehr, (…) daß ich durch langes Anschauen auf seinem Gesichte lesen konnte, was ich wollte und was sich widersprach, Kälte – Wärme – Unschuld und Sanftmut – am leichtesten Trotz und Kraft.« – »Ihm selber mag es noch schwerer werden, einen solchen Kongreß kriegführender Mächte in sich zu einem Friedenskongreß zusammenzuzwingen.« So Albanos Lehrer Schoppe. Sein Schüler wird das Harmonieprogramm schon irgendwann schaffen, nicht aber dessen unglücklicher, von den eigenen Extremen malträtierter Freund Roquairol, der die briefliche Enthüllung seines wahren Wesens gegenüber Albano unterschreibt mit »Dein Freund und dein Feind«.

Roquairol ist die verborgene, die zweite, die negative Hauptperson, die Anti-Energie, schillernder Widerpart, ja Widerruf Albanos, mit dessen heftiger, ahnungsloser Zuneigung er kokettiert wie eine Frau. Verzweifelt, ungebrochen einzig in seiner Triebhaftigkeit, stellt der genialische Nihilist die gesamte umgebende Welt in Frage. Zu seiner eigenen Pein hört er zu allem Existierenden in seinem Inneren die nie verstummende Stimme der Verhöhnung und Verneinung. Er ist ein glühender und eiskalter Glücksvernichter, elegant und unzivilisiert, ein leidender Selbstzerstörer. Das ist die ihm vom Autor auferlegte Bürde.

Zu Albanos Höhenluft bildet er nicht den Gegensatz des Flachlandes, nicht den Kontrast der Banalität. Viel verheerender: Er ist ein schwarzes Loch, das die positive Substanz Albanos wegzusaugen droht. Wenn nicht für Albano, dann doch, im Nachhall seiner Sätze, für uns, die Leser.

Gefährlich wird er, weil neben seinen Gedankengängen nicht nur Heiterkeit und Einfalt dümmer, weniger tief, weniger der eigentlichen Wahrheit nahe wirken. Auch die Liebe selbst tut es. Roquairols zersetzender Impetus, der wesentlich mehr als intellektueller Skeptizismus ist, präsentiert die immerwährende andere, finstere Möglichkeit des Daseins. Er verschließt den Blick nicht vor den Abgründen, vor dem die Gesunden ihre harmlosen Augen und Ohren versperren möchten. Wie gesagt, formal verurteilt Jean Paul Roquairol. Er verurteilt eine seiner faszinierendsten Figuren dazu, sich selbst als öffentliches Schauspiel, ein der Gesellschaft hingeworfener Fehdehandschuh, umzubringen und dabei andere mit in den Strudel seines Untergangs reißen zu wollen.

Die andere Möglichkeit des Daseins! Im Roman *Flegeljahre* hat Jean Paul die Doppelperspektive auf das Leben durch ein Zwillingspaar, den arglos liebenden Walt und den abenteuerlichen, charmanten und bissig provozierenden Vult wiederaufgenommen. Es geht um das schwierige Akzeptieren und Aushalten der Extreme. Das gelingt weder dem Freundespaar Albano-Roquairol, noch den Brüdern Walt und Vult auf Dauer. »Einkräftigkeit«, die in den Schoß fällt, steht gegen »Allkräftigkeit«, die, um zu gelingen, ständig neu erkämpft sein muß.

Dahinter aber verbirgt sich, wen sollte es wundern, der Autor selbst, aufgespannt zwischen Erdscholle und Himmel, angeschautem irdischem Elend und erträumter Utopie als einzig wahrem Lebenselixier. Es ist jener Gegensatz, der, denken Sie bitte an den vorhin zitierten Satz von der auf- und absteigenden Lerche, Werk und Person durchzieht und um dessen Bewältigung seine wichtigsten Protagonisten in Polarität zu Gegnern oder ihrem Gegen-Ich ringen. Durch sie lotet Jean

Paul bis zum Exzess seine eigenen nächtlichen Seiten, Vernichtungsalpträume, die sich bis zum Widerruf der Ewigkeit steigern, unter fremdem Namen aus.

Um so betrüblicher, daß die Rezeption auch hier, wohin sie generell tendiert, sträflich, jedoch unbestraft, in Kategorien vereinfacht und Jean Paul letztlich zu einer fruchtbaren, aber undisziplinierten Verspieltheit idyllisierte, das Diabolische, auch zähneknirschend Menschenfeindliche seiner wahrlich himmelschreienden Gegengestalten jedoch, das in ihm selbst schroff neben dem unverwüstlich Kindlichen und Menschenfreundlichen steht, häufig negierte. Lahme erschlagen eben manchmal auch große Vögel mit ihren Krücken.

Rund zwanzig Jahre nach Verfassen des *Titan* bekannte der Autor, er könne sich nur mit Mühe dazu zwingen, sein Werk noch einmal zu lesen, weil die »eigenste, innerste Seele« darin nachgeschaffen sei und sein gegenwärtiges Dasein nicht länger an das Drama der Romanwelt heranreiche und ihr nicht mehr anzupassen sei. Er bete in diesem Roman »das Heiligste an in meiner Brust«. Wir würden Jean Paul Unrecht tun, wenn wir darunter wiederum nur das Helle und Elysische verstehen wollten. Es ist der ganze, in Wellenbergen und Wellentälern, Lichtblitzen und Abstürzen zur Vieldimensionalität aufgewühlte Roman, von dem er meinte, man betrachte ihn am besten etwas aus der Ferne, mit anderen Worten: als in Mensch, Tier, Landschaften, Wolken erglühende, erlöschende und wieder aufleuchtende Gesamterscheinung. Aber auch, möchte ich hinzufügen, gerade deshalb als den Leser ohne konventionelle Rettungsplanken unter Morgenröten und schweren Gewittern umwogende See.

Idoine, die Frau, die am Ende Graf Albanos Braut wird, hat sich in hochherziger Absicht ein arkadisches Miniaturreich mit glücklichen Landmenschen eingerichtet, ein Paradiesmodell ohne Flecken, jedoch fast zwangsläufig »ohne Glut und Glanz«. So ist sie wohl auch selbst beschaffen. Erst als Albano drei kleine Blattern-Narben als »Erden- und Lebensspuren, die sie zu einer Sterblichen machten« entdeckt, kann er sie lieben. Leser der *Badereise* erinnern sich, daß der Autor bei der allzu schwärmerischen Tochter Katzenbergers noch einmal zu diesem Mittel griff. Die beiden Schwestern Jean Pauls waren übrigens als Kinder an Blattern gestorben.

Liebe, die den Grafen Albano für eine milde Gegenwart und heitere Zukunft rettet, hat Roquairol, der das Erotische allerdings handgreiflicher praktizierte, in den Tod getrieben, ist aber vielleicht nur der Auslöser für die Katastrophe dieses am Abgrund der Existenz Balancierenden. Das widerfährt noch einem zweiten Mann, Albanos souveränem Lehrer Schoppe, der, wie Roquairol für die geheimnisumwitterte Linda entflammt, in Wahnsinn verfällt und schließlich darin stirbt. Ist Roquairol die fesselndste Gestalt des Romans, dann muß Schoppe, der »spaßeshalber« Fichte und Schelling studiert, als die ergreifendste gelten. Seine Person spaltet sich, wird mental auseinandergefetzt, so daß er fürchtet, »der Ich könnte kommen!«

Schoppes Nöte sind andere als die der hellen Tagesvernunft, aber nicht weniger real. »Alles kann ich leiden«, sagt der tief Leidende, »nur nicht den Mich, den reinen, intellektuellen Mich, den Gott der Götter – Wie oft hab' ich nicht schon meinen Namen verändert wie mein Namens- und Taten-Vetter Scioppius oder Schoppe und wurde jährlich ein anderer, aber noch setzt mir der reine Ich merkbar nach. Man sieht das am besten auf Reisen, wenn man seine Beine anschaut und sie schreiten sieht und hört und dann fragt: wer marschiert doch da unten so mit? – Ewig redet er ja mit mir, sollt' er einmal leibhaftig vor mir auffahren: dann wär' ich nicht der letzte, der schwach würde und totenblaß.«

Welchen Rat wüßte man angesichts der hoffnungslosen Zersplitterung dieses erlesenen Geistes, Jean-Paul-Lesern als die noch intaktere Figur des spöttischen Freundes Leibgeber aus dem *Siebenkäs* bekannt? Den am Romanbeginn seinem Schüler Albano prophezeiten »Friedenskongress«, das harmonische Gleichgewicht seiner inneren Mächte – Sie erinnern sich – hat Schoppe, der Lehrer, für sich selbst nicht bewerkstelligen können.

Jean Pauls Weltwahrnehmung ist kosmisch, selbst in den gewöhnlichsten Dingen. »Ich ging und sah, gleich dem Magnet, immer auf die Mitternachtsgegend hin, um das Herz an der nachglimmenden Abendröte zu stärken, an dieser heraufreichenden Aurora eines Morgens unter unsern Füßen«, heißt es im Roman *Quintus Fixlein* so nebenbei. Seine – auch – kindliche Seele vergißt nie ihre tief eingewurzelten Kontakte zu Stern und Sonne, Himmel und Ewigkeit. Sie läßt Schoppe, der nahe dem Höhepunkt seiner Zerrüttung sagte: »Das Herz wurde mir kalt wie eine Hundeschnauze«, und in seiner Todesnot: »Der böse Geist kommt zu mir (...) ich will wegsterben«, dann doch als Lächelnden zurück! Anders als den unseligen, in Destruktionswut versinkenden Zyniker Roquairol. Dieser bot seiner Mitwelt im Sterben den Anblick »toter Augen und weißer, starrer Lippen«, die noch im letzten Atemzug die selbst geschriebene Rolle zitierten. Schoppe dagegen wird mit dem folgenden Nachruf bedacht:

»Nun hast du hienieden geendigt, strenger, fester Geist (...) Die Erdkugel und alles Irdische, woraus die flüchtigen Welten sich formen, war dir ja viel zu klein und leicht. Denn etwas

Höheres als das Leben suchtest du hinter dem Leben, nicht dein Ich, keinen Sterblichen, nicht einen Unsterblichen, sondern den Ewigen, den All-Ersten, den Gott. – – Das hiesige Scheinen war dir so gleichgültig, das böse wie das gute. Nun ruhst du im rechten Sein, der Tod hat vom dunkeln Herzen die ganze schwüle Lebens-Wolke weggezogen, und das ewige Licht steht unbedeckt, das du so lange suchtest; und du, sein Strahl, wohnst wieder im Feuer.«

Diese Sätze darf keiner der Protagonisten sprechen, auch nicht der redlich und nach Kräften trauernde, auf Dauer freilich nicht untröstlich weiterlebende Freund Albano. Allein der Verfasser selbst, Quelle und Sammelstelle aller figürlichen Entäußerungen, ist dazu befugt und als Einziger befähigt, Schmerz und Tapferkeit seines tragischen Lieblings Schoppe in vollem Umfang zu erkennen.

Gott? Es wäre kleinmütig, ausgerechnet hier zeitgenössisch relativierend »der Gott Jean Pauls« zu sagen, nachdem Gottfried Keller einmal wahrlich bewundernswert abwägend formulierte: »Gott und sein Jean Paul«.

Jean Paul, ein gigantischer Springbrunnen aus Wörtern, Sprachmusik und Bildern, der im *Titan* höher als die Lerche aufsprudelt, zum Firmament und zwischen die Gestirne, und tiefer als sie in die schauerlichen Klüfte des Geistes hinabstürzt, scheint als träumender Weltraumreisender, bis in jede Zelle durchdrungen von kosmischem Bewußtsein, die Ewigkeit in gewissen Augenblicken schon geschaut zu haben. Man könnte eine lange Liste dessen zusammenstellen, was der Dichter als letztes Ziel ersehnte und empfand: »Ach das Leben wird wie das Meerwasser nicht eher ganz süß, als bis es gen Himmel steigt«; der Mensch habe »sich nicht sowohl auf die Ewigkeit zuzubereiten«; er müsse »die Ewigkeit in sich pflanzen, welche still sei, rein, licht, tief und alles«; Giannozzos Unendlichkeitsschau über der »schwülen irdischen Hölle« des Schlachtfeldes!

Trotz der kosmischen Visionen zwischen dem frühen Roman *Hesperus* und dem späten Fragment *Der Komet*, trotz phantastischer Wanderungen zu den »Reichen der Weltenbildungen« mit vorweggenommenem modernem Forscherblick – gelegentlich kann man kaum glauben, daß der Dichter nicht leibhaftig da oben war, weiter als die gegenwärtigen Astronauten –, trotz des Schweifens bis zum »grenzenlosen Nachtkerker der Schöpfung« und darüber hinaus: Man soll »die Ewigkeit in sich pflanzen«!

Das könnte die Überschreitung der Ziellinie des Romans markieren, nicht Albanos von klugen Frauen behütete, menschliche und politische Reifung, nicht der desperate Schluß des Clavis Fichtiana: »In mir den stumm, blind, verhüllt fortarbeitenden Dämogorgon, und ich bin er selber«.

Uns, die in das Leben und seine Verwicklungen stündlich Verstrickten, öffnet Jean Paul die unerschöpfliche Fülle des Existierenden, vieldimensionale Welten, vor allem die in uns selbst, eine anarchische »Allkräftigkeit« und Momente der Aufschwünge, die er nicht nur Fürsten, Exzentrikern, Vagabunden gestattet. Er, der umfassende Kenner bitterster Armut, die er im *Siebenkäs* mit ihren Kleinlichkeiten und Verengungen des Herzens schilderte, traut sie ebenso den sogenannten »kleinen Leuten« zu, verlangt sie ihnen ab aus Liebe und um ihrer Würde willen. Keine erlernbare Perfektion der Romanschreiberei könnte je einen solchen, gelegentlich die einen wie die anderen überfordernden Anspruch erheben.

Er selbst fühlte sich, wie gesagt, später der Forderung seines Titan-Universums, einem Reich, das er mit Hilfe starker

Dosen von Kaffee und Bier machtvoll entfaltet hatte, bei inzwischen durch alltäglichen Gebrauch, durch Arbeit und Krankheit verschlissenen Kräften, nicht mehr gewachsen.

Für uns, die das Werk ja nicht herstellen mußten, bleibt, falls wir uns unerschrocken von seinen Katarakten, Fluten, Strömungen bedrängen lassen, der Appell (das Lesen ist schon der Anfang einer Verwirklichung), unsere eigenen, potentiellen Ausmaße unverleugnet in alle Richtungen zu erkunden, um der Plastizität der Existenz willen, die Höhe nur durch Tiefe erreicht, um gegen die uns aufgedrängte und eingeredete Simplizität gewappnet zu sein, gegen ein verknapptes Dasein, dessen Grenzen allein die physischen Abläufe kalkulierbar bestimmen. Auf die vorläufige Spitze getrieben wird diese Entwicklung von Tendenzen, die in Aussicht stellen, ein perfektes, jederzeit per Pille und Sensor aktualisiertes Persönlichkeitsprofil produzieren zu können. Kontur und standardisierte Ausschmückung einer als schematisch abfragbar begriffenen Identität per Zahl und Diagramm. Nach Musterkatalogen gefertigte Biographien per Computerprogramm samt Einspeisen moralischer Konflikte: Das klingt nach naiver Karikatur wissenschaftlicher Forschung. Ist es aber leider wohl nicht. Die Reduktion schleicht sich in unser Selbstverständnis ein, vielleicht, während wir die Zeitung lesen, an der Supermarktkasse mit den offenbar industriell fabrizierten Satzfertigteilen – Sie alle kennen sie –, vielleicht sogar, wenn wir rekapitulierend davon träumen.

Was ist schon ein Roman!

Was kann er sein? Zum Beispiel ein Buch wie der *Titan*, der die Welt konzentriert und ein Universum von kaum zu verkraftendem Reichtum aufreißt, ein Werk, das den Menschen nicht, um sie möglichst realistisch darzustellen, alle Höhen-

und Tiefflüge abspricht, sondern noch »ungeborene Geister« entdeckt und aufbewahrt, Empfindungen von der peinlichst konkreten und zartest verwehenden Gefühlsnuance zwischen Mensch und Mensch wie auch die möglichen Ekstasen zwischen Erde und Himmel. Zugleich unentwegt bedroht vom Gegenteil, von der »innersten Öde«, von Wüste und Leere der Negation, von einer Weltdepression, vor der keiner sicher ist, und die von dem scharfen Satiriker, dem Visionär Jean Paul weder durch dämlichen Optimismus überkreischt noch weggegrinst wird. Der renommierte »Weltschmerz« ist übrigens wie das unbekanntere Verb »herumscheitern« eine seiner zahlreichen Wortschöpfungen.

Aus diesem Roman kommt jeder, wenn er die Hindernisse des Einstiegs überwunden hat, nicht ärmer, gar ausgeplündert hervor – was, wenn man es sich nur eingesteht, nach Lektüren landläufiger Reißer nicht selten der Fall ist –, sondern gewogen und ein bißchen weniger leicht befunden, weniger beschränkt und banal, als eventuell zu befürchten war. Ich möchte sogar die Behauptung riskieren: glücklicher!

Hier gilt, um den Meister ein letztes Mal zu zitieren, sein indirekter Marschbefehl: »Lesen heißt wandern gehen in ferne Welten, aus den Stuben über Sterne.« Pure Zerstreuung bieten mittlerweile andere Medien sowieso professioneller.

Jean-Paul-Debütanten aber empfehle ich zum Einstieg seine »Selberlebensbeschreibung«. In diesem autobiographischen Werk, das er sieben Jahre vor seinem Tod begann, ist der Weg zwischen die Milchstraßen, »aus den Stuben über Sterne« im Wortsinn kinderleicht und geschieht wie im Fluge.

PS: Schluß der Rede zum 250. Geburtstag Jean Pauls in Bayreuth am 21. März 2013:

Das Idyll! Ich meine, genauer gesagt, jene kurze, aber mächtig wirkende Verfassung, die Jean Pauls Protagonisten in der Natur und in den Augenblicken erfüllter Liebe widerfährt. Momente, die, örtlich nicht stabil verankert und zeitlich flüchtig, das Gefühl von Ewigkeit herstellen. Aufglimmende Sterne, Leuchtfeuer des Lebens. Eine knapp bemessene Ewigkeit vollkommenen Glücks im Inneren seiner Heldinnen und Helden und, während wir es lesen, in uns selbst als heraldische, zugleich schmelzend sanfte Szenen einer durchaus irdischen Möglichkeit unserer Existenz. Dieses Idyllische ist niemals unbedroht, aber seine stets lauernde Gefährdung schwindet denen, die es in seiner Kernzone erleben und sich daran erquicken, für Minuten oder Stunden aus dem Blickfeld.

Und exakt das ist seine unerläßliche Bedingung. Erst als Fixlein von seiner ideé fixe, mit zweiunddreißig Jahren sterben zu müssen, also vom abergläubischen Denken an die ihm bevorstehende Zukunft befreit ist, erst als die geliebte Thienette sich von den Kümmernissen ihrer elenden Kindheit, also der Erinnerung an die lastende Vergangenheit löst, dürfen beide eintreten in das für den, dem es widerfährt, dann unvergeßliche Reich einer befristeten Wonne, ein Leben »nicht von Monat zu Monat, sondern von Sekunde zu Sekunde.« Das Auskosten des dem Zeitstrom entrückten »spitzen Augenblicks«, ohne ein Sorgen und Grämen nach vorn oder zurück, ist das einzige auf der Erde erreichbare Paradies, und bei Jean Paul nur denen vergönnt, die nicht vernünftigen, nicht behäbigen, sondern kindlichen Herzens sind.

»Jede Minute sei dir volles Leben!« wird ausdrücklich auch

uns zugerufen. Dann, nur dann reißt das Dasein zur Ewigkeit auf. Man solle die Angst und den Wunsch verachten. Gut und schön, möchte man antworten, aber wie schafft man ein solches Leben absoluter Gegenwärtigkeit? Wie sollten wir, die wir uns so oft fürchten und so vieles wünschen über die sich ereignende Minute hinaus, das denn wohl erreichen? Das so verstandene Idyll, das kein harmlos schwärmerisches, und insofern leicht zu belächelndes Hirtenidyll ist, fällt auch den dafür auserkorenen Gestalten dieses Dichters nicht in den Schoß. Er läßt seine »guten Menschen«, und selbst so glücklich mit »Haus- und Winkelsinn«-phantasien begabte Wesen wie Quintus Fixlein, lange leiden zwischen den verdunkelnden Gefühlen, die Vergangenheit und Zukunft betreffen. Sie müssen dem »Vollglück der Beschränkung« erst entgegenreifen, bis Jean Paul sie – für ein Weilchen – damit beschenkt. »Idyllenjahre und Idyllenländer« gibt es nicht.

Sein Idyll lastet nicht, es schwebt. Es ruht nicht, es bebt. Das als Faustregel.

Das Idyll ist eine Denk- und Gefühlsleistung. Nur nimmt Jean Paul sie seinen Figuren manchmal ab: Sie werden durch das Aussparen fataler Nachrichten und Fakten, durch Notlügen zeitweilig geschont, von Freunden, Müttern, vom Schicksal, vom liebenden Autor selbst. Er weist gelegentlich augenzwinkernd und dezidiert darauf hin.

Und wir, die Leser? Auch geschont?

Wir nicht weniger! Das griechische Wort eidyllion bedeutet: Bildchen. Es ist also etwas deutlich Begrenztes, still Stehendes, in seiner Isolation von allem Zerstörerischen entschieden Hergestelltes, in dem eine Wirklichkeit, sogar eigene Wahrheit entsteht. Wer sich dem Angriff der täglichen Schrecken und Schreckensnachrichten nicht phasenweise zu entziehen weiß, bleibt davon ausgeschlossen. Jean Paul, wie gesagt, greift seinen Gestalten und dem Leser unter die Arme. Er schiebt auf und vertagt schmerzliche Informationen, sortiert, selektiert die hellen und dunklen Klänge – und sagt es immer wieder zwischendurch ungeschminkt heraus, allerdings auch nie ohne leise Ironie bis hin zur satirischen Pointe, wenn er ein Idyll inszeniert: »Der Autor ist eine Art Bienenwirt für den Leser-Schwarm, dem zu Gefallen er die Flora, die er für ihn hält, in verschiedene Zeiten verteilt und die Aufblüte mancher Blumen hier beschleunigt, dort verschiebt, damit es in allen Kapiteln blühe.«

Wir alle sind wohl kaum begabt mit der wunderbar einfältigen, freudigen Lebenskunst der Kunstfigur des Schulmeisterlein Wutz, dessen anspruchsloses Dasein sein Schöpfer »eine Art Idylle« nannte, und dessen in die Länge gezogenes Idyll nur für ihn selbst keine Lüge ist. Sehr viel näher befinden wir uns dem Zwiespalt Jean Pauls. Das heißt: Einverständnis mit der eigenen Existenz wenigstens momentweise selbst- und weltvergessen zu erfahren, außerhalb der Erosionsenergien, die ständig jene Ewigkeitsaugenblicke benagen und: zugleich um die Exklusivität und zeitliche Knappheit solcher Oasen zu wissen.

Das ist die schwierige Aufgabe, vor die uns der große Dichter stellt!

Er macht uns in allen seinen Werken vor, daß diese Gleichzeitigkeit, dieses Zusammentreffen zweier Unvereinbarkeiten denkbar ist, etwa vergleichbar dem Konkaven und Konvexen eines geblähten Segels. Wie sonst, wenn er nicht Meister wäre in dieser Kunst, ließe sich die Nachbarschaft gellender Verzweiflung seiner am Abgrund taumelnden Helden mit dem Reichtum seiner Naturbeseeligungen und der lauteren Versunkenheit seiner innig Liebenden erklären? Es muß ja beides, damit es die Kraft der Überzeugung erhält, unverleugnet im Autor vorhanden sein. Das Unglück schließt das idyllische Glück nicht aus, sondern treibt es erst auf die Spitze durch seinen Außendruck. Ich vermute, künstlerisch wie auch im Leben ist das so. Jedoch, nochmals gesagt, dieses Glück, nach dem sich alle sehnen, natürlich in unterschiedlichen Ausprägungen, und dessen Unerreichbarkeit als Dauerzustand so viele vom Leben Enttäuschte erzeugt, verlangt Arbeit des Kopfes und Inbrunst des Herzens.

»Starres, stummes Nichts! Kalte, ewige Notwendigkeit! Wahnsinniger Zufall!«: Die schauerliche Klage des toten Christus hallt währenddessen ungetröstet fort. Ungetröstet? Nein, das eben nicht. Sein auch von uns heutigen Zeitgenossen wohl nur verdrängter Schmerz, falls wir nicht auch ihm »abgestorben« sind, dieser Schmerz ist so maßlos, daß der Dichter dem alpträumenden Ich eine Lösung offerieren muß.

Er findet sie im Erwachen aus dem seine Seele überfordernden, über alle Grenzen hinaus von allen menschlichen Imaginationen entrümpelten, »stürmischen Chaos« des Alls: in der vergänglichen Welt und ihren Gegenständen, in der die Sonne aus den Sternenwüsten in ihre alte, schöne auf- und untergehende Gestalt aus der Sicht der Erdenbewohner zurückgekehrt ist, wie der nun nicht mehr Träumende aus der unpersönlichen Kahlheit der Forschervernunft mit erneuerter Liebe zum Bild eines alles mit Liebe erfüllenden Vatergottes.

Ist das ein Trost? Ein geflissentlich zu übersehender faux pas? Etwa eine Sensation? Eine museal gewordene Anekdote aus den geschlagenen Schlachten der Geistesgeschichte?

Es ist, und hier fast am Schluß, der springende Punkt!

Eidyllion, kleines Bild: Jean Paul hat in seinen Visionen vom Auslaufen der Welt in eine gigantische Formlosigkeit ausreichend Schrecken, ja Grauen erfahren, um das Notwendige, und, heraus damit: die Weisheit der Bilder zu erkennen. Bilder, die wir in naiver, naturalistischer Analyseeuphorie als überholt zu entlarven glaubten – und die in Beziehung gesetzt zu Ewigkeit und Ewigem tatsächlich Idyllen sein mögen, unendliche Abkürzungen. Jedoch auch Verdichtungen, und zwar nicht nur anthropozentrische Vehikel, sondern auch zutiefst humanes Medikament. Er findet es als einzige Rettung vor unserer kosmischen und inneren Verlorenheit, nicht kindisch, aber kindlich, wie es der u. a. so scharfe, auch politische Satiriker trotz allem Zuwiderlaufenden sein Leben lang geblieben ist.

Anders, man drehe es wie man will, tappt man bei Jean Paul letzten Endes ins Leere. Es muß möglich sein, das Bild, trotz aller Vernunft und ihrer großartigen, von Jean Paul etwa in *Selina oder über die Unsterblichkeit der Seele* erprobten Instrumente, als erste und letzte Zuflucht, als Fluchtpunkt und einzig wahre Heimat auf der Erde und gegenüber dem All anzunehmen. Das Bild, in das wir uns begeben und von dem wir zugleich wissen, daß es nicht mehr ist als das: ein Refugium, ein Asyl, ein Gleichnis.

Was wäre eigentlich mehr? Etwa eine Formel? »Dein Geist erträgt nur irdische Bilder des Überirdischen; schaue die Bilder«, befiehlt der durchs All führende Geist im *Kometen*.

Und so möchte ich nach den Gewittern des Anfangs enden mit jenem anderen, von uns ebenso verehrten und sich an uns, seine Leser, so rückhaltlos verschwendenden Jean Paul: »als schon das erste Viertel des Mondes im Untergehen war, um 12 Uhr, schloß er vor dem kühlen Anwehen eines milden, duftenden, feuchten und das Herz beim Namen rufenden Nachtlüftchens noch einmal die Augenlider eines schon träumenden Blickes auf.« *(Quintus Fixlein)*

Ein »das Herz beim Namen rufendes Nachtlüftchen«: Jemandem, der solche Kleinode für uns erfühlte und ersann, einem solchen Manne sollten wir uns lächelnd ergeben, ihm, Jean Paul, der so mutig die »Einsamkeit der Menschenseele« auslotete, ihm und seiner Poesie, die, wie Eichendorff in *Ahnung und Gegenwart* den Dichter Faber zwei Jahrzehnte später sagen läßt, heute wie damals allein um ihrer »himmlischen Schönheit« willen existiert.

Bibliographische Hinweise

Mit Rücken und Gesicht zur Gesellschaft
(Wiener Ernst-Jandl-Vorlesungen zur Poetik, Juni 2011)
Über Avantgardismus. In: Wespennest 161/2011.
Über Politik in der Literatur. In: Wespennest 162/2012.

Wirkliches Leben und Literatur
(Tübinger Poetik-Dozentur, November 2011)
Wirkliches Leben und Literatur. In: Swiridoff 2012.
Vom Umgang mit der Natur und wie sie mit uns umspringt. In: ebd.
Die Gewalt der Bilder. In: ebd.

Was ist schon ein Roman!
(Zürcher Poetik-Dozentur, Oktober/November 2012)
Erstdruck.

Brigitte Kronauer

Natur und Poesie

Klett-Cotta

FSC
www.fsc.org
MIX
Papier aus verantwortungsvollen Quellen
FSC® C014889

Klett-Cotta
www.klett-cotta.de

Printed in Germany
Umschlag: ANZINGER | WÜSCHNER | RASP, München
Gesetzt von Dörlemann Satz, Lemförde
Gedruckt und gebunden von
Friedrich Pustet GmbH & Co. KG, Regensburg
ISBN 978-3-608-98303-6

Inhalt

Marder und Kaninchen 7

Die Konstanz der Tiere 10

Tierlos 25

»Ach! wüßtest du, wie's Fischlein ist« 35

Die Niederelbe. »Schweiz meiner Seele«, im Flachland? 40

Vom Riesengebirge bis Cuxhaven 50

Wir Avantgardisten 58

Demokratie in ihrer schönsten Gestalt 64

Landschaft ist nicht Natur 69

Herr Hagenbeck hirtet 76

Animalische Seligkeit 107

Bibliographische Hinweise 110

Marder und Kaninchen

Daß in der floralen und faunischen Natur perfekt mit Tricks und Täuschungen gearbeitet wird, ist mir lange bekannt. Über die Tücke des Steinmarders weiß ich erst seit kurzem durch einen dreiminütigen Tierfilmausschnitt Bescheid und kann mich zu meiner eigenen Verwunderung über die dort gezeigte Hinterhältigkeit gar nicht beruhigen, offen gestanden: auf höchst angenehme Weise noch immer nicht beruhigen.

Der Marder also, viel kleiner und vor allem nicht so schnell wie seine von ihm ins Auge gefaßte langohrige Beute, greift zu einer für Wildkaninchen offenbar unwiderstehlichen List, die er benötigt, um die Distanz zu seinem Opfer, das aufmerksam und flink ist, zu überbrücken: Er tanzt! Vielmehr: Geniert sich nicht, vor seinem Publikum, dem in der Ferne staunenden, den Affen zu machen. Das heißt, daß er die albernsten Figuren wirft, gewissermaßen Rad schlägt und auf den Händen geht, dabei umfällt, wie närrisch geworden Kopfsprünge rückwärts versucht, in Erdlöcher hineinschießt und heraus, sich auf den Rücken wirft und die weiße Bauchseite zeigt, wie ohnmächtig geworden oder betrunken oder eingeschlafen, dann wieder in hektischer Revue, als wollte er anschließend mit dem Klingelbeutel rumgehen und für die Darbietung kassieren, bevor sich die Zuschauer zerstreuen.

Und die Kaninchen? Die Kaninchen heben, wie angewurzelt, zunächst ungläubig, erstaunt die Braue. Doch, er interessiert sie, der charmant Verrückte. Sie beobachten ihn in

Würde aus der Ferne und zucken mit den empfindlichen Nasen. An dem verspielten Taugenichts ist keine Gefahr zu erwittern. Auch ist der Abstand zu ihm ja groß. Der Zirkus, den das wendige Kerlchen aus reiner Lust und Laune, aus Übermut und für nichts und wieder nichts veranstaltet, fasziniert sie zusehends: Ein Unikum? Ein neuer, sich haltlos andienender Kumpel zum Spielen?

Allerdings wird er kleiner, der Abstand.

Die akrobatische Ausgelassenheit ist die Arbeit eines Profis, ist todbringende Zielgerichtetheit, die sich jedoch keinesfalls verraten darf, sonst wäre der böse Schabernack umsonst und die Kaninchen ergriffen das Hasenpanier. Bis zum Schluß muß die ganze Performance als Parade eines scherzenden Unschuldslammes für Lammfromme erscheinen, und dabei ist das ungestörte Andauern der Trance jener inzwischen hingerissenen, vom Spektakel wie betäubten Adressaten auch bei schrägsten Sprüngen ständig zu überwachen.

Wie ich mich in ihn hineinversetzen kann, in den schuftenden Possenreißer und Jäger, der zehnzentimeterweise die Entfernung verringert, um endlich kalten Blutes sein dösiges Wild im Nacken zu packen.

Wie ich plötzlich durchschaue, daß ich selbst, ganz gebannte Beute, mich nicht wegrühren kann vor den teuflischen Purzelbäumen, gefesselt auf dem Niveau der Kaninchen, die reinen Herzens betört sind.

Es sind ja aber nicht allein die Späße, die mich entzükken. Die Schläue des wirbelnden Heuchlers ist es erst recht, und mein Herz klopft ein bißchen schneller für ihn, ob er es schafft, dicht genug an sie heranzukommen, und es klopft zur anderen Hälfte oder abwechselnd für uns, die Hochgefährdeten und Gutgläubigen, die immer noch bedenkenlos bestrickt Witternden. Klopft für den Jäger, der erfolgreich ist, weil er sich die Verführbarkeit seiner Beute so gut vorstellen kann, klopft für die fatal umworbenen Kaninchen, die vor einem archaischen Bezirzungsritual lustvoll, aber sehr riskant die Waffen strecken.

Was sehe ich hier außerhalb meiner Person auf dem Bildschirm an? Was wird mir, als wäre es eine Geschichte aus dem Tierreich, schlagend vor Augen geführt in Gestalt einer unterhaltsam eingekleideten Röntgenaufnahme? Daß ich Trieb und Antrieb für das eine wie das andere besitze und ich, Kronauer, die eventuell fintenreich Steinmarderartige, mit nüchterner Gier mich, Brigitte, das Kaninchen, verfolge, während dieses, das Kaninchen, um die Boshaftigkeit von jener, Kronauer, inzwischen wissend, ihr um so williger erliegt? Und eines am anderen sich steigert, andächtige Benommenheit an jagender Intelligenz oder wenigstens Schläue und diese an jener, wie das Natürliche der Natur ja überhaupt Verzahnung der Gegensätze ist, nutzbringend und verzaubernd?

Die Konstanz der Tiere

Die Kuh! Der Hahn! Das Schwein!

Wie damals, als ich halb ängstlich, halb schlaftrunken und vor dem offiziellen Kindergartenalter erste Schritte in einer diffus wahrgenommenen Erwachsenenwelt versuchte, lösen sich mir auch jetzt, zurückdenkend, aus der Verschwommenheit der allgemeinen Eindrücke jener frühen Lebenszeit, die eindeutigen Profilfiguren der Tiere: einfache Scherenschnitte, schwarz auf weißem Grund in elementarer Kontur.

Die Giraffe! Der Elefant! Was damals von mir mit einer Art Verzückung in einer buchstabenlosen Tierfibel, ja -bibel angesehen wurde, ist heute für mich verbürgter Ankerplatz einer unsicher zurückforschenden Erinnerung. Die Eule! Der Bär! Die jedenfalls gab es, scharf umrissene und ruhende Pole im Gewaber damaliger Sinneseindrücke: Die Tiere, nicht den Menschen ausgeliefert oder sie bedrohend, sondern als stabile Erscheinungen und tragende Säulen der Wirklichkeit.

Wieviel diese Bilder mit dem lebendigen Hund, Frosch, Vogel zu tun hatten? Ich vermute, es gab zunächst kaum Verbindungen. Ein echtes, bewegliches Pferd war furchterregend riesig. Reales Fell, kalte Tierhaut, Federn konnten beim Berühren erschreckend sein. Ganz anders die Vertraulichkeit mit den klaren Tierfiguren aus Papier und Holz, in Förmchen gebackene Reliefs, Zeichnungen von der Erschaffung der Kreaturen, wie sie ausschwärmten von der göttlichen Zentralgestalt und in ordentlichen Paaren auf Tatzen und

Hufen die Arche beschritten. Sogar im Zoo hatten sie wenig mit einem nackten Vogeljungen oder einer toten Ratte am Wegesrand zu schaffen. Dort nämlich waren sie speziell, ausgewählt und isoliert in ihren Gehäusen präsentiert, gerahmt und typisch wie in der alten Tierfibel, abgerückt und mit einem Namensschild versehen, und die Leute traten nicht an die Käfige, ohne es befriedigt konstatierend auszusprechen: »Aha, der Tiger!«, »Sieh an, das Känguruh!« Sogar ihr Geruch demonstrierte zuverlässig die jeweils charakteristische Eigenart.

Das Mitgefühl mit diesen Wesen, die in ihren Beton- und Kachelkäfigen sehr verlassen wirkten, stand auf einem anderen Blatt. Auf einem doch nicht ganz anderen. Es war die Loyalität, Solidarität, vielleicht auch Jovialität der Guten aus den Märchen gegenüber Kröten in Zwangslagen und verstoßenen Haustieren, die alle unter dem Druck eines archaischen Zaubers standen. Insofern war das mögliche Unbehagen oder gar offensichtliche Leiden etwas fast schon Erhabenes, nicht zu vergleichen etwa mit vorübergehenden Krankheiten und zufälligen Verletzungen am eigenen Leib.

Hatte man irgendwann das Glück, mit Hund, Katze oder Wellensittich zusammenzuleben, bestimmten, ebenso wie die direkte Anschauung, die mächtigen, eingeprägten Grundformen das Verhältnis. Das wurde dadurch verstärkt, daß sich die Tiere, im Gegensatz zu allen Menschen, in ihrem Aussehen nicht änderten, nicht durch Kleidung, Mode, kaum durch Alter. Sie begingen keinerlei Verrat. Auch sah ein Spitz oder Spatz seinem verstorbenen Vorgänger ähnlich und schien, wenn der erste Schmerz vorüber war, zwar nicht dessen Wiederholung, aber doch sein redlicher Stellvertreter zu sein. Eben der Spitz, der Spatz schlechthin und jederzeit!

Das heißt: Die Tiere waren auf eine zu Herzen gehende und dem Herzen beistehende Weise treu. In jedem Zoo trifft man auf sie wie auf überall präsente Wahrzeichen der Erdregionen und Klimazonen. Die Vögel zwitschern in einem Frühjahr, als wären es die vom Vorjahr und die aus einem fünfhundert Kilometer entfernten Garten. Eine Atmosphäre der Beständigkeit geht von den Tieren aus. Überpersönliche Identitäten, wo man schon an der eigenen zweifelt? Wie beruhigend, wie altmodisch unkompliziert! Ist es deshalb ganz falsch?

Man betrachtet eine Weile die hügelige Masse eines Bisons, die Fragilität eines Kronenkranichs und weiß durchaus nicht, was das jeweilige Geschöpf fühlt, empfindet aber die Wirkung seiner Gestalt. Man studiert sie nicht, sieht sie eher gedankenversunken an, will nichts allzu Individuelles wissen, und schon teilt sich eine zweite Reminiszenz zumindest als Ahnung mit: Es ging damals nicht nur um das Unterscheiden und die Befestigung der Sinne an zuverlässigen Formen, sondern auch um das Wahrnehmen von ablesbaren Eigenschaften, die sich dort untrüglich ausdrücken.

Hier immerhin war seitens der Erwachsenen eine verbale Initiation nötig, die eine bloße Namensnennung der Tiere überstieg. Kühnheit des Adlers, Großmut des Löwen, Schlangenfalschheit und Eselsgeduld erkannte man erst durch Instruktion aus Körperlichkeit und Blick. Natürlich, dann begriff man: Der listige Fuchs! Wie Schuppen fiel es einem daraufhin von den Augen. Die Tiere trugen die Insignien und Indizien ihrer Wesensbeschaffenheit, sobald man es erkannt hatte, unmaskiert bei sich und waren daher viel überzeugender und auch freundschaftlicher ohne Verwischungen als die zwielichtig schwankende menschliche Umgebung.

In maßgeschneiderter Form zeigten die Tiere, wie etwas

so Abstraktes, wie Charaktermerkmale es sind, aussah. Die Gutmütigkeit hatte die Gestalt einer Kuh, die Neugier war ziegenförmig usw. Sie traten auf als Operngestalten der Gefühle und Eigenarten. Die Erwachsenen benannten, die Tiere personifizierten. Sie stellten Archiv und Museum von Idealen, Typen, Temperamenten in Vollkommenheit dar, als wir klein waren und noch nichts wußten. Jetzt, wo wir den Glauben an sauber geschiedene Eigenschaften längst aufgegeben haben, sind sie Signal, Schablone, Klischee, kindlich – ein Altphilologe, der erst in reiferen Jahren seinen Traum vom Reiten verwirklichte, erzählt im Ton einer philosophischen Erkenntnis: »Pferde sind gar nicht durch und durch edel!« – und vulgär metaphorisch bzw. sprichwörtlich nachwirkend: Ein Mann spricht vom hündischen Verhalten eines Kollegen, bis er plötzlich beschämt auf den großen Vierbeiner an seiner Leine sieht. Und mit welch signifikant-amüsanter Begeisterung zeigen zeitgenössische Väter ihrem Nachwuchs Piranhas als Inbegriff des Bösen!

»Vorrangig sprechen uns diese Tiercharaktere an, weil wir sie schon lange vom Hörensagen kennen und wir sie überliefert und vorgedeutet bekommen. Vor allem die seit der Antike fast unveränderte Auswahl einiger Tierfabeln in den Rhetorik- und Schulbüchern suggerierte allererst die starre Gleichsetzung bestimmter Tierarten mit bestimmten Charaktereigenschaften« (Hans-Dieter Bahr, *Nietzsches Tiere*). Sicherlich, aber da uns die Tiere tatsächlich mit einer entsprechenden Anmutung in Auge, Schnabelbiegung, Muskelkraft und Knochenbau begegnen – wie hätte man sonst je die mythischen Interpretationen und fabulösen Zuordnungen gefunden –, erhält sich in ihnen weiterhin eine nahezu ungeminderte Wucht, auch wenn sie oberflächlich geschwunden scheint.

In Wahrheit existieren kindlicher und aufgeklärter Blick ja nebeneinander, einander abwechselnd dominierend und störend. Schwer zu sagen übrigens, ob die mythologische Sehweise den Tieren mehr genutzt (durch Tabuisierung) oder geschadet hat (etwa durch rituelle Tötungen, bei denen sich der Trieb zur Grausamkeit mit religiöser Abstraktionsfähigkeit verbindet. Ausrottung wegen angeblicher Zauberkräfte). Und wie steht es mit der entmystifizierenden Sicht, der angeblich objektiven, neutralen?

Die Fähigkeit, zwischen erstem naturwissenschaftlichem Interesse, archetypischer Perspektive und natürlichem Mitgefühl zu trennen, bzw. das alles in sich zu vereinigen und je nach Lage zu aktualisieren, besitzt man schon früh. Wie uns der Umgang mit Tieren im Fach »Formbewußtsein« auf verschiedenen Ebenen schult, so auch darin, Gefühle, Antriebe, Ahnungen, die gesellschaftlich gerade nicht am Platz sind, zu verdrängen. Es muß sich gar nicht um jugendliche Gruppentierquälereien handeln, für die sich Erwachsene später mit dem eigentümlichen Schauer des Sakrilegs genieren, sondern schlicht um den unsentimentalen Appetit auf Fleisch nicht nur bei Kindern, die sich eben noch über die dunklen Kälberaugen und die tastenden Schweinenasen zwischen den Gitterstäben der Schlachthoftransporter auf der Autobahn kaum trösten konnten.

Ohne Schwierigkeit verbinden läßt sich die Belehrung durch differenzierte Tierfilme, die alle landläufigen Vorurteile attackieren, mit der Trauer über das drohende Aussterben in der Fauna, keineswegs aus dem rationalen Grund einer Sorge um die Artenvielfalt, vielmehr deshalb, weil wir als eine Art Sündenfall vage spüren, daß eine magische Substanz aus unserer eigenen Biographie, die wichtigste wohl, die Kindheit nämlich mit ihren ersten Bildern, Stück für Stück beseitigt wird.

Zeitungsberichte über die lebensgefährlichen Bedrängnisse der Tiere werden, damit es nicht allzu abschreckend und schematisch wird, periodisch gekontert durch eine erprobte Ikonographie: unwiderstehliche Fotos von Bären, Schimpansen, Faultieren mit ihren Kleinen, die sich voll paradiesischer Seligkeit im Schutz der Mutter vergnügen. Es scheint dann, für Momente des Betrachtens, alles im Lot und gut ausgegangen mit den Menschen wie den Tieren, die sich an diesem Basis- und Rudimentärpunkt von Mutterglück und Geborgenheit so ähnlich sehen. Ein Augenblick, wo die Tiere verständlich sind und die Menschen derart wohlwollend gerührt, daß sie kaum wegschauen können.

Sie können sich auch an die Urkonstellation Mutter-Kind, bzw. Maria-Jesus gemahnt fühlen, an eine Szene, der oft ein Distelfink von den Malern spielerisch und bedeutungsvoll beigegeben ist, und vielleicht speziell an jene Dürersche Zeichnung von 1503 *Maria mit den vielen Tieren*, wo die Madonna mit ihrem Kind von einer solchen Fülle heimischer und exotischer Tiere umgeben ist, daß man im Hinsehen wie bei einer rissigen Mauer immer weitere zu entdecken glaubt, als hätte die Erschaffung der Kreaturen noch einmal begonnen.

Vorn im Bild aber steht ein Fuchs mit einem Strick um den Hals und unterbricht durch den Umstand dieser Fesselung eines wild lebenden Tieres den elysischen Eindruck empfindlich. Allerdings nur, wenn man das Bild mit »natürlichen« Augen ansieht. Betrachtet man es als Symbol, ist der Friede wiederhergestellt. Dann repräsentiert der Fuchs, zu unserer gefälligen metaphysischen Freude, das gezähmte Böse, bis die wirkliche Gestalt des gefangenen Tieres erneut die Oberhand gewinnt und uns bekümmert. Auf Gemälden, wo Maria das Kind erst gerade geboren und in die Krippe gelegt hat zu den großen Köpfen von Ochse und Esel mit ihren unveränderlichen Kennzeichen von Gehörn und langen Ohren, wird das Vergnügen an der unmittelbaren und streng vorgeschriebenen Nähe der beiden geduldigen Stallgeschöpfe zum heiligen Ereignis nicht gemindert, wenn wir erfahren, daß die Tiere auch hier eigentlich etwas Wichtigeres sein sollen, und zwar Juden (Ochse) und Heiden (Esel). Weihnachtsbilder ohne sie sind in der Kunstgeschichte nicht denkbar.

Und flüchtete sich das Einhorn, jenes schöne, zwielichtige Fabeltier, Symbol Christi wie auch der irdischen Liebe, in den Schoß der Jungfrau Maria, die in ihrem hortus conclusus sitzt, während der Verkündigungsengel es mit den allegorischen Hunden namens Gnade, Wahrheit, Frieden, Gerechtigkeit in mystischer Jagd vorantreibt, dann hat das niemandem geschadet, nur dem Narwal, der verfolgt wurde, um seinen Stoßzahn (als Horn des sagenhaften Einhorns!) Königen als Kostbarkeit darzubringen. Den Tieren wird eben viel aufgeladen.

Die medizinischen Fähigkeiten des weißen Fabelhorns, etwa Gift aus Quellen zu tilgen oder in Speisen anzuzeigen, machte es nicht allein auf den Tafeln der Mächtigen beliebt. Auch in den Familienwappen von Ärzten und auf Apothekenschildern wird es bis heute mit dem nicht zu unterschätzenden Effekt mythischer Zuströmungen und halbwegs göttlicher Autorisierungen, ergänzt um vergoldete Löwendetails, ohne Umstände eingesetzt, und noch 1953 wurde auf dem Wappenschild des englischen Thronfolgers kein Einhorn, aber ähnlich suggestiv der rote Drache ausdrücklich und aus gutem Grund forcierter gestaltet. Der starke Drache!

Der mutige Löwe! Der stolze Adler! Hier sind sie alle wieder versammelt, die illustren Erzgestalten, auf die kaum eine magische Naturreligion, wenigstens als tabuisierende Trophäe, keine außereuropäische Hochkultur und auch nicht das christliche Abendland verzichten wollten, und das wollen noch immer nicht die Kunden amtierender Heraldiker, oft aus Berufsständen, die in ihrem Image unsicher sind (Homöopathen, Chiropraktiker) und gleich den ganzen Hausstand mit dem frisch erworbenen und frei erfundenen Wappen zieren lassen. Mit dem freilich eben doch eine aufschlußreiche Visitenkarte über Lebensträume abgegeben wird, auch von dem Besitzer (Beruf unbekannt) eines niedlichen Klinkerhäuschens in meiner Nähe, der sich eines Tages zwei fast lebensgroße, stilisierte Betonlöwen zur Flankierung des bescheidenen Eingangstreppchens gönnte.

Natürlich hat das nichts mit Interesse oder gar Zugeneigtheit den Tieren gegenüber zu tun, auch nicht mit Kenntnis ihres Verhaltens, ihrer Biologie. Genau andersherum: Hier geht es um überlieferte Projektionen auf herausragende Exemplare der Fauna, deren internationale Legenden zu Superzeichen gesteigert und gemixt werden. Von allem das Beste für ein allegorisches Phantasiegeschöpf, daß doch die eindeutigen, sogleich identifizierbaren Abzeichen gewünschter Familien- oder Nationaltugenden trägt. Der heraldische Ehrgeiz ist stets ein Schmücken mit fremden Federn, zum Ansporn (schöner ließen sich die ersehnten Attribute einfach nicht schmackhaft machen für die Autosuggestion) und zur Abschreckung.

Und doch schlägt die Mischung bedrohlicher Krallen, herrischer Schnäbel, königlicher Mähnen auf die Realität zurück. Das zumindest ferne Echo solcher Zuschreibungen hat die Tiere nicht verlassen, auch in einer ansonsten sich recht pragmatisch gebärdenden Welt nicht ganz: Jagd, Domestizierung, Ausrottung der glorifizierten Geschöpfe, die schließlich die Substanz der heraldischen Ausschweifungen bilden, erscheinen uns gelegentlich als triviale Bestattung unserer eigenen frühen Ideale und eigentlichen Poesie.

Mit Tieren unterstellten Eigenschaften kann man sich brüsten, und man kann sich gegen sie als das Verachtete (auch in sich selbst) abgrenzen. Unser allgemeines Bedürfnis nach Idolisierung, unsere Lüsternheit nach Dämonisieren, nach Göttern und Sündenböcken hängt gewiß mit dem Hang zu Eindeutigkeit durch Übersteigerung zusammen, manchmal als infantiler Impetus, aber wohl unaustilgbar. Wer eignete sich, und ohne je darüber zu klagen, besser dafür als die Tiere, jedenfalls bestimmte Großgestalten? Die Tierdichtung seit der Antike hat diesen Wunsch erfolgreich hofiert. Man findet im riesigen Repertoire auf unterschiedlichsten Niveaus alle Spielarten, vom Leviathan bis Reineke Fuchs, von Moby Dick (Sonderfall des zweideutigen Bösen) über Krambambuli, den von unbeirrbarer Treue zerrissenen Wildererhund, bis zu Science-fiction-Schöpfungen wie den Aliens.

Am effektivsten hat sich in neuerer Zeit wahrscheinlich die Werbung der emblematischen Wucht einschlägiger Tiere angenommen und sich deren bemerkenswert unverschlissenen Zauber zunutze gemacht. Eine rationale Verbindung zu den Produkten zu erwarten wäre absurd. Es genügt ein vager Rekurs auf die alte Heraldik. Ein Tiger wirbt für Benzin, ein Pinguin für eine Computerfirma, ein Eisbär für Klos. Ist das dann kombiniert mit brillanter Gegenwartsphotographie, gibt es nichts Besseres. Eye-catcher und Einsatz ehrwürdiger Kinderbuchmagie, in der die urtümliche vergangener Kulturen mitschwingt.

Wird das Geheimnis der Balance einer Verwandtschaft und Abstoßung zwischen Mensch und Tier von den neueren Entdeckungen der Wissenschaft banalisiert? Auch wenn die Hälfte der menschlichen Gene deutliche Ähnlichkeit mit denen von Fliege und Wurm aufweist und sich zwischen dem Genom der Maus und dem des Menschen bisher keine prinzipiellen Unterschiede feststellen lassen (Christiane Nüsslein-Vollhard), ist anzunehmen, daß Ludwig Tieck in seinem Gedichtchen zur Flora das alles etwas anders meinte: »Blumen sind uns nah befreundet, / Pflanzen unserm Blut verwandt. / Und sie werden angefeindet, / und wir tun so unbekannt.« Wir, die biologisch gesehen nichts anderes sind als ein Säugetier. Allerdings: Biologisch gesehen ist jedes Säugetier nichts anderes als ein Säugetier.

Auf dem Gemälde eines unbekannten italienischen Barockmalers ist eine Szene mit Artemis und Aktaion dargestellt. Aktaion, der behauptete, sich besser auf die Kunst des Jagens zu verstehen als die Göttin, wird von Artemis, die links im Bild mit ihrem Gefolge herrscht, zur Strafe in einen Hirschen verwandelt und von den eigenen Hunden zerfleischt. Im Getümmel unbekleideter Frauenkörper ist Aktaion selbst kaum auffindbar als jene kleine Figur, die sich der angreifenden Hunde linkisch zu erwehren sucht. In der Haltung einer Gottesanbeterin, der man ein rosa Hemdchen übergestreift hat, steht der Hirsch auf den Hinterbeinen, die vorderen in der lächerlichen Umkleidung zu einer disparaten Kontur erhoben. Erst bei sehr genauem Hinsehen erkennt man, daß seine fast überdeckte rechte Körperpartie noch menschlich ist. Der Eindruck ist nämlich ein anderer, ein dem Ablauf der Szene entgegengesetzter und grotesker, wenn nicht alberner, auch wenn Aktaion gerade vergeblich um sein Leben kämpft.

Man hat dem Waldtier eine lächerliche menschliche Aufmachung verpaßt, gegen die es sich aussichtslos, da es sich in ihr verfangen hat, zu wehren bemüht. Es ist dabei zu sterben, der optischen Information nach sieht es zum Totlachen aus. Ein Hirsch, der Diana und ihre Jungfrauen als Gespenst erschrecken will! Es ist eine vom Maler sicher nicht beabsichtigte Karikatur, eine unfreiwillig komische Illustration – schlagender als jede gestaltende Absicht es zustande brächte – der Verwandlung der Tiere bei jeder Beschäftigung der Menschen mit ihnen. Ob diese mythologisch, ästhetisch, wissenschaftlich ausfällt, das Tier wird in allen Fällen zu einem Zwittergeschöpf, von der menschlichen Perspektive aufgeputzt und abgetakelt zu Sinnbild, Demonstrationsobjekt, Formel, wie es uns gerade recht ist, uns, jenem Säugetier, das bekanntlich, da es die sichernden Instinktgeleise verlassen hat, ohne Zivilisation sofort barbarisch entgleist.

Die Tiere geben dazu keinen Kommentar ab. Die einen beobachten uns, andere bemühen sich, uns auszuweichen. Immer aber bleiben sie stumm, zu keiner, nicht der geringsten Selbstaussage, gar -interpretation oder -definition verlockbar oder erpreßbar. Sie korrigieren uns nicht auf der einzigen Ebene, die wir akzeptieren, der verbalen. Was für ein Defizit! Also ergreifen wir die Initiative und halten das Heft in der Hand im gutwilligen Glauben, an ihrer Stelle und über sie sprechen zu sollen, zu müssen. Konnten es noch nie lassen und lassen es wohl fürs erste auch nicht.

Wer mit Haustieren lebt, kennt allerdings eine Situation, die ihm vorübergehend weiche Knie machen kann. Sie kommt vielleicht nur bei jungen Hunden und Katzen vor und bringt den Verstand für einen Moment verdächtig zum Beben. Das Tier sieht uns, in einer Lebensphase, in der es ohnehin noch große Lust zeigt, sich über Laute zu äußern, plötzlich starr an und nähert allmählich und stetig sein Gesicht dem unsrigen. Die Augen sind auf unseren Mund gerichtet, dahin, woher die Sprache kommt, als wollte es eine soufflierend mitflüsternde Musik hören oder in unser Gehirn eindringen. Mit höchster Inbrunst und konzentriertester, stechender Aufmerksamkeit scheint das kleine Wesen sich einer Grenze zu nähern, wo es, den Kontakt unbedingt wünschend, unsere Worte versteht, den Sinn der wahrgenommenen Sprechgeräusche, die es selbst, leicht abgewandelt, ausstößt. Ich weiß nicht, wie lange das dauert, eventuell nur Sekunden. Man vergißt es nie. Dann zieht sich das Tier, entmutigt von Grammatik und Abstraktion, an diesem Punkt für immer zurück und läßt sich nie wieder etwas anmerken.

Zum Spekulieren neigende Tierfreunde meinen, es sei das Erwittern einer Gefahr, sei nicht etwa Resignation also, die Tiere für immer vor der sprachlichen Verständigung zurückschrecken läßt. Eins steht fest: Sie verstehen uns ja dort, wo sie wollen, meist ganz gut, wenn auch sicher weniger wegen der Syntax als aus Gründen des Klangs und Rhythmus, der Färbung unserer Stimme. Ein mir unvergeßlicher Wissenschaftler – Säugetier – allerdings brauchte vor einigen Jahren einer Fernsehdokumentation zufolge vierzehn Tage, um herauszufinden, daß eine durch Glaswand von ihrem Jungen getrennte Schimpansin tatsächlich an Entzugsschmerzen litt.

Das Aufreizende der Tiere besteht auch darin, daß sie, selber desinteressiert, uns zwingen, ihnen interpretatorisch nachzurennen, seitdem wir auf zwei Beinen gehen. Wir wärmen uns nicht nur mit Haut und Pelz der Tiere, wir schmücken uns damit, machen uns mit Raubtierdesign interessanter als wir sind. Vor allem haben wir unsere Sprache in unerhörtem

Maß mit ihnen bereichert, in Verben, Adjektiven, Metaphern der Jahrtausende alten Tierdichtung, in Bildern der Bibel, in Sprichwörtern. Sie begleiten uns vom Kinderbett, wo uns ihr pelziges Abbild in dunkler Nacht aus schwer durchschaubaren Gründen treulicher tröstet als ein Mensch, bis zum wunderbaren Freundschaftsdienst an Hochbetagten, die eine Kontaktaufnahme mit der Welt eingestellt haben und die sie, die Tiere, zu einer letzten Erwärmung, zu einem Lächeln bewegen; die Tiere, die sich weder über das Alter der Menschen beklagen, es gar nicht zu registrieren scheinen und daher in gewisser Weise aufheben, die den Brückenschlag zu den tiefen Empfindungen der Kindheit herstellen und, am wichtigsten vielleicht, auf den alleinigen Mitteilungen des Körpers beharrend, statt der begrifflichen Flexibilität einer Gesellschaft der rasend Aktiven den Inbegriff bieten, das Atemberaubende einer am Ende nur noch andrängenden Vertraulichkeit der lebendigen, elastischen Weichheit ohne Demütigung, ohne Mitleid.

Selbstverständlich benötigen die Tiere den Menschen! Sie brauchen uns wie alte Eltern, gegen die wir eine Weile revoltiert haben, und die eines Tages, geschwächt, der ehemaligen Macht beraubt, unseren Schutz verlangen. Wir allerdings haben sie erst recht nötig, und zwar gar nicht so dringend für Labor, Freigehege am Sonntag, Gag für die Autoreklame und Maskottchen für Fußballclubs. Wir sind auf sie angewiesen wegen ihrer Sturheit, auf Gedeih und Verderben nichts als wortlose Gestalt zu sein, was uns wegen der Umständlichkeit und Uneindeutigkeit der Verlautbarung lästig ist, genau wie die Langatmigkeit der Kunst. Und was uns eben deshalb, uns, die sich so gern mit ein bißchen Wortbeistand über die schweigende Sprache der Erscheinungen, als wären sie abkürzbar und ersetzbar, hinwegschwindeln, widerwillig und fasziniert an sie fesselt. Wie an die Kunst.

Auch die poetische Sprache übermittelt die Phänomene nicht adäquat im Sinne von Genauigkeit, aber sie tut es parallel zu ihnen, nicht durch Reduktion, macht sie nicht praktikabel durch Hierarchien von Wesentlichem und Unwesentlichem. Unter diesem Aspekt sind die Tiere das Poetische schlechthin, jetzt weder als Tierfabel noch Fabeltier verstanden, ich meine als Garant und Komplize eines Anderen auch in uns, das sich sperrt gegen Extraktion und Bilanz. Etwas in uns in der Art des unvergleichlichen Möwenflugs, eines Segelns zwischen Himmel und Meer, kommentarlos, alles formuliert bis auf den Grund, ohne eine Spur von Diskurs.

Ich denke an etwas Höchstpersönliches, das sich weigert, in die konventionellen Kommunikationsweisen zu schlüpfen, jenes Unbekannte, das uns in jedem Ding, Geschöpf, Menschen einen Augenblick lang bewußt wird, die schockierend befremdende Aura des anderen Wesens, bis wir uns gefangen und herkömmlich beschwichtigt haben an den pauschalen Orientierungspunkten mit der Parole: Ein Gegenstand, wie wir ihn kennen! Ein Mensch wie du und ich! In einer davon leicht verschiedenen Situation heißt die Losung – da richten dann die mitmenschlichen Erkennungszeichen gar nichts aus –: Ein Feind! In beiden Fällen überschreien wir die changierenden Benachrichtigungen der direkten Konfrontation.

Die Tiere führen, immer im Anhauch des Tragischen, durch uns und für uns eine Existenz zwischen Wirklichkeit und Literatur, sowie zwischen großer, naiver Eindeutigkeit ihrer Formen und Triebe und der strikten Ablehnung jeder Selbstaussage, was ihnen eine autarke, rätselhafte Undurchdringlichkeit sichert. Verzichten wollen wir bis jetzt nicht auf sie. Erst müssen wir ihnen noch das Geheimnis entreißen, das sie, die im einzelnen zähmbar, erforschbar, berechenbar sein mögen, umgibt, sobald sie uns den Rücken zukehren, und das man spürt, wenn man das Glück hat, wie augenblicklich ich, dies aufschreibend, sie von morgens bis abends zu sehen beim gemeinsamen Wirken, das sich nicht im geringsten um mich bekümmert, nicht weit von einer italienischen Hafenstadt entfernt, in einer südlichen Version der Liliencronschen »Tiefeinsamkeit«, kein hortus conclusus, aber ein »Parco nazionale«:

Schwalben und Möwen, deren Rufe wie die kleiner Kinder oder Ziegen oder Katzen klingen, vom Morgengrauen an. Alltäglich Eidechsen, seltener Schlangen, Marder, Olivenratten, Schmetterlinge, Insekten, Ameisenkolonnen, alle versunken in ihre Lebens- und Todesgeschäfte und ineinander verflochten. Man stellt sich die kleinsten der Ungeheuer manchmal unter dem Mikroskop vor. Mit der Abenddämmerung wird ihre Nähe immer dichter, knisternd und heranwogend. Frösche, Nachtigallen, Zikaden und Fledermäuse, nichts Spektakuläres, aber in dieser Konzentration und Ausschließlichkeit eben doch, Geckos und Nachtfalter, verschlungen, einander verschlingend. Das Wildschwein mit seinem Waldgesicht taucht in den Gebüschen auf und wieder ab in das knisternde Gesamte. Es geht ihm nicht wie jenem Indriweibchen aus der Familie der Lemuren, das mit seinem Jungen – ohne Absicht und harmlos vom Photographen zum nicht harmlosen Sinnbild gemacht – aus entsetzten Augen, vom Blitzlicht getroffen, aus der Urwaldnacht Madagaskars starrt, der es ungewarnt entrissen wurde. Bis man schließlich, zunächst noch etwas ungläubig, spürt, wie alles, auch das eigene Atmen, aus demselben riesenhaften Brustkorb kommt.

Tierlos

Canetti-Leser werden mühelos in der Sammlung *Über Tiere* die Lebensthemen des Autors aufspüren. Etwa unter der empörten Zurückweisung einer absoluten Sonderstellung des Menschen gegenüber dem Tier den generellen Ekel des Autors vor Machtanmaßung; das Interesse für die Dynamik von Mengen und Massen bei der Darstellung großer Tierherden; die Weigerung, sich trotz des unwiderleglichen Augenscheins mit dem Faktum des Todes abzufinden, also im Schlachthaus das Schlachten nicht zu akzeptieren, nicht zu glauben, daß etwas (hier die erschlagenen Schlangen im Sack) »ganz tot sein könnte« als frühe Ankündigung eines lebenslänglichen kindlichen Eigensinns.

Mir selbst hat sich Canetti, davon unabhängig, gleich zu Anfang als vertrauenswürdiger Tierberichterstatter aus anderen Gründen empfohlen, nämlich durch zwei ungewöhnliche, ja aufsehenerregende Formulierungen, vielleicht die schönsten, zu Herzen gehendsten des Buches. Er spricht von der »tierlosen Welt der Mutter«, und er sei als Kind »ausgehungert nach Tieren« gewesen. Wer durch frühes Zusammenleben mit Tieren oder den Wunsch danach, durch regelmäßige Zoobesuche, durch die magischen Konfrontationen mit ihnen in Märchen oder von den idealisierend treuherzigen in Jugendbüchern geprägt wurde, weiß sofort, um welchen Schmerz es sich handelt.

Was zählt eine Kindheit ohne Tiere? Nichts, so Canetti, sie

sei nicht wert, gelebt zu werden, und zweifellos meint er ein Manko, das weit hinausgeht über den Mangel an praktischer Lebenserfahrung mit anders gearteten Lebewesen als den Zweibeinern. Die bis in die Träume reichenden Schrecken, die jede andere Art der Vertrautheit überschreitenden Gefühlserlebnisse angesichts von Tieren, das Ahnen einer geheimnisvoll in ihnen sich äußernden Zeichenwelt, die den einzelnen Hund, das einzelne Schwein, Rind, Pferd übersteigt und sich doch nur im jeweiligen Individuum offenbart, haben in der noch nicht durch Begriffe wehrhaft gewordenen Kinderseele volle poetische Gewalt, die dem Kind zugleich konspirative Kraft gibt, sich gegen jene schon wartende, viel abstraktere, zivilisierte Welt der Erwachsenen instinktiv zu wappnen, und so einen volleren Klang der Wirklichkeit möglichst unvergeßlich in sich auszubilden. »Er denkt in Tieren, wie andere in Begriffen«, heißt es. »Er« wäre hier das Kind an sich. Wenig später ist es erwachsen: »Die Pflanzen hielt er für beschränkt, die Tiere für überholt.«

Überholte Tiere? Im Gegenteil, sie sind, so scheint es, in Mode gekommen. Die spektakulärsten Motive für das zumindest rhetorische Interesse an ihnen (Genforschung samt den bereits praktizierten und möglichen Konsequenzen, Rinderwahnsinn und Massenvernichtung, sowie, weit abgeschlagen, Veranstaltungen wie die Cites-Konferenzen zur Regelung des internationalen Handels mit bedrohten Tieren und Pflanzen) kennt jeder. Tiere sind im Feuilleton, das schnell wegen Übersättigung ein Thema ad acta legt, so sehr à la mode, daß einem angst und bange werden kann.

Canetti hat das ganze Ausmaß publizistischer Zuwendung gegenüber der Fauna nicht mehr erlebt. Die Fragen, die er aufwirft, sind wesentlich an ihn selbst gerichtete, sind alte und unveraltete. Was den vorliegenden Querschnitt durch sein Gesamtwerk auszeichnet, ist der Perspektivenreichtum seiner Einwürfe und ihre Widersprüchlichkeit jenseits der ohnehin großen formalen Vielfalt von Auszug aus Roman und wissenschaftlicher Abhandlung, von Erlebnis und Aufzeichnung, wobei letztere häufig den Eindruck von Einfällen zu Grundkonzeption und Figurencharakteristik geplanter Erzählungen erwecken: »Ich kannte ihn noch, wie er aus lauter schönen Tieren bestand. Jetzt ist er zum Schachtelhalm herangewachsen.« Oder: »Sein Lebtag hat er sich bei den Tieren angesagt, vergeblich.«

Die allzeit bereite Systemfalle philosophischer, ethischer, ästhetischer Linearität, Rigorosität, Ideologie vermeidet Canetti. Unsere unterschiedliche, kulturgeschichtlich bestimmte Beziehung zum räuberischen Wolf und wirtschaftlichen Huhn, zur lästigen Fliege, zum emblematischen Pferd, alles gleichermaßen Naturgeschöpfe und vor der Natur gleichberechtigt, muß in dieser Welt offenbar selbst als Utopie eine unlogische, zweideutige bleiben. Das wird in einer Weise belegt, die dazu zwingt, im Nachvollzug von Reflexion und Empfindung eigene, auch lange vergessene Beispiele lesend, erregt oder melancholisch, beizusteuern.

Dabei sammeln sich Canettis Betrachtungen um zwei Pole, die das Gesamte seines Verhältnisses zu den Tieren in ein angespanntes, wenn auch keineswegs jederzeit austariertes Gleichgewicht bringen. Es ist die Nähe hilflosen Mitgefühls und die Distanz einer kühlen Faszination durch Formen. Beides hält sich, manchmal brüsk wechselnd, gegenseitig in Schach und rettet einerseits vor sterilem Spekulieren, andererseits vor Sentimentalität.

Sehr schnell gerät ja unser Verhältnis zu den Tieren in eine folgenlose Gefühlsdumpfheit. Ob man noch immer Kant zustimmt, der in ihnen »Sachen« sah, da sie nicht mit Vernunft begabt seien, oder den älteren Märchen, deren scharfe Unterscheidung von guten und bösen Menschen sich an deren Verhältnis zu den Tieren orientiert: Wir fühlen uns ihnen gegenüber trotz vieler Verdrängungsstrategien auf unklare, ratlose Weise schuldig – und finden uns im Großen und Ganzen mit den Leiden, die wir ihnen zufügen, bedauernd ab. Aber ebensowenig erlischt unsere mal schläfrige, mal akute Anteilnahme und steigert sich gelegentlich, je mehr die Verlierer der Evolution durch die ominöse »Vernunft« Schaden nehmen, angesichts ihres Schicksals zu einem schmerzlichen Schrecken, wie ihn die Beschwernisse der Menschen nie in uns erwecken. Was eigentlich nicht sein darf und was Kinder, wie Canetti zeigt, noch unbefangener erleben und äußern als die den sorgfältigen Abgrenzungen gegen das Tierreich verpflichteten Erwachsenen. Der Debile rührt uns wie der scheiternde Lehrer in seinen Texten nicht obwohl, sondern weil er mit einem Hühnchen oder Kanarienvogel, ähnlich der »Pferdedunklen«, verschwimmt. Ambivalenter noch die hundegleich das Bild ihres Mannes ableckende Frau. Sie alle erhalten durch die jeweilige Tierähnlichkeit bedeutungsvolle Schatten, die unauslotbare Dimension des Abgründigen und eben nicht die des Vernunftlosen!

Unmittelbar daneben die Abstraktion, die kaltblütig professionelle Arbeit an den offiziellen Tötungsstätten, die vollkommene Fühllosigkeit von Kindern, die Schlangen amüsiert zu Tode quälen. Hier kann von der Gefahr uferlosen Mitleids keine Rede sein, eher von einer instinktiven Angst, die zuviel Identifikation mit dem Animalischen ablehnt, weil die Konsequenzen unabsehbar wären.

Etwas Drittes, zwischen spontanem Mitgefühl und Verdinglichung, ist die Projektion. Die Betroffenheit des Autors über die zum Tode verurteilten Kamele, die von ungewöhnlich sublimer Grazie sind, führt zu einer lange nachwirkenden Betrübnis durch das Inbildliche, nämlich des Schönen, das ungeachtet seiner Anmut sterben muß. Es ist dieselbe, das unerschlossene Wesen des Tieres übergehende, aber seinem Anblick gehorchende interpretatorische, symbolisierende Verfügungsgewalt, die aus dem Blakeschen Tiger das Böse macht. Die Tiere schweigen dazu, wie die Natur zu allen Projektionen auf sie schweigt. Zumindest die großen, emblematischen Tiere sind nicht nur, wie der ehemalige Frankfurter Zoodirektor Grzimek vor über einem halben Jahrhundert in seinem Dokumentarfilm *Serengeti darf nicht sterben* behauptete, für uns von gleicher Wichtigkeit wie die Kulturdenkmäler – eine etwas knallige Version brachte kürzlich das polnische Wochenmagazin *Polityka*: »Der Wisent ist immer etwas gewesen, auf das wir in der Welt stolz sein konnten wie auf Kopernikus oder Chopin« –, sie sind längst als ungefragte Protagonisten unserer Kultur ein bis in unsere Träume reichender Teil von ihr.

Das gilt natürlich auch für die Religionen und dabei besonders für die dort stattfindende Liaison von Mensch und Tier. Dabei interessiert sich Canetti wenig für die Kombinations- und Verwandlungsfiguren, die von der angeblich so tierfeindlichen Bibel angeboten werden, über die Engel mit den Tierflügeln, den Heiligen Geist als Taube, Christus als Lamm bis hin zu den grotesken und neuerdings höchst modern erscheinenden Synthesen und verqueren Züchtungen der Apokalypse. Canetti richtet sein Augenmerk auf die Wurzelgründe außereuropäischer Naturreligionen mit ihren fließenden Grenzen zur Tierwelt. Unmittelbares Erlebnis und für den Überlebenskampf genutzte Übertragungen mit symbolischen Handlungen gehen dort unauflösliche Verbindungen ein (»Büffeltanz«, »Springbockgefühl«).

Es sind Manifestationen der Nähe zur Fauna, rituell zelebrierter Einfühlungsgabe wie auch einer Erlesenheit gegenüber weniger ahnungsvollen Mitgliedern des Stammes, die zu mythischen Anverwandlungen, aber auch zu einer provozierenden Gleichsetzung von Mensch und Tier führen können. So heißt es über die Mongolen: »Sie schlachten Menschen wie Tiere. Töten ist ihre dritte Natur, so wie Reiten die zweite. Ihre Schlächtereien von Menschen gleichen aufs Haar ihren Treibjagden, den Schlächtereien von Tieren.« Wäre es frivol, selbst das noch als paradoxes Indiz eines archaisch naiven Verwandtschaftsgefühls zu sehen, das sich freilich mitleidlos äußert wie die Natur selbst?

Das in der Tat verlockende Konstatieren einer frappierenden Tierähnlichkeit in der Physiognomie von Zeitgenossen (Werfel!) bleibt in diesem Zusammenhang nur eine karikierende Seitenlinie. Als ernster, von der Vergangenheit auf die Zukunft projiziert, erweist sich für Canetti zweifellos eine unheimliche, im Individuum maskierte Tierhaftigkeit. Jenes »jüngste Tier«, das »wilde, saftstrotzende und heiße Tier in uns allen«: die Masse. Sie gleicht dem blutgierigen Tiger des chinesischen Märchens, der den Gelehrten täuscht, eines Tages seine Mädchenhaut abwirft und das Herz des Mannes zerreißt.

Eine zweite Art der Täuschung ist die des Esels im Tigerfell, und Canetti leitet aus ihr ein »kleines Lehrbuch der Verstellung« ab. Er meint im weiteren, hier sei die Trennung von Mensch und Tier vollkommen. Das Tier sei passives Opfer, nur der Mensch sei der bewußten Verstellung fähig. Inzwischen weiß man, daß selbst winzige Lebewesen zu Schutz und Angriff raffinierteste Tarnungsmanöver einsetzen. Vermutlich haben wir ihnen die Tricks und Schliche sogar teilweise abgeschaut. Wie bewußt die Tiere allerdings täuschen, ist noch Geheimnis und vielleicht gar nicht so erheblich. Auch die Menschen haben ihre blind übernommenen Traditionen.

Eine möglicherweise beklagte »vollkommene Trennung von Mensch und Tier« hat aber noch eine ganz andere Seite. »Tiere, sagst du. Was meinst du? Du meinst alles Lebendige, das du liebst, weil du es nicht verstehst.« Ein Motto, ein Fundamentalsatz der späten Aufzeichnungen und Bilanz der Sammlung.

Ein gewaltiger Weitsprung weg von allen Einfühlungs- und Identifikationsanwandlungen?

Es ist nur die Bedingung jeder erotischen Beziehung. Das mißachten all jene, die sich als Besitzer von Ehemännern, Ehefrauen, von ihnen anvertrauten Tieren fühlen, weil sie die ihnen zu Gebrauch stehenden Objekte vollständig zu durchschauen glauben. Keinesfalls nur die exotischen Großtiere verfügen ja über jene fesselnde und unbesiegbare Verschlossenheit, die als Stachel und sine qua non der Erotik fungiert. Auch die auf den ersten Blick anspruchsloseren tierischen Hausgenossen bewahren verstockt ihre Rätsel. Das ältere Verständigungsmittel einer rein sinnlichen Kommunikation aber verlangt von uns eine – nahezu verlernte – Aufmerksamkeit und den Willen, das zwischen Nähe und Andersartigkeit aufreizend Changierende zu akzeptieren.

Ein heute neben der Verdinglichung der Tiere (Haltung, Handel, wirtschaftliche Nutzung, Tierversuche) vorherrschendes, scheinbar weniger pragmatisches Bedürfnis, die

Grenzen von Tier und Mensch wissenschaftlich wie gefühlsmäßig zu verwischen, ist aber unter Umständen auch nur eins, das keine Komplikationen will. Es raubt dem Tier sein Spezifisches, den Menschen aber im Umgang mit Tieren das Wunder des plötzlich aufblitzenden und wieder verlöschenden tief Bekannten inmitten des Unbegreifbaren – so wie eine Eule kurz den Kopf herumwirft, uns frontal in die Augen sieht und sofort wieder den Hinterkopf zuwendet.

Nur das Beharren auf der Fremdheit der Tiere und die Lust an ihr gibt uns die Möglichkeit, sie als Kontur, in der Fülle ihrer Formenvielfalt wahrzunehmen, ihre äußere Erscheinung als optischen und psychischen Abdruck in uns und als Innengestalt, das heißt als das, was sie uns von unserem eigenen Innenleben sichtbar machen, als wäre das »Denken in Tieren« der einzige Garant dafür, daß Verborgenes beim Transport ins Bewußtsein vor einer entstellenden Begrifflichkeit gerettet wird.

»Bei allem, was ich über Tiere gesagt habe, komme ich mir wie ein Schwindler vor, weil ich so wenig mit ihnen erfahren habe.« Aber: »Wenn es etwas Göttliches in meinem Leben gegeben hat, so war es diese scheue Verehrung für Tiere«, sagt Canetti an seinem Lebensende. Würde man den Aspekt der Form, bei dem sich der Autor von der allgemein menschlichen, mitfühlenden Betrachtungsweise löst, als ausschließlich ästhetischen bezeichnen, wäre das zu wenig. Es ist die Sicht des Künstlers, für den die Gestalt ein Höchstmaß an Konkretheit und gleichzeitig Geist ist, also Ausdruck. Es ist das, was der englische Lyriker Gerard Manley Hopkins mit den Wörtern *inscape* (Ingestalt) und *instress* (Inkraft) zu fassen versuchte, das, bei dem sich Künstler und Kinder wohl am nächsten kommen. Nie wird Canetti inständiger als bei diesen Bekenntnissen. Wenn er sich hier gelegentlich ins Spekulieren, sogar Spintisieren versteigen mag, ändert das nichts an der Fruchtbarkeit seiner kühnen Gegensicht zu den wenig überraschenden Verlautbarungen in der gegenwärtigen Pro- und Contra-Diskussion über Recht und Nutzen von Kaninchen und Elefant, weil sie eine nie oder selten bedachte und freilich nicht simpel in ein neues Tiertransportgesetz und eine »Mitgeschöpf«-Erörterung umzumünzende Erkenntnis liefert, in deren Helligkeit Natur und Kultur nicht vermengt, aber untrennbar ineinander verzahnt sind.

Auf die menschliche Arroganz konzentriert sich gegen Ende der Anmerkungen Canettis Zorn mit wachsender Verzweiflung. Bitter registriert er deren unumschränkte Macht über den Standort von Bäumen, über Fortbestand und Tod nicht-menschlicher Lebewesen. Er nimmt Zuflucht zu einer, wie er weiß, ohnmächtigen Hoffnung auf eine Rebellion, auf eine Umkehrung der Verhältnisse, bei der das Tier sich gegen seinen Domestizierer und Vernichter auflehnt. Das Interesse an Menschen habe er zu Gunsten der Tiere verloren. Deren Nichtgebrauch der menschlichen Sprache, landläufig als ihr entscheidendes Defizit angesehen und bis heute bequemes Argument für jegliche Willkür bis hin zu mangelnder Würdigung tierischer Schmerzfähigkeit, erscheint ihm zunehmend als ihr Kostbarstes, als treuer Hüter sehr alter Geheimnisse – unter der Wissenschaft und Industrie selbstredend eher grob Rentables oder wenigstens letztenendes auch materiell Nutzbringendes verstehen –, Mysterien, die, damit sie nicht untergehen, den längst fälligen Aufstand wert wären.

Aufstand der Tiere! Der walisische Schriftsteller Arthur Machen hat 1917 in seinem Roman *The Terror (Furcht und Schrecken)* die Fiktion eines solchen Klassenkampfes geliefert, bei dem die Geflügelten und Vierbeinigen, von den Motten bis zu den Kühen, also keineswegs die von Natur aus schwer Bewaffneten, vorübergehend erfolgreich den Gegenangriff auf die Menschen riskieren. »Sie haben sich einmal erhoben – sie mögen sich wieder erheben«, lautete das trotzige Finale. Der kindliche Rest in jedem Leser wird ihm begeistert zustimmen, der andere Teil weiß es besser. Die Insekten werden uns vielleicht überleben, die tierischen Großgestalten nicht.

»Das Gedeihen der Welt hängt davon ab, daß man mehr Tiere am Leben erhält. Aber die, die man nicht zu praktischen Zwecken braucht, sind die wichtigsten. (...) Nur angesichts ihrer Gestalten und Stimmen können wir Menschen bleiben.« Hier und bis zu den letzten traurig drohenden Sätzen (»Wenn die künstlichen Tiere kommen, ist es mit ihrer Verehrung zu Ende. Was können künstliche Menschen von künstlichen Tieren halten?«) der Sammlung verrät sich, daß Canettis Klage nicht allein den eingebürgerten und neuen Untaten an den Tieren gilt, sondern dem, was sie in Wahrheit für die Menschen sind und was ihr Verlust bedeuten wird.

Es wäre Schlimmeres als eine Kindheit, die tierlos ist, nämlich das Absterben zu einer Gesellschaft, die ihre Kindheit und Kindlichkeit unwiederbringlich verloren hat.

»Ach! wüßtest du, wie's Fischlein ist«

Zu den schärfsten Kritikern der Kriegspolitik von Präsident Bush jun. zählt der amerikanische Schriftsteller Kurt Vonnegut. Im Unterschied zu jenem kennt er die Gefühle hilfloser Opfer bei einer Bombardierung. Er hat die Zerstörung Dresdens als Kriegsgefangener der Deutschen in einem Schlachthofkeller erlebt. Nie streite er über das Racheargument, sagte er in einem Interview, er weise nur beiläufig darauf hin, »daß die Todesstrafe über absolut jeden verhängt wurde, der zufällig in dieser Stadt war – über die Säuglinge, die alten Leute, die Tiere im Zoo.«

Die Tiere im Zoo! Es ist nicht üblich, ihr Entsetzen, das vermutlich nicht geringer ist als das der Menschen, zu erwähnen, geschweige, es sich auszumalen. Fast schickt es sich nicht in einem so katastrophalen Zusammenhang. Kinder, Greise, gut und schön, aber Affen, Giraffen?

Nichts könnte mich mehr für Vonnegut einnehmen als der Umstand, daß er ausgerechnet ihrer gedenkt, die inner- und außerhalb der Zoos in allen Kriegsgebieten die doppelten Verlierer sind. Allerdings setzt man sich hier schnell dem Verdacht aus, man achte die Tiere, denen man per Sprache nichts erklären kann, stärker als die Menschen. Nicht stärker, nein, nur sind die Tiere den Gewinnern der Evolution so ungebeten auf wenig Gedeih und viel Verderb ausgeliefert, daß sich allein die Märchen, die wohlweislich die Verwandlung in ein Tier als Fluch ansehen, ihrer dauerhaft erbarmen, indem sich dort stets die Person, die zu den Tieren freundlich ist und die diesbezügliche Nagelprobe besteht, am Ende als die gute und, konsequent in der Märchenlogik, sogar zum Lohn als schöne erweist.

Ein zumindest vages Schuldgefühl beim Triumph über die Fauna ist uns Siegern sicher allgemein. Man kann es natürlich durch Sentimentalität oder Aggression und Tierverachtung abwehren, auch mit ihr verquicken. Groß ist die Furcht derer, die sich für eventuelle Rechte der »Mitgeschöpfe« einsetzen, man würde sie für »Romantiker« oder Esoteriker halten, und sie ist ja berechtigt. Deshalb zwingen sie sich zu auffällig kühler Diktion, wie man Ende Januar 2003 auf einer Tagung zum Tier-Mensch-Verhältnis im Hygiene-Museum in Dresden wieder beobachten konnte. Feststeht wohl, daß es sich um eine Beziehung handelt, deren Bodenlosigkeit selbst die sogenannten Veganer nicht entwischen. Das nämlich haben sogar unversöhnlich verfeindete Menschen und Menschengruppen gemeinsam: den fremden, im Ausbeuten und Verwöhnen malträtierten, gewünscht oder nicht gewünscht nahen Verwandten als rätselhaftes und zugleich verräterisch spiegelndes Gegenüber.

Im Westberliner Zoo wurde mir eines Tages von einer Bank aus folgendes Schauspiel zuteil. Vorüberschlendernde Besucher warfen einen flüchtigen Blick auf das treuherzige, aber unspektakuläre Bauernhofgehege mit Huhn, Schaf, Pferd, Schwein usw. ohne stehenzubleiben, taten es mit einiger Verzögerung aber doch, blickten zurück, und ich wußte, daß sie jetzt überprüften, ob sie ihren zerstreut schweifenden Augen von eben trauen sollten. Auf dem breiten, goldbraunen Rükken eines Pferdes balancierte freihändig eine ausgewachsene Ziege, so selbstverständlich und selbstherrlich, als wäre es seit der Welterschaffung ihr angestammter Platz, und sah auf die tierischen und menschlichen Gevattern herab. Als solche standen plötzlich die Zuschauer auch wirklich da, alle mit einem Lächeln. Die meisten konnten nicht umhin, »Bremer Stadtmusikanten« vor sich hinzumurmeln und sich fürs erste nicht von der Stelle zu rühren.

Bei Hagenbeck in Hamburg rannte, ebenfalls in einem der Mischgehege, die immer ein bißchen an das Paradies oder wenigstens die Arche Noah erinnern, wie auf einen für Menschenohren nicht hörbaren Zuruf oder Pfiff, in einem eingezäunten Viereck, in dem die drei anwesenden Vierbeiner keinerlei Notiz voneinander genommen hatten, auf einmal das größte Tier, der Esel, los und im Kreis herum. Sogleich hob das Tapir den Kopf, äugte und schloß sich an, wirbelte mit, immer im Kreis. Das Wasserschwein, das kleinste, erkannte, was die Stunde geschlagen hatte, schoß zu Esel und Tapir in die rasende Pirouette, und so fegten sie, sauber nach der Größe geordnet, noch schneller und verrückter, kein Blick nach rechts oder links, alle drei entbrannt in Übermut hintereinander rundum, drei mit Lust Besessene und Verhexte. Hörten schließlich ebenso ruckhaft damit auf, vergaßen den Kreiselrausch und vereinzelten sich, als wäre nichts gewesen.

Im Zoo von Lissabon – ich war die einzige Besucherin weit und breit – sah ich einen Hyazinthara an, der allein im Dunkel seines Käfigs saß. Er bewegte sich nicht, ich tat es auch nicht. Wir starrten uns nur lange an. Als ich aber gehen wollte, kam er nach vorn, breitete die Flügel aus und ließ eine seiner wunderbaren Federn von innen vor meine Füße fallen, so, daß ich die blau und gelb leuchtende Gabe durchs Maschengitter leicht zu mir herziehen konnte. Sie steckt noch heute, nach Jahren, unversehrt hinter einer Spiegelecke.

In dem, wie gesagt, unauslotbaren, überaus fragwürdigen Verhältnis zwischen Mensch und Tier sind mir solche Momente, mehr noch als die mit der Katze auf dem Schoß, dem Raubvogel in freier Luft, sowie andererseits Bilder vom zehnstöckigen Kuhstall in Japan und von einem ölverklebten Seevogel, bei denen einem jedes Lachen vergeht, am ehesten Augenblicke der Wahrheit, eben weil sie weder mit flauschiger Nähe, noch Bewunderung schöner Wildheit, noch erbittertem Mitgefühl zu tun haben. Statt dessen, so kommt es mir vor, bringen sie die Tiere und mich in die gemeinsame, noch vormärchenhafte Perspektive einer Verschworenheit, die sie und wir vor langer Zeit hinter uns ließen, eine Einheit magischer Gleichberechtigung aller Wesen, so, wie der Maler Dieter Asmus seine Vögel und Frösche, Zuchtferkel und Geparden darstellt, in Kontrast freilich zur Künstlichkeit ihrer Umgebungen und Hintergründe.

»Ach! wüßtest du, wie's Fischlein ist / So wohlig auf dem Grund, / Du stiegst herunter wie du bist / Und würdest erst gesund« singt in Goethes Gedicht »Der Fischer« das »feuchte Weib«, das aus der Tiefe des Sees emporgetaucht ist, um den kühlen Angler zu den Ihren zu locken. Er und wir wissen nicht, wie den Tieren innerlich zumute ist, und wir wollen es – »wissenschaftlich« schon, natürlich, aber das ist etwas anderes – auch lieber gar nicht. Nicht umsonst sind die Fährfrauen zwischen Menschen und Fauna gefährlich für den in die Zivilisation Eingebetteten. Ihre Macht besteht in der durch sie entzündbaren, erotischen Sehnsucht nach einer unter der Oberfläche kultureller und keineswegs unblutiger Absprachen vergessenen, »gesund« machenden Heimat. Der Fischer bezahlt seine Verführbarkeit – »und ward nicht mehr gesehn« – mit dem Verschwinden aus der Menschenwelt.

Wir aber leisten tapfer allen Sirenengesängen Widerstand, hüten uns davor, die Empfindungswelt der Tiere allzu brenzlig in der Nachbarschaft der unseren zu sehen, da die Konsequenzen unabsehbar wären und bleiben handlungsfähig, schlagkräftig diesseits des Wasserspiegels, »kühl bis an Herz hinan«, wenn auch, in schwachen Minuten, nicht durchgehend.

Die Niederelbe. »Schweiz meiner Seele«, im Flachland?

Wer von den St. Pauli-Landungsbrücken immer längs der Elbe Richtung Neumühlenkai, Hans-Leip-Ufer, Teufelsbrück, Elbuferweg, Strandweg, Falkensteiner Ufer, wo die Leute im Sommer in Strandkörben wie auf den Nordseeinseln sitzen, elbabwärts wandert, womöglich noch über Wedel hinaus zur pathetischen Horizont-Deichlinie am Fährmannssand mit seinen Lerchen, Lämmern, Austernfischern und vorgelagerter malerischer, das heißt bloß: unregulierter Uferzone, bewegt sich auf seinem Fußmarsch, der viele Stunden dauern wird, nicht nur zunächst an einem großen Teil der Hafenanlagen entlang und, ohne es zu bemerken, bei Ovelgönne über den Elbtunnel hinweg. Er marschiert geradewegs auf einen im Juni endlosen Sonnenuntergang zu mit festlich entrolltem Nachhall in einem riesigen Himmel und Wasserspiegel. Er bricht auf in das Bild der Ferne schlechthin, und die Schiffe fahren ihm im Gegenlicht als deren ehrwürdige Wahrzeichen voran. Vielleicht fällt ihm zur Steigerung der Stimmung ins verwegen Historische ein, daß vor über tausend Jahren genau hier die Wikinger, die alten Heiden, in umgekehrter Richtung zur Hammaburg zogen, um sie in Schutt und Asche zu legen.

Denn er geht ja in Wirklichkeit aufs Meer zu, und es wird ihm die ganze Zeit bewußt sein. Wenn er noch nie in Hamburg war, glaubt er vielleicht sogar – es gibt berühmte Beispiele, etwa Stanisław Lem, Julien Green –, er sei dort schon angelangt. Das ist zwar ein Irrtum, aber der Gezeitenwechsel macht sich hier bereits folgenreich bemerkbar, nicht nur im Fahrplan der Schiffe, im schönen Heranfluten der Wellen, im gelegentlich fatalen Hochwasser und durch den Spülsaum bei Ebbe, der für die Elbe Garant ihrer selbst in Blankenese eindrucksvollen Unzivilisiertheit ist, vielmehr auch durch Raritäten in Flora und Fauna. Der Schierlings-Wasserfenchel etwa kommt weltweit nur im Gezeitenbereich der Elbe bei Hamburg vor. Die Flußmarschen der Niederelbe beherbergen, nicht weit vom inzwischen mit effektiven Filtern versehenen Wedeler Heizkraftwerk und in Nachbarschaft zu chemischer Industrie und Atomkraftwerk bei Stade, die Hälfte aller europäischen Vogelarten. An der Haseldorfer Binnenelbe mit ihren Altarmen, nordwestlich der Schiffsbegrüßungsanlagen, der berühmten Attraktion für Binnenländer in Bussen, dort, wo sich die Elbe wieder stärker nach Norden wendet, liegt einer der wichtigsten Rastplätze der Welt für Zwergschwäne. Es gibt dort Goldregenpfeifer und Kampfläufer sowie die seltene Schachbrettblume. Aber das alles zu Fuß zu absolvieren, wäre eine maßlose Übertreibung, eine Kraftsporttour, zu der die Elbe optisch gerade nicht einlädt. Sie ist ja kein Fluß. Die Elbe ist ein Strom. Strom: feierlich gedehntes O. Ein Strom fließt träge, gelassen und benötigt zu seiner räumlichen Entfaltung wie beim Sprechen Zeit und Platz.

Das Urstromtal der Elbe zwischen dem südlichen und nördlichen Moränenwall, der die Gegend ein bißchen weniger flach macht, wurde von den letzten beiden Eiszeiten geformt, als das Wasser der Inlandgletscher Richtung Nordsee abfloß. »So breit!«, staunen nicht nur Ortsfremde, ähnlich wie Karl Roßmann in Kafkas *Amerika*-Roman gleich bei seiner Ankunft sehr signifikant staunte: »So hoch!«, nämlich über die Freiheitsstatue. Ein ambivalentes Verwundern dort wohl eher. Hier, an der Elbe, ist es die schiere Andacht gegenüber der, zahllosen Varianten des Lichteinfalls entsprechend, französischblauen, nebelgrauen, manchmal fast lackschwarzen, manchmal silbrigweißen und gleißenden, waagerecht lagernden Majestät.

Besonders oft hörte man den Ausruf – ich habe ihn früher gern mit einem gewissen Lokalstolz provoziert – im Einzugsbereich meines Stadtteils Nienstedten, eines ursprünglichen Fischerdorfs. Es ist das wohl älteste Kirchspiel im Westen Hamburgs, auf dem hohen Elbufer gelegen, mit Blick vom »Nienstedtener Balkon« übers Wasser weg auf den jenseitigen Geestrücken, die blau-grünen Harburger Berge.

Hervorgerufen wurde die Verblüffung über die Breite durch das Mühlenberger Loch, jene Ausbuchtung der Elbe nach Süden, bevor die Kette der langgestreckten Elbinseln beginnt. Geht man etwa beim Hirschpark, bekannt wegen eines vorübergehenden Domizils des Dichters Hans Henny Jahnn, von der Elbchaussee kommend auf die Franz-Gartmann-Treppe zu, taucht plötzlich über dem Boden ein Glitzerstreifen auf, der mit jedem Vorwärtsschritt immer mehr Raum einnimmt. Dann wird schlagartig die ganze, steil zur Tiefe abfallende Treppenlandschaft mit kleinen Zwischenetagen sichtbar, eine durch hohe Bäume rechts und links verstärkte Sichtschneise auf die nun unten liegende und im eigenen Absteigen mit jeder Stufe sich voller darbietende Wasserbreite zu. Beweis, daß in seltenen Fällen auch ein Weg, der hinabführt, ins Erhabene stilisieren kann.

Damit ist es nun vorbei.

»So nah?« wird jemand, der längere Zeit nicht hier war, ungläubig rufen. Das liegt an den von »Senat, Bürgerschaft, Bundesregierung, Bundespräsident, der EU-Generaldirektion und der EU-Kommission legitimierten« (so ruhigen Blutes im Juni 2000 Dr. Mirow, Wirtschaftssenator der damals rotgrünen Regierung, zugleich Mitglied im Aufsichtsrat der Dasa, auf einem Abend mit rebellischen Obstbauern und Bürgern aus Blankenese), von zahlreichen Fachleuten als wirtschaftliche Torheit diagnostizierten Erweiterungsbauten des Finkenwerder Airbus-Werks, wo Hallen und Rollbahnen für den Riesenjet (A 380) der Daimler-Chrysler Aerospace AG (Dasa) gebaut werden. Zukunftsfroh und ohne zu fackeln fortschrittlich ins unter Naturschutz stehende, größte europäische Süßwasserwatt namens Mühlenberger Loch hinein. Von etwas erhöhtem Standpunkt sieht man jetzt auf die stark verengte, zubetonierte Elbfläche. Es seien nur zwanzig Prozent zugeschüttet, heißt es, aber eine einzigartige Landschaftsansicht und Aussicht und schweifende Blickflucht wurde durch eine Fabriklandschaft zugestopft, wie den vielen Widersachern des Projekts – und keineswegs nur den um ihre Immobilien und Gesundheit bangenden Reichen, obschon dieses Argument für sonst intelligente Leute verführerisch war und sie kirre machte – visuell durch Fakten das ohnmächtig aufsässige Maul. Außerdem werden weitere zwanzig Prozent verlanden, und vor allem ist ausgerechnet der biologisch produktivste Teil der Tideelbe zerstört worden. Seine Schlickvorkommen gelten als eine der Hauptnahrungsquellen der Elbfauna und als Bioreaktor, in den sich die Fische bei Sauerstoffmangel im Strom flüchten. Von der Funktion des Mühlenberger Lochs für die Zugvögel ganz zu schweigen.

Hinzu kommen Lärm und Kerosinabgase der landenden und startenden Flugzeuge. Ob das Widmungsschild für Günter Grass, das Fans an einem Findling angebracht hatten, vor Schreck vom eiszeitlichen Irrblock abgefallen ist? Jedenfalls ist es verschwunden. Daß die Dasa-Anlage im instabilen Untergrund verschwinden möge, bleibt die letzte Hoffnung ihrer Gegner, die sich nicht durch halb versprochene, direkte und indirekte Arbeitsplätze beirren lassen, erst recht nicht bei der gegenwärtigen Stagnation der Branche. Von erhöhten Stellen des rechten Elbufers starren Leute fassungslos auf das zügig wachsende Monstrum und schütteln die Köpfe über die vielen Verkaufsschilder vor den Häusern von Teufelsbrück bis Blankenese. Manche unken sowieso von einem Ausverkauf der Elbchaussee. Das mag übertrieben sein, aber gerade fällt mir ein, daß die Hamburger Anfang des 19. Jahrhunderts ihren Dom abgerissen haben und noch in den Siebzigern des 20. Jahrhunderts den Altonaer Bahnhof. Ich war Augenzeuge, wie die Abrißbirne auf die roten Türmchen eindrosch.

Vielleicht ist das der Fluch, wenn man zu lange in einer Gegend wohnt und sie so sehr favorisiert hat: Neuankömmlinge werden eventuell begeistert sein von dem, was übriggeblieben ist. Ich selbst gehe dort möglichst nur noch bei Nebel oder im Dunkeln rum. Bei Tage verdirbt es mir jede Freude. Es ist der spezielle Geruch von Macht, schönheitsresistenter Pragmatik und noch zwei, drei anderen schwefligen Ingredienzien, der von dort drüben mit jedem Tag spezifischer herüberweht. Es handelt sich – ich würde es gern höflicher sagen – nicht nur um eine ökologische und optische, sondern auch psychische Verpestung.

Im Botanischen Garten von Klein-Flottbek aber, Nachbarort Nienstedtens elbaufwärts, wird jener so seltene, ansonsten unspektakuläre Schierlings-Wasserfenchel, der auf Hamburgs tidebedingte Vorlandflächen angewiesen und durch deren Reduktion extrem gefährdet ist, in einer Tide-Versuchsanlage gezüchtet. Schon immer haben mich solche künstlichen, illusionslos mit Illusionen spielenden Naturanlagen interessiert. Dieses kleine Naturmuseum tut es besonders, und neuerdings ist es für mich, da anderes weggefallen ist, das Juwel der Umgebung. Dort vereinigen sich in zaubrischer Mischung Wissenschaftlichkeit und das Gemütvoll-Schwärmerische von Clematislauben und Seerosenteichen, kiebig-kleingärtnerische Wirsingreihen mit abrupt wechselnden Landschaften des ganzen Globus en miniature, Modell und souverän überwachter Wildwuchs. Ursprünglichkeit wird nicht vorgegaukelt, aber phantastische Assoziation auf kleinstem Raum provoziert. Es gibt überwältigende Naturandeutungen, in die man infantile Vorstellungen von ungezügelter Wildheit einfüllen kann. Unter dem Druck einer in die Enge getriebenen Ökologie wird diese zeitgenössische Kostbarkeit noch notwendiger und auch passionierter gehegt. Das wissen ihre vielen alten und vielen jungen Besucher nur zu gut. Nachsichtig zieht die Natur in die für sie angelegten Winkel ein und macht ihre Liebhaber glücklich: »Man braucht nicht viel Besonderes zu sehen. Man sieht so schon viel« (Robert Walser).

Und was ist mit der echten, »authentischen«, ursprünglichen Landschaft, der zum tiefen Durchatmen unersetzlichen, auf die sich ein Botanischer Garten doch in allem bezieht und ohne die ich mich in einer Gegend wohl nie wirklich heimisch fühlen könnte?

Sie befindet sich zwanzig Autominuten elbabwärts von Nienstedten, zwischen Pinneberg und Rissen. Es ist das etwas über 500 Hektar große Wald-Heide-Moorgebiet Klövensteen, in dem es in unverkennbarer Komposition nach Nadelhölzern, Sand, Erika, Waldmoder und Tümpeln riecht, wo man in kleinen Mulden schlafen, an Baumstümpfen diskret picknicken kann, und wo auf den dazwischengestreuten Koppeln gefleckte Pferde trotzig näherkommen, wo man Maronen und Birkenpilze sammelt, ganze Sommernachmittage an Tümpeln mit blauen Lupinen und Blick auf kleine Wollgrasmeere verdöst, gestürzten Bäumen im Dunkel beim Verwittern zusieht und zu allen Tages- und Jahreszeiten, aber vor allem bei leichter Dämmerung glaubt, bereits im menschenleeren Finnland zu sein. Alle paar Meter ändert sich etwas, und hier findet man sie, die »Schweiz seiner Seele« (Melville), abgebildet und begehbar in sonnigen und düsteren Naturkabinetten. Im Roman *Berittener Bogenschütze* habe ich diese Landschaft 1986 einer gewissen Gisela als deren Kindheitsumgebung vermacht.

Am weitaus schönsten war's im südlichen Teil, der ein reichliches Zehntel des Ganzen darstellt, im Schnaakenmoor. Daß es sich um ein Naturschutzgebiet handelt, blieb stets unverkennbar. In den letzten Jahren jedoch änderte sich etwas einschneidend. Einzelbäume und ganze Kiefernwäldchen wurden geschlagen, die Flächen sumpfig, überschwemmt, unbetretbar, die meisten der Wege peu à peu versperrt. Es blieben nur noch einige verteufelt sture Achsen, von denen aus man die entstehenden, entweder trockenen oder nassen Areale überblicken kann. Plötzlich auch hier fassungslos starrende, kopfschüttelnde Wanderer!

Allerdings ist die Gegend – recht verstanden – dabei noch nördlich-hinreißender geworden, nämlich extremer, und darauf kommt es ihren Gestaltern aus guten Gründen an.

Weniger auf deren alte Bewunderer. Die müssen lernen, ihren Geschmack umzustellen, statt egoistisch zu grollen. Hier wird nicht eine bestehende, ins Herz geschlossene Landschaft geschützt, sondern eine urtümliche, historische, früher viel ausgedehntere Moor-, Dünen-, Heidelandschaft in Ansätzen wiederhergestellt und offenbar eifersüchtig gehätschelt, damit das Rare nicht von der robusteren Normpflanzendecke verdrängt wird. Nur so können sich seltene Arten in Flora und Fauna, über die genau Buch geführt wird, ansiedeln und ausbreiten. Klingt das nicht betörend: Ästiger Igelkolben, Krückenkegelmoos, Torfmosaikjungfer, Hufeisenazurjungfer?

Entstanden ist die Landschaftsphysiognomie nach der letzten Eiszeit, als der Sand aus dem Urstromtal der Elbe den nördlichen Geestrücken hinauf- und ins Land hineinwehte. Zwischen den so gebildeten Dünen ergaben sich Senken, in denen das Wasser nicht mehr abfließen konnte, so daß sich allmählich Hochmoore aufbauten. Beides sorgte weiträumig für das typische Muster von trockenen und nassen Flächen mit einer entsprechend hochspezialisierten Vegetation, die auf nährstoffarme Böden angewiesen ist. Der Wald um das Schnaakenmoor wurde im Mittelalter gerodet, es entstanden beweidete Heideflächen. Das wurde anders vor etwa hundert Jahren, als man das Gebiet bis auf zehn Prozent durch Entwässerungsgräben und Aufforstung für Land- und Waldwirtschaft zu nutzen begann.

Zehn Prozent und unzusammenhängende Reste aber, die für den arglosen Naturgenießer den Reiz der Abwechslung bedeuten, reichen nicht aus, um das ehemalige Biotop zu reanimieren. »Unerläßlich sind möglichst weite Flächen, Vernässung, Entkusselung. Die Hauptgefahren sind Entwässerung, Verbuschung und Zufluß von Nährstoffen aus der Landwirtschaft«, erklärt Herr Stökl, Mitarbeiter des Naturschutzreferats Altona, während wir das Gebiet abschreiten. Schon als Jugendlicher und dann im Zivildienst war er im Naturschutz engagiert und sorgt jetzt dafür, daß junge Leute aus verschiedenen Nationen beim arbeitsaufwendigen Entfernen der Birkensämlinge helfen, eben »entkusseln«.

Ob er ahnt, was ich in Kopf und Herz alles umgraben und anders schichten muß, während ich neben ihm her durch mein ehemaliges, variationsreiches, mit rötlichem und goldenem Gras vor finsteren Waldrändern möbliertes Reich, über die gefrorenen, gewaltigen Profilspuren der zum Landschaftsschutz eingesetzten Traktoren stapfe und er Pläne erörtert, die ich bänglich einzusehen beginne, obschon sie mir den Zutritt zu meiner moderaten Wildnis rauben und sie auch optisch tiefgreifend verändern?

Herr Stökl ist beides, leidenschaftlich im Artenschutz engagiert und gelernter Landschaftsarchitekt. Ihn freut, dass es hier wieder Sonnentau, Torfmoos, Schlangen, Kolkraben und vom benachbarten Tiergehege ausgewilderte Uhus gibt – er zeigt zum Beweis ein Gewölle, in dem man einen kompletten Rattenschädel gefunden hat – und hofft auf brütende Kraniche in ein paar Jahren, hat aber ebenso den Blick für das Landschaftsbild. Die weite, geschlossene Fläche, meint er, sei gut für den Artenschutz und fürs Auge zugleich. Kongruenz von Ökologie und Ästhetik also, und das nicht nur als Utopie? Vermutlich ist es so, daß jene ihre unumstößlichen Gesetzmäßigkeiten hat, diese aber flexibel ist. Das ästhetische Bewußtsein kann lernen, Notwendigkeiten zu erkennen und sie zu ästhetischen Erfordernissen zu machen. Sicher, das sagt schon der pure Augenschein: Ein typischer Bungalowrasen wirkt nicht zuletzt deshalb scheußlich, weil er, obwohl er als große Grünfläche prahlt, feindlich gegenüber dem Artenreichtum von Flora und Fauna ist. Auch meine zimmerartigen Kleinstlandschaften, Bild an Bild im Abendlicht glimmend, im Morgendunst sich langsam formierend, beschwörende Stellvertreter einer entschwundenen Wildnis, jederzeit von mir aufzusuchen und stundenweise bewohnbar, sind an diesem Fleck, mit seiner einmaligen Chance der Restaurierung geschichtlicher Natur, von geringerer ideeller Schönheit als die radikalen, konventionell nicht sogleich pittoresken Prospekte mit tabuisierten Seen, Sümpfen, Heide. Das muß ich also offenbar begreifen. Werden sie mir ans Herz wachsen wie meine lieblich-spröde, immer private Zwitterlandschaft vorher?

Mein freundlicher Führer legt es gar nicht aufs Überzeugen an, es gelingt ihm aber. Nur, wie steht es auf Dauer mit den maßgeblicheren Leuten?

Das Schnaakenmoor ist europäisches Naturschutzgebiet. Das gilt auch fürs Mühlenberger Loch. So? Und half ihm das, als es ernst wurde? Hamburgs jetzige Regierung aus CDU, FDP und der Schill-Partei hat im Gegensatz zur rot-grünen lediglich zwei Aussagen zum Naturschutz in der Koalitionsvereinbarung notiert, nämlich daß erstens der Straßenrand von Unkraut befreit werden muß und zweitens die Landwirte nicht mit überzogenen Forderungen vom Naturschutz zu behelligen sind. Wahrlich Meilensteine ökologischen Denkens! Für das Schnaakenmoor, beruhigt Herr Stökl, bestehe jedoch wohl nur bei großen infrastrukturellen Projekten Gefahr, etwa beim Bau eines Großflughafens. Damit sei hier kaum zu rechnen.

Gut, dann will ich also Vertrauen fassen zu der neu eingerichteten und weiter wachsenden Urlandschaft! Schon einmal, vor ein paar Jahren, habe ich ja überrascht begriffen, daß man auch über Verstand und Information in eine heiße, nicht nachlassende Landschaftsliebe einsteigen kann. Das war allerdings weit weg von hier, zwischen Hochtälern und Gebirgsgeröll der Schweiz.

Vom Riesengebirge bis Cuxhaven

»Dicht vor ihm plätscherten und rauschten die goldgelben Wellen des schönen Elbstroms, hinter demselben streckte das herrliche Dresden kühn und stolz seine lichten Türme empor (...), und aus tiefer Dämmerung gaben die zackichten Gebirge Kunde vom fernen Böhmerlande.« Goldgelb? In E.T.A. Hoffmanns romantischem Märchen *Der goldene Topf* steht der Student Anselmus kurz vor seiner Initiation ins Reich der Poesie. Das Gelb der Elbe bei Dresden und Meißen aber gehört zweifellos der Realität an. Es handelt sich, so Hansjörg Küster in seiner Darstellung des Flusses von der (keineswegs eindeutigen) Quelle bis zur (nicht korrekt lokalisierbaren) Mündung, um eine Färbung durch Löß, den der Regen von den Hügeln ins Wasser spült, ganz so, wie, nur dort in gewaltiger Vergrößerung, beim Gelben Fluß Chinas, dem Hwang-ho. China kommt einem nicht nur deshalb und wegen des Meißner Porzellans in Küsters Buch noch öfter in den Sinn.

Es berührt angenehm, wenn Dichter vorher genau hingesehen haben, bevor sie Erscheinungen der Natur – die solche Veredelung allerdings prinzipiell nicht nötig haben – für Symbole nutzen. Gerade Flußläufe mit ihrem Strömen, Mäandern, ihren Ausuferungen, Versandungen und speziell ihren Brücken (!) laden schon fast unwiderstehlich zur Metaphernüberschwemmung ein. Nimmt man, nach der Lektüre von Küsters Elbbuch, eines der berühmtesten deutschen Fluß-Gedichte, »Mahomets Gesang« des vierundzwanzigjährigen

Goethe zur Hand, macht man eine beruhigende Entdeckung. Zwar wird dort in Wahrheit das Genie der Sturm- und Drangzeit gefeiert, und nur an der Oberfläche das fließende Wasser an sich auf seinem Weg vom »Felsenquell« bis zum Ozean, dem es schließlich »freudebrausend« ans Herz strömt, jedoch, das muß man Goethe bescheinigen, der junge Titan hat in seinem Erdkundeunterricht hervorragend aufgepaßt und alles vom Kreis- und Lebenslauf des Wassers behalten. Zeile für Zeile entspricht den gesicherten Fakten, dem exemplarischen, dem mustergültigen und idealtypischen Weg eines Stromes.

Also auch dem der Elbe.

Der Pflanzenökologe Hansjörg Küster, Professor am Institut für Geobotanik in Hannover, von der anderen, der Wissenschaftsseite kommend, wechselt bei seiner Beschreibung von Bewegung und Geschichte des großen Stroms an keiner Stelle das Metier. Kein Pathos, keine Symbolik. Er beschränkt sich auf komplexe Instruktion, ohne die Bedeutung einer allein sich selbst genügenden Landschaftsschönheit außer acht zu lassen.

Küster teilt seine mitreißende Flußfahrt in vierundzwanzig Stationen ein. Aus ihrem Quellgebiet bei der Schneekoppe stürzt sich die junge Elbe, wegen des starken Gefälles mit zunächst hoher Fließgeschwindigkeit, in das Böhmische Bekken, von dem es einprägsam heißt: »Sämtliches Wasser, das in diesem Gebiet vom Himmel herunter regnet, landet früher oder später in der Elbe«, die dann, um weiter nach Norden, nach Sachsen und in Hoffmanns Dresden zu gelangen, durch die enge Porta Bohemica und das Sandsteingebirge muß. Daß eigentlich die Moldau mit viel größerem Recht als Quellfluß der Elbe zu gelten habe, ja, die Elbe (Labe) im Grunde

Moldau (Vltava) heißen müsse, hörte ich mit leicht gekränktem Unterton auch bei meinem ersten Prag-Besuch Anfang der neunziger Jahre. Küster widmet dem mythenbildenden tschechischen Nationalfluß ein umfangreiches, die Geschichte des Landes auffächerndes Kapitel, wie er überhaupt die von großen und kleineren Elbzuflüssen durcheilten Landschaften und Städte, diszipliniert mäandernd, in ihrem politischen, wirtschaftlichen, kulturellen Geschick erstehen läßt. Ein Geschick, das stets an Bodenschätze (Silber, Braunkohle), Rohstoffe (Holz), klimatische Verhältnisse und günstige Verkehrslage gebunden war und das Aufblühen wie Hinwelken der Silbererzstädte Kuttenberg und Joachimsthal, Stendals, Glückstadts bewirkte. Herausragend in der tiefenscharfen Bilderfolge ist natürlich das prächtige Dresden, wo man alles zu Geld machte, es aber dann verschwenderisch in Architektur und Kunst umsetzte. In Küsters von der Dynamik des Flusses bestimmtem Panorama tauchen die legendären Städte Magdeburg und Dessau auf, und es werden solche erwähnt, deren Namen, vom Autor mit Vergnügen aufgereiht, wie das Raunen eines Zauberspruchs klingen: Lössnitz, Würschnitz Zwönitz, Zschopau, Pockau, Flöha, Bobritzsch, Colmnitz. Wir sehen das Elb-Havelland vor uns, das geheimnisvolle Wendland mit seinen schönen slawischen Ortsnamen, Geesthacht, wo die Tideelbe beginnt, schließlich die fruchtbaren Elbmarschen, Vierlande, Altes Land und Hamburg, die wehrhafte Stadt selbstbewußter Kaufleute mit ihrer traditionellen Priorität der Wirtschaftlichkeit.

Aus der Addition der zahlreichen, jeweils wie eine eigene Heimatlandschaft und mit heimatlicher Zuwendung beschriebenen Elbregionen ergibt sich als Summe ein kraftvolles Gesamterlebnis, nämlich die Anschauung eines großen

Zusammenhangs. Und das sowohl in der räumlichen Erstrekkung des Stroms, wie auch im Ineinanderwirken der geographischen wie zivilisatorischen Faktoren: Nichts steht für sich, alles ist bereits in den Ursprüngen differenziert, jede Veränderung zeitigt eine Fülle von Folgen. Das gilt für die Natur ohne Menschen, bevor diese dem ausgedehnten, mit wichtigsten Feinstoffen angereicherten Flußorganismus seinen Anfang und sein Ende festsetzen (Küster: »Abstraktionen«). Es gilt erst recht mit ihnen!

Unter der vorhandenen, nur scheinbar starren Landschaft tritt punktuell immer wieder eine ältere hervor, die mit der Entstehung der Elbe im Tertiär begann. Nord- und Ostsee waren ein einziges flaches Meer, in das die Elbe vermutlich am Nordrand der Mittelgebirge einmündete. Im darauf folgenden Quartär setzten die formenden Bewegungen der Eiszeit ein, die Küstenlinien und Abflußbedingungen der Flüsse änderten sich. Durch das Schmelzwasser der Inlandgletscher bildeten sich breite Urstromtäler, deren Schutt die Flüsse gelegentlich stark ablenkte, was, auch bei der Elbe, größere und kleine Richtungswechsel erklärt. Zwischen Riesa und Wittenberg sind für den Fachmann noch heute die Mündungsarme des alten Elbdeltas in den eiszeitlichen Urstrom zu erkennen.

Der geologisch lebhaften Vergangenheit des Flusses steht eine ebenso unruhige der Siedlungen an seinen Ufern gegenüber. Er wurde zum Flößen, zum Antreiben der Mühlen, als Nahrungsquelle und besonders, bis heute, als Transportweg und zur Abwässerbeseitigung genutzt, blieb aber, durch Überschwemmungen, Eisgang und Unbeständigkeit im Flußbett gleichzeitig immer zerstörerisch. Auch das bis heute, während die Menschen, wenn sie an ihm leben wollten, etwa durch Bau von Wehren, Staustufen, Schleusen, Kraftwerken, Dämmen, Deichen in seine wilde oder auch, in der Ebene, träge Natürlichkeit eingreifen mußten.

Wie sich das Nützliche mit dem Schönen verbinden läßt, wenn beides erfindungsreich gewollt und sozial gedacht ist, konkretisiert Küster begeistert am Beispiel des aufgeklärten Fürsten Franz von Anhalt-Dessau, dem wir die Wörlitzer Parkanlage verdanken. Sein kleines, zunächst verschuldetes Reich beglückte er außerdem durch Wohlstand und einige nützliche Revolutionen in der Landwirtschaft. Als der Park von der Elbe gleich mehrfach überflutet wurde, ließ er sich nicht entmutigen, vielmehr: zusammen mit seinen Fachleuten Tricks für eine zukünftige Überlistung des Wassers einfallen.

Man liest von den Verwüstungen der großen Kriege, des Dreißigjährigen, Siebenjährigen, der beiden Weltkriege in der Elbregion, immer deutlich manifest an der Zerstörung der Brücken, erfährt en passant vernünftige Dinge wie die unterschiedlichen Nützlichkeiten einzelner Holzarten beim Bau von Elbschiffen, dazu zählt, sehr speziell, die Eignung der Robinie für Schiffsnägel. Und natürlich fehlen die zur Kulturlandschaft gehörenden Skurrilitäten durchaus nicht. Wer weiß schon auf Anhieb, was es mit den Magdeburger »Schwarzhäuptern« und mit dem »Dravänopolabisch« im Wendland auf sich hat? Wir hören vom Schloß Hohenelbe des Albrecht von Wallenstein, in dem für alle vier Jahreszeiten ein Turm, für jede Woche ein Zimmer und für jeden Tag ein Fenster reserviert ist, während das Schlößchen Hoflößnitz bei Radebeul, ebenfalls astronomisch, nur etwas bescheidener, über 365 Stufen, 52 Absätze und zwölf Ruheplätze verfügt. Der Dichter Barthold Hinrich Brockes versah 1735 bis

1741 ein Wächteramt an der Elbe, wie es gut ein Jahrhundert später der Reichskanzler in spe Otto von Bismarck tat. Der erste war Statthalter der Burg Ritzebüttel und schützte die Elbmündung vor dem Eindringen von Seeräubern, der zweite, was Küster mit Briefstellen an die Braut illustriert, war Deichhauptmann in Schönhausen und hatte sich bei zu lange geschlossener Eisdecke, die ein plötzliches Aufbrechen und damit Elbhochwasser mit gefährlichem Eisgang befürchten ließ, im Winter 1846/47 zu bewähren - wobei er sich, gewiß nicht unbedingt seinem Temperament entsprechend, weitgehend in Demut, nämlich ohnmächtigem Abwarten gegenüber der Natur üben mußte.

Der rote Faden jedoch, der sich von Beginn an beharrlich durch das Buch zieht, ist ein düsterer. Es handelt sich um das katastrophale, von Küster in seinen nur teilweise meteorologischen Ursachen analysierte Hochwasser des Jahres 2002.

Hier wünscht man sich zunächst mehr Aggressivität. Aber Küster fängt es klug an. Er ist ein besonnener Ökologe, der nicht mit Schlagwörtern komplizierte Vorgänge vereinfacht. Wie Wilhelm Raabe in den Romanen Äußerungen seines Schmerzes angesichts verheerender Aktionen der Menschen gegen Wälder, Wasser, Luft mit Komik dämpft, damit man weiterliest, vermeidet Küster schrille Töne und bleibt unterhaltsam, läßt aber keineswegs locker im Hinweisen auf ein fatales Unterschätzen eherner klimatisch-geologischer Gegebenheiten samt Wechselwirkungen, beispielsweise bei der Erschließung zusätzlicher Verkehrswege und riskanter Bebauung in seit alters her überschwemmungsgefährdeten Tälern. Chemische Fabriken im Hochwassergebiet! Die Unbedachtheit früher Rodungen am Oberlauf (Vernichtung unerläßlicher Wasserspeicher) und mittelalterlicher Abholzungen für Bergbau, Schiffe, Brennöfen ist im Prinzip ja keineswegs erledigte Geschichte. Sie reicht bis an die allzu vergeßliche Gegenwart, in der man ein durchdachtes Aufforsten und das Schaffen von Überflutungszonen versäumte.

Es fällt uns leicht, die desaströse Willkür Chinas bei der Umgestaltung seiner großen Ströme und deren Landschaft anzuprangern. An der Elbe wurde nicht rücksichtvoller, nur in kleinerem Maßstab verfahren. Küster verpaßt keineswegs die Gelegenheit, die Verseuchung des Flusses durch die Chemiewerke des tschechischen Pardubitz und die anhaltend verhängnisvollen Auswirkungen der Braunkohlewerke in der alten DDR kritisch, und nur scheinbar leidenschaftslos, unter die Lupe zu nehmen, ebenfalls nicht die problematische, ungebremste Vertiefung der Fahrrinne im Unterlauf der Elbe, um in aussichtslosem Wettlauf immer größere Containerschiffe in den Hamburger Hafen zu holen, auch wenn einzigartige Uferlandschaften, biologische und ästhetische Raritäten, dabei vernichtet werden, wie schon, mit verführerischer Argumentation, geschehen beim Süßwasserwatt Mühlenberger Loch.

Das Hochwasser von 2002 hat gezeigt, daß es auf Dauer keinen Sinn hat, schlechte oder auch gute Absichten gegen die sogenannte »Lebensader« Fluß durchsetzen zu wollen. Es handelt sich bei der Elbregion um eine Natur- und Zivilisationslandschaft. Auf ein Ausbalancieren kommt es an. Oft weiß man bei Küsters Darlegungen nicht, was man mehr bestaunen soll, die Finesse und Präzision der ineinandergreifenden biologisch-klimatisch-geologischen Prozesse oder die Findigkeit der Anrainer.

Und plötzlich merkt man, daß Küsters Elbe unter der Hand eben doch zu einem Symbol wird, nicht für Goethes alle überragenden Einzelnen, sondern ein zeitgenössisches, manchmal anrührendes, gelegentlich aufwühlendes Sinnbild für das prekäre Genie menschlicher Gemeinschaften in unauflöslicher Vernetzung mit dem Genie der Natur.

(Ein Symbol übrigens, dessen Präsentation üppig bebildert wurde und, nach den Regionen gegliedert, reichlich Literatur zur Spezialisierung verzeichnet).

Wir Avantgardisten

Das oft Gehörte, inflationär Gezeigte kurz beiseite. Also reißende Schmelzwasserflüsse im grönländischen Eis, mörderische Anblicke des weggerodeten indonesischen Tiefland-Regenwalds, dessen Torfmoorschichten riesige Kohlenstoffspeicher sind. Beiseite das irreparabel ruinierte Biokapital der Erde und die vermutlich letale Unfähigkeit der sogenannten Menschheit, ihre Lebensinteressen zu erkennen und danach, dem Ernst der Lage entsprechend, gefaßt zu handeln.

Drei Jahrzehnte lang habe ich meinen Frisör viermal pro anno als Kundin besucht. Eines Tages war er verschwunden. Niemand wußte wohin, ob nach Mallorca, ins Grab oder, weil er das Hantieren mit Chemie und Haaren satt hatte, in den vorgezogenen Ruhestand mit Frau und Katzen in Waldnähe. Ich landete, bloß um nicht das Viertel wechseln zu müssen, bei seinem spitz gestylten italienischen Kollegen. Dort geht es von früh bis spät überaus smart zu. Viel Glas, Stahl, Professionalität. Viel Tempo, rasante Musik, dauerndes Hallo und Verabredungen zu Parties am Abend. Wer nicht aufpaßt, wird beim zweiten Besuch in aufgekratzter Lässigkeit geduzt und soll das auch noch als Ehre verbuchen. Man kann die todschicke Hampelei zwei Stunden lang aushalten. Aber wie schaffen das die, die es beruflich müssen, den ganzen Tag?

Die fühlen sich, so scheint es, wie der Fisch im Wasser! Um so verblüffender, geradezu epiphanisch der Auftritt, mit dem sich der mir zugeteilte Stephan, der bis dahin vorzüglich in den hyperaktuellen Rahmen paßte, im Sommer auf meine beiläufige Frage nach dem Urlaub aus seinem vertrauten Element katapultierte.

Er sprang zurück, ließ die Hände mit Schere und Kamm wie vergessene Gegenstände in der Luft stehen und begann, zunächst in dieser Position akrobatisch verharrend und, um sich nicht vor dem Salon zu blamieren, in gedämpfter Lautstärke, von blühenden Almwiesen im Salzburger Land zu erzählen. Er war außer sich, er habe »das nicht geahnt und nie im Leben für möglich gehalten«. Ich, ehrlich und beschämt gesagt, einen solchen Ausbruch bei ihm auch nicht. Das steigerte sich noch, als er über das Ansichtigwerden eines kreisenden Adlers sprach, stammelte, so dicht über ihm, daß er die Borsten zwischen seinen Krallen erkennen konnte. »Ein riesiger, echter Adler!« Er, Stephan, habe einfach nur dagestanden und kaum geatmet. So schnell, wie er sich irgend leisten könne, wolle er wieder dorthin.

»Wir Avantgardisten haben eine Aversion gegen das Natürliche«, offenbarte kürzlich auf einer Berliner Tagung ein gewisser Patrick Schumacher, Büropartner der Architektin Zaha Hadid. Das ist, als gereizte Provokation und ästhetische Notwehr während eines Symposions mit dem Wort »Nachhaltigkeit« im Zentrum, für sich genommen durchaus zu verstehen. Aus meinem eigenen Fach, der Literatur, weiß ich zur Genüge, mit welcher Rechthaberei die Fraktion der »Authentischen« zu Felde zieht gegen die, denen das Artifizielle der Natur und der Verkehrsformen menschlicher Gesellschaft weder entgeht, noch dessen Darstellung als Perversion erscheint.

In Schumachers Fall jedoch, der laut Bericht glaubt, daß ökologische Katastrophen den Fortschritt antreiben, und der das Manipulieren und Präparieren von Natur zum großartigen »zweiten Sündenfall« deklariert, da er ein die Progressivität unsere Zivilisation wunderbar stützender Vorgang sei, bei ihm jedoch möchte man sacht anfragen, ob man hier etwas falsch interpretiert. Oder ob unser Avantgardist wirklich glaubt, was er da zum Besten gibt und demnach zu jener SF-Nachhut gehört, die sich unter hermetisch schließender Glaskuppel in einem perfekten Kunstkosmos, nach den neuesten Resultaten der Bionik organisiert, erheitert von virtuellen, mit Musik aufgeputzten Naturanblicken, geschützt vor den Wüsteneien einer als Ressource verendenden Restwelt jenseits der elitären Plastikhaube, angeblich pudelwohl fühlt?

Daß es so nicht funktionieren wird, sollte inzwischen auch Sektierern der Rationalität, der geraden Linie, des Mehrwerts und Technikeuphorikern klar sein, unabhängig davon, welche Konsequenzen sie ziehen. Ein bißchen Efeu in baumlos hochgezogenen Stadtvierteln und geschwungener Beton werden ebenfalls nicht befriedigen, was sich als ungestilltes Bedürfnis in den Abenteuerphantasien und Ursprünglichkeitsräuschen verrät, auf die Werbung und Tourismus unverdrossen setzen. Es ist eine ebenso anarchische wie kulturelle Sehnsucht, die sich mit Abkürzungen und Naturlogos hervorkitzeln und oberflächlich beschwichtigen läßt. Wirtschaft und Industrie mag genau das recht sein.

Uns nicht.

Um was es hier gehen soll, ist also nicht das globale Verhängnis, sondern das sehr nahe, private. Es besteht darin, daß wir offenbar nicht mehr wissen, für was wir eigentlich plädieren, wenn wir »Natur« sagen, abgesehen von der dringenden Reduzierung der CO_2-Emission usf. In proletarisch-kleinbürgerlichen Kreisen macht man sich durch Pedanterie das Leben in der eigentlich schönen Einrichtung der Schrebergärten schwer. In gutbürgerlichen pflastert man die Vorgärten und setzt gegen das übrige Gras und Laub Maschinen ein, die jeden Vogelruf zum Verstummen zwingen. Wilhelm Raabe, 1890: »Es ist wirklich, als könnten sie nichts Grünes mehr sehen!« Der urbane Zeitgenosse mit kastriertem Intellektuellenkopf gesteht allenfalls ironisch zwinkernd die »romantische Schwäche«, sein Weekend an der stürmischen Nordseeküste oder in der Einsamkeit einer Berghütte zu verbringen. Fit für den Beruf bleiben! Na dann! Ein ungeschütztes Bekenntnis wie das des Friseurs wäre entweder peinlich oder es geriete zur Pose. Um so präziser, wenn auch oft unmerklich zunächst, reagiert unsere Psyche und alles, was mit ihr zusammenhängt.

Lassen wir also Natur, das große, empfindliche Wirkungsgewebe (worauf bereits in den siebziger Jahren der damals als »Club der Schwarzseher« verhöhnte Club of Rome hingewiesen hat), als Rohstofflieferant und rächende Bedrohung drei Minuten außer acht. Reden wir, die luxuriösen Bewohner der (noch) Komfortzone, von Natur aus einer in der öffentlichen Diskussion fast vollständig ins Abseits geratenen Perspektive, nämlich als Landschaft, die sich pragmatischen Aspekten entzieht, ein herzbewegendes, nicht verrechenbares Geschenk für Augenblicke, das von den Dichtern, nicht den Ökologen, in der Vergangenheit seit der Antike oft und heiß, wie sonst nur noch die Liebe, besungen worden ist.

Erinnern wir uns, und sei es nur, um unseren Verlustschmerz zu vertiefen! Erinnern wir uns, ohne den Vorwurf eines Rückfalls in antiaufklärerische Naturschwärmerei zu fürchten! Erinnern wir uns an die frühen Herbstdämmerungen der Kindheit, an die geheimnisvolle Eintrübung einer eben noch bekannten Welt, die plötzlich mit unvorhergesehenen Winkeln und Falten lockte, die uns umfing und schreckte durch andere Rufe, anderen Hall, durch fremde Gerüche und schaurig-süße Berührungen, so daß wir uns selbst Momente lang fremd wurden, so verengte und weitete es sich in uns. Wir erlebten Natur als Atmosphäre und Weltbeleuchtung, als Verbündete, als Heimat und Ausstülpung von uns selbst auf Streifzügen durch angedeutete Wäldchen und verwilderte Gärten. Wir sahen in die rätselhaften Spiegel von Tieraugen und stürzten in ein neues Universum, das uns wunderbarerweise vertraute und auf seine Seite zog. Wir erlebten das heute verschollene Gefühl der Demut angesichts einer gleißenden Sternennacht und die bis zur völligen Hilflosigkeit gehende Auflösung in schillernde Stimmungen. Die Natur brillierte auf unseren Sinnen, am schlimmsten und willkommensten, wenn sie sich mit der Verliebtheit von Nerven und Seele verband. Erst in ihrem Leuchten und Verdunkeln erkannten wir, was wir eigentlich empfanden. Und was wäre die Liebe gewesen ohne die Echolaute und Figurationen der Natur? Wir erfuhren sie, inzwischen erwachsen, dort, wo sie wuchern durfte, und sei es in Morast, Moor, verrottenden Baumstämmen, als aufwühlend durch die unendliche Formenvielfalt der mit jedem forschenden Blick sich enthüllenden Nuancen und der sich vermehrenden, absterbenden, neu erzeugten Gestalten. Nirgendwo waren wir intensiver zuhause als von ihr und all ihren Heilmitteln Umschlossene, falls wir nicht eilig Effektives von ihr verlangten, weit entfernt allerdings vom Ehrgeiz der Gipfelsammler im Himalaya und den life lists ambitionierter Vogelartenjäger.

Wenn wir auch nur sehr vermittelt globale Vorgänge beeinflussen können, unser Vermögen langt, unreglementiertes »Grünes« (das Hamburger Stadtgartenamt o. s. ä. nennt sich mittlerweile drohend »Abteilung Stadtgrün des Fachamtes Management des öffentlichen Raumes«) unter allen Umständen, um jeden Preis zu verteidigen und nicht den geläufigen, hier nur sprachlich auf die Spitze getriebenen Irrsinn des Gemeinderats eines Winter- und Sommersportorts (Name auf Anfrage), zu akzeptieren: »Wer die Natur unbedingt schützen will, gefährdet die Zukunft unserer Kinder!«

Es mag ein Emanzipationstriumph der westlichen Zivilisation sein, daß Luisa, als sie mir mit filigranen Fingern die Haare wusch, erzählte, sie gehe zweimal in der Woche zum Boxen. Prima! Das Geständnis ihres Kollegen Stephan war die größere Hoffnung und Sensation.

Demokratie in ihrer schönsten Gestalt

»Hast du Lust Fürstliche Gahrten zu sehen / so komm nur nach Hamburg / da kann man dir nicht einen / nicht fünfe / nicht zehn / sondern dreissig / vierzig / fünfzig / welche mehrentheils den stattlichen Fürstlichen Gahrten wenig / ja wol gahr nichtes nachgeben / zeigen ...«

Nie hätte ich mir, noch tief im Binnenland zuhause, je träumen lassen, welche Hamburger Institution mich einmal am herzhaftesten mit dieser Stadt verbinden würde.

Ich bin im Ruhrgebiet geboren und habe dort meine Kindheit verlebt. Hamburg war sehr weit weg. Es lag offenbar, schon fast unwirklich schön und dramatisch für eine Stadt, direkt an der See. Daß es der Krieg genauso zertrümmert hatte wie meine Umgebung, hielt ich für unmöglich wie auch seine tatsächliche Entfernung von der Küste. Meine Jugend verbrachte ich in Aachen, schon wieder an einem Ort, der keinen Meeresstrand, keinen Strom oder See, innerstädtisch nicht mal einen schmalen Fluß aufzuweisen hatte, lediglich zwei Stauweiher und heiße Quellen. Das mußte reichen.

Die Vorzüge des wasserreichen Hamburg steigerten sich für mich in einem Begriff, der Appellcharakter besaß: »Tor zur Welt«. Es war der Befehl: Nichts wie hin! Mit einem kurzen Besuch des Hafens, einer klassisch weißen Elbchausseevilla und einer frühmorgendlichen Fahrt über die Reeperbahn verlief meine erste Stippvisite verwirrend, ein bißchen ernüchternd, alles in allem aber verheißungsvoll, wie es sich angesichts der Vielbesungenen, Legendären ja auch gehörte.

Selbst als ich schließlich in jene Stadt zog, die mit dem optischen Trompetenkonzert von Elbbrücken und Speicherstadt Ankommende grandios empfängt und Abreisende majestätisch entläßt, ahnte ich noch nichts von meinem späteren Favoriten. Das ist allerdings nicht überraschend. 1974 existierte das Juwel noch gar nicht.

Es handelt sich um eine Einrichtung, die allen offensteht, jeden Tag, von morgens bis abends (abhängig vom Sonnenuntergang), bei freiem Eintritt für jedermann. Und sie kommen! Bedürftige und Wohlhabende, Studenten und Greise hinter dem Rollator, Pärchen, junge Eltern mit kleinen Kindern, schlendernde Genießer und Akkordarbeiter im Dienst ihrer Digitalkamera, Fachleute und Laien, unverkennbar Glückliche und offensichtlich Unglückliche, Gruppen von Halbstarken und Witwen, unbehelligte, von der freundlichen Pflanzengemeinschaft getröstete Einsame, Menschen jeder Hautfarbe aus allen Himmelsrichtungen, besonders lebhaft und häufig Russen, die hier gern familiär zusammentreffen, speziell wenn eine Braut die allerüppigste weiße Blüte schmunzelnd inmitten der vielen Pflanzenwunder fürs Hochzeitsfoto darstellen soll.

Was aber bietet der Botanische Garten der Universität in Klein Flottbek, von dem ich spreche, so Außergewöhnliches?

Der oben zitierte barocke Dichter und Wedeler Pastor Johannes Rist meinte mit seiner Eloge die innerstädtischen, privaten Gartenanlagen betuchter Bürger des 17. Jahrhunderts und beschrieb ihre Vorzüge: »... alle die darin verhandene Schönheiten / Lusthäuser / Spatzirgänge / Wasserkünste / Teiche / Schildereien / frembde und außländische Gewächse /

und tausend angenehme Seltzahmkeiten.« Zu dieser Zeit besaß auch der Hamburger Bürgermeister Barthold Moller einen Lustgarten bei der St. Petri-Kirche und hat sich den Bestand nach Sitte des Adels in einem Blumenalbum von Hans Simon Holtzbecker im sogenannten »Moller-Florilegium« dokumentieren lassen. Unmittelbar nach dem Dreißigjährigen Krieg virtuos gemalte Tulpen, Waldkräuter, Kaiserkronen sind zu einem phantastischen zweidimensionalen Botanischen Garten zusammengestellt.

Aber, noch einmal, was ist, verglichen mit den sehenswerten öffentlichen Gärten etwa von Berlin und Padua, Lissabon, Paris, Kopenhagen, das Betörende an dem von Klein Flottbek? Pflanzensystematische Abteilungen, Rosen-, Bauern-, Heilpflanzengärten in klösterlicher Tradition sowie die Möglichkeit, mit einem einzigen Rundgang en miniature die wichtigsten Landschaftstypen der Erde zu durchqueren, die Präsentation des spektakulären chinesischen Scheinmohns, eine riesige Hochsommerarena mit Kapuzinerkresse in allen Färbungen, die wie aus natürlichem Füllhorn hingestreuten Frühlingswiesen und exemplarische Felder mit diversen Getreidesorten: Das alles gibt es, so hinreißend es sein mag, je nach Schwerpunkt, zweifellos auch woanders.

Im Klein Flottbeker Freigelände, wo man sich aufwendig zu pflegende kleine Wildnisse und – eine große Kostbarkeit – ein winziges Moor leistet, zudem die einzigartige Pracht hochstehender Juniwiesen mit blühenden Gräsern und Knabenkraut, entsteht eine unverwechselbare Atmosphäre. Es ist das Fluidum des Individuellen, fast Persönlichen, ein gleichberechtigtes Nebeneinander von Ästhetischem und Nützlichem, Wissenschaftlich-Lehrhaftem und Kleingartenidyll, von Historischem und dem flüchtigen Rausch einjähriger Sommerblumen. Der von der Flora ausschließlich visuell Entflammte fühlt sich genauso ernstgenommen, verwöhnt und bezaubert wie der nach Tips und Tricks suchende Hobbygärtner. Städter, die schon lange nicht mehr gesehen haben, wie Kartoffelstauden verrotten, kommen nicht weniger auf ihre Kosten, als der nach Raritäten und Neuheiten Ausschau haltende botanisch Versierte. Alte Frauen feiern ein Wiedersehen mit Huflattich und Stangenbohnengerüst ihrer Kindheit, japanische Väter zeigen ihrem Nachwuchs die Vegetation der fernen Heimat.

Das Geheimnis muß in der empfindlich ausgewogenen Mischung liegen, die das Öde des Ideologischen wie des Repräsentativen meidet. Sie färbt auf die Besucher ab! Zwar gibt es zweimal im Jahr eine Pflanzenbörse (ich selbst habe viele Gewächse von dort), aber der sonst so notorische Drang zum Event und Touristischen fehlt fast ganz. Der dilettantische Bewunderer wird zum Eingeweihten, seine Betrachtungsweise eine interessierte, annähernd professionelle. Man beobachtet das selbst an den Kindern. Sie müssen nicht ausgetüftelt unterhalten werden. Sie entdecken. Mit etwas inszenatorischem Geschick reicht dafür die Natur ohne Zubehör. Die Kleinen dürfen erwachsen sein, die Erwachsenen kindlich.

Im Botanischen Garten von Palermo kam Goethe die Idee zur Urpflanze, zum »geheimen Gesetz«, nach dem sich alle Pflanzen aus einem Ursprungsmodell entwickeln ließen. Vor kurzem erläuterte Carsten Schirarend, wissenschaftlicher Leiter der Anlage, in einem Vortrag die notwendige Umstellung von der morphologisch orientierten evolutionären Systemdarstellung zur molekularen. Viele Genetiker, meinte er nebenbei, würden die Pflanze, an der sie forschen, gar nicht mehr als Ganze kennen. Und die Studenten? Sie drängen ins Labor, nichts ins Freie.

Umso wichtiger sind, damit die florale Außengestalt im Blickfeld bleibt, die ehrenamtlichen Helfer, zarte Frauen, die schwere Schubkarren schieben, rüstige Männer, die zum unentgeltlichen Jäten auf den Knien liegen. Ihr eigener, erträumter oder aufgegebener Garten ist in diesen großen eingeschmolzen.

Bereits 1810 ließ der weitgereiste Johannes Flügge einen der innerstädtischen Privatgärten zum ersten Botanischen Garten umbauen. Dafür gründete er eine Aktiengesellschaft. 1821 folgte mit dem berühmten »Planten un Blomen« der erste Botanische Garten der Universität als eine der ältesten öffentlichen Einrichtungen der Stadt überhaupt, gleichermaßen wissenschaftlicher Forschung wie der Freude des Volkes gewidmet.

»Die Anlagen werden dem Schutze des Publikums empfohlen«, heißt es in einer Besuchervorschrift von 1866. Als aus Spargründen der Botanische Garten, 1979 nach Klein Flottbek umgezogen, mit großer Geste geschlossen zu werden drohte, lief das Publikum von 2011 einhellig Sturm und hatte endlich einmal bei einem Bürgerprotest, zumindest durfte es sich das einbilden, Erfolg.

So triumphiert diskret, was einst auf den kaiserlichen Landgütern Karls des Großen begann, auch 2012 ff als Hamburgs schönstes Beispiel leibhaftiger Demokratie.

Landschaft ist nicht Natur

»Erkenne dich im Bilde / Von jener Flur! / Sei stets, wie dies Gefilde, / Schön durch Natur; / Erwünschter als der Morgen, / Hold wie sein Strahl; / So frei von Stolz und Sorgen / Wie dieses Tal.«

Das ist zweifellos ansteckend schwungvoll gesagt, trotzdem häufen sich in der Schlußstrophe des barocken Morgengrußes Friedrich von Hagedorns die Irrtümer. Weder ist die Natur von sich aus »schön«, noch dürfte das Tal, in dem es genau wie anderswo um den Überlebenskampf seiner floralen und faunischen Bewohner geht, auch nur eine Sekunde lang frei von Rivalität und Angst sein. Vor allem fragt sich, wer das angeblich erkenntnisspendende Trugbild denn geschaffen hat. Das war doch wohl derjenige selbst, der nun aus seinen eigenen Projektionen Aufschluß über sich gewinnen will.

Der Pflanzenökologe Hansjörg Küster spürt in seinem neuen Werk einer folgenreichen Begriffsunschärfe nach. Es ist die Gleichsetzung von Landschaft mit Natur. Wie, noch vor der Landwirtschaft, die Erosion hauptsächliche und faszinierende Umgestaltungskraft der Erdoberfläche ist, so läßt sich die Wirkung dieses höchst lehrreichen und provozierenden (Be-)Gründungsmanifests für eine neue Wissenschaft als ähnlich erodierende beschreiben. Man geht aus ihm anders heraus als hinein, »Naturlandschaft«? »Kulturlandschaft«? Auf Schritt und Tritt sieht man sich ertappt beim eigenen gedankenlosen Wortgebrauch und Einsatz von Schablonen.

Unbemerkt ideologisch prägten sie offenbar bisher Betrachtung, Verständnis von, auch Verständigung über jenen Gegenstand, den Küster beharrlich mit immer neuen Benennungen als ein Zusammenwirken der drei Faktoren Natur, Kultur (im Sinne von Nutzung) und Interpretation identifiziert.

»Fehlschluß«, »Mißdeutung«, »Illusion«, »Fiktion«, »falsche Vorstellung«, »entgegen älteren Ansichten«: Der Autor nimmt gegenüber Laien, Naturschützern und Wissenschaftlern kein Blatt vor den Mund. Manchmal streift er auf seinem Parcours Bruchstücke unseres verbliebenen heimatkundlichen Schulwissens, um es dann zu konterkarieren. Bekanntlich ist die »originäre« Heide in hohem Maße ein künstliches, touristisch als pittoresk vermarktetes Areal. Aber nur Fachleute ahnen die Kosten ihrer Konservierung aufgrund der nachdrängenden natürlichen Sukzession, ähnlich dem Erhalt der Ruinengestalt des Heidelberger Schlosses. Sie muß aufwendiger betrieben werden als die Pflege der Kunst-Natur eines Parks. Das wäre bei allzu ehrgeizigen Renaturierungsplänen von vornherein zu bedenken, anstatt erst zu roden und dann resigniert die Birken hochschießen zu lassen.

Es hagelt Verrisse, wenn es sich darum handelt, zwei weit verbreitete, folgenreiche Kardinalfehler unter die Lupe zu nehmen, in denen sich allerdings sehr tief verankerte, womöglich unausrottbare menschliche Sehnsüchte artikulieren. Es sind die nach Unberührtheit und Dauer, nach jungfräulicher Wildnis und Ewigkeit. Küsters Buch treibt dem Publikum den Glauben aus, Landschaft sei jemals etwas Ursprüngliches gewesen und, zweitens, zu irgendeinem Zeitpunkt statisch.

Nüchtern, in konkreten Beispielen, die von liebgewordenen, alles Landschaftliche betreffenden Illusionen über Bauerngärten bis zu denen über Biodiversität reichen, demontiert der Autor, und das besonders nachdrücklich, auch unser Bild dessen, was uns durch Erlebnis, Malerei und Literatur speziell in Deutschland heilig ist: die Idee vom undurchdringlichen Wald des Nordens, der angeblich die Germanen für die Römer unbesiegbar machte. Die auf Tacitus zurückzuführenden Phantasien verliehen dem deutschen Wald den düsteren Zauber, die bis heute nicht ganz verschlissene Aura einer hoheitsvollen, urwüchsigen Instanz. Sehr viel später, im Jahrhundert der Industrialisierung, bewahrte sie dem Freiherrn von Eichendorff, Romantiker und Realist im Staatsdienst, als Erinnerungsvision das Herz vor dem Altern.

Schon die Schwedin Kerstin Ekman hatte in ihrem ausschweifenden Buch über den europäischen Wald (2007/8) en passant mit einigen diesbezüglichen Verkehrtheiten und Wunschvorstellungen aufgeräumt. Der Universitätsprofessor Küster arbeitet systematischer. Er liefert einen zielgerichtet straffen, allgemeinverständlichen Lehrgang zu biologisch-kulturellen Entwicklungen und zugleich eine permanente Kritik an gehätschelten, kolportierten Mythen.

Man erfährt von den in unentwegter zyklischer Bewegung befindlichen Wachstumsstadien des Waldes, von der per Pollenanalyse nachweisbaren Vegetationsabfolge vorherrschender Baumarten und dem regelmäßig stattfindenden Ökosystemwandel, ergänzt durch Informationen darüber, daß gerade die zunehmenden Wälder nach der letzten Eiszeit indirekt eine Ernährungskrise auslösten, weil die großen Säugetiere unter den hohen Bäumen keine Pflanzen zum Fressen mehr fanden, abwanderten und den Jägern die Beute ausging, während die später in der Malerei so beliebten Hudewälder ihre anmutige Lichtheit dem darin weidenden Vieh verdankten. Staunend liest man, daß die für Mitteleuropa so erz- und urtypischen Buchenwälder erst durch menschlichen Einfluß an Bedeutung gewannen und wie, ganz gegen die Legende, durch die industrielle Revolution der Verbrauch an Holz abnahm und stattdessen stärker und professioneller aufgeforstet wurde. (Das heißt aber doch wohl auch Monokultur mit Anfälligkeit für Schädlingsinvasion und Orkan?)

Was das Buch zur Veränderlichkeit von Küsten und Karst, Rotbuchenbiotop, urtümlichem und modernem Acker- und Weideland darlegt, muß nicht in allen Details behalten werden, aber eins ist sicher: Da alles unter dem unbestechlichen Gesetz und Zentralgestirn des Wandels steht, dem Aspekt einer Dynamik, der jede Behauptung von Endgültigkeit und starrem Urzustand als Täuschung abweist, überträgt sich der Eindruck eines unaufhörlichen, nie stillstehenden Werdens, eines Fließens, sich Auflösens und Neu-Bildens landschaftlicher Formationen durch Einwirken von Natur und Mensch. Die Landschaft, die wir sehen, zu der auch immer ihre immaterielle Interpretation gehört, ist nur eine Momentaufnahme in einer ununterbrochenen Abfolge von Zuständen, in einem pausenlosen Gewitter von natürlichen und menschlichen Einwirkungen. Peu à peu überträgt sich dieser Eindruck auf das Gefühl, geht gesamtkörperlich über ins Sensorium des Lesenden. Erosion bedeutet eben nicht allein Zerstörung. Sie ist auch Gestaltungsenergie. Eine neue, wissenschaftliche Erkenntnisse einbeziehende, von Nostalgie befreite Empfindung gegenüber Landschaften springt hier als Gewinn für den Dilettanten heraus.

Teilweise Dilettanten sind, angesichts eines so komplexen, genuin interdisziplinären Objekts, auch Natur- wie Geisteswissenschaftler, Philologen wie heimatkundlich versierte

Landbewohner und deshalb auf gegenseitige Unterstützung angewiesen. Am aufregendsten kommt das in einem Kapitel über die Nicht-Kongruenz von Darstellungen mit ihrem Original zum Ausdruck, die aber als Karte, Gemälde, als Metapher (»tropischer Regenwald«, »alpine Vegetation«) unsere Vorstellung prägen und so auf Maßnahmen gegenüber der handgreiflichen Realität zurückwirken. Die wissenschaftliche Typisierung von Landschaften und die Begriffe, die zu ihrer Interpretation benutzt werden, dürfen nicht mit dem materiell und individuell Existierenden verwechselt werden, beispielsweise nicht die Darstellung einer Küstenlinie mit dem tatsächlichen, zwischen Ebbe und Flut schwankenden Verlauf.

Landschaft ist längst zum hochbrisanten Thema geworden. Aus der sanften Idee der schönen Natur wurde die plakative einer kaputten Umwelt. Zerstörung von Naturschutzgebieten zur Ausbeutung von Rohstoffen mit dem meist unseriösen Köder der Schaffung von Arbeitsplätzen, Holzindustrie versus Nationalparkbefürworter, immer stärker verbaute Flüsse zur Stromgewinnung, Reduzierung der Vielfalt von Tieren und Vegetation durch täglich zunehmende Betonierung von Land, ungebremste Intensivierung der Landwirtschaft bis hin zu den globalen Veränderungen: Sollte sich trotz der zahlreichen Infragestellungen und Relativierungen des stets abwägenden Ökologen Küster da denn gar keine kämpferische Parteilichkeit zeigen?

Er verfährt hier ähnlich wie in seinem Elbe-Buch von 2007. Als Feind von Ideologie, Schlagwörtern und naiv grünen Reflexen erörtert er dort scheinbar leidenschaftslos Geschichte und Fakten, um dann die Vermeidbarkeit der Katastrophen des Elbhochwassers von 2002 Punkt für Punkt darzulegen.

Ebenso gibt er, bei allem Verständnis für die Ambitionen der Hafenstadt Hamburg, klar zu erkennen, daß die anstehende Elbvertiefung nicht nur ein schwerer Fehler gegenüber der Uferfauna und -flora sein wird, sondern auch angesichts eines letzten Endes nicht zu gewinnenden Kampfes gegen die Gesetze des Flusses. Sein Anliegen ist statt eines Schlagabtausches nicht überprüfter Parolen das Finden von Lösungen durch differenzierte Argumentation auf der Basis fundierten Wissens. Das aber konstatiert er weder a priori bei den glühenden Naturliebhabern, noch bei der naturgemäß auf Gewinnmaximierung zielenden Industrie, nicht bei den Politikern und nicht bei Vertretern der konventionellen Wissenschaften.

Die Landschaftswissenschaft, deren Arbeitsweise der Autor am Beispiel der Deutung eines Fotos von der Sächsischen Schweiz bei Rathen veranschaulicht, böte ihnen allen die informationsgesättigte Hilfe der Vorurteilslosigkeit. Zumindest den Vernünftigen, den prinzipiell Gutwilligen und – hoffentlich – Einflußreichen! Küster definiert seine Wissenschaft als »plausible Zusammenschau von Einzelergebnissen durch das Erkennen von Evidenzen, verbunden mit der dazugehörigen übergreifenden Reflexion«.

Gegen Schluß wird das Buch zum nachdrücklich aufs Handeln bezogenen Appell. Landschaft dürfe nicht pauschal gesehen, sie müsse als Kulturgut in ihrer jeweiligen historischen und momentanen Einmaligkeit erkannt werden. Dabei sei ein »verantwortungsvoller Umgang« mit ihr, so Küster, jedoch auf divergierenden Wegen denkbar. Die mögen auf Anhieb nicht jedem gefallen.

Wirklich für Landschaft »begeistern«, wie Küster es wünscht, können wir uns allerdings nur über eine ästhetische Betrachtungsweise. Noch das kleinste, un-arkadische Idyll, die gehegteste Wildnis entfaltet im nicht-rationalen Licht des schönen Scheins die Kraft der Utopie. Ein durch die Lektüre des Buches produktiv erweitertes, revidiertes Wissen darf keinesfalls das Richtige für das allein Wahre halten.

Das »Wahre« im menschlichen Verhältnis zur Landschaft blitzt auf in den Werken der Kunst. Aus ihrer Gegenwart heraus haben sie, bis hin zu Heiner Altmeppens großformatigem Acrylgemälde *Deutsche Landschaft* (1998), aus Wald, Berg, Fluß, Geruch, Licht und Erinnerung mythische Verkörperungen, Halluzinationen und Epiphanien des Unvergänglichen geschaffen und bieten als sehnsüchtige Imaginationen dem Vorwurf, sachlich zu irren, Paroli bis auf den heutigen Tag.

Herr Hagenbeck hirtet

Gespräche vor dem Gemälde Die Erschaffung der Tiere *aus Meister Bertrams Grabower Altar in der Hamburger Kunsthalle. Zu Anfang Tierstimmen: lebhafte Unterhaltung in Tierlauten. Bei sich nähernden schnellen Schritten abruptes Verstummen der Tiere.*

ER *(noch im Gehen)*: Das Aparteste zum Schluß, Liebling. Als Allerletztes, auch wenn es sich um den Anfang der Welt handelt.

SIE *(erfreut)*: Bertram! Natürlich! Der berühmte Bertram.

ER: Kluges Kind! Von wann?

SIE: 14. Jahrhundert?

ER: Sehr brav! 14. Jahrhundert. Bertrams sogenannter Grabower Altar. Meister Bertram, der hier in Hamburg eine Werkstatt hatte, Schnitzereien, Restaurieren, alles Mögliche, Maler und Handwerker, als wandernder Geselle viel gereist, vielleicht sogar bis Rom als Pilger.

SIE: So sieht der Altar also in Wirklichkeit aus, golden bis dorthinaus! Mein Vater hat mir davon erzählt. Ich hab's bisher noch nicht hingekriegt mal herzukommen. Er geht hier meist am Goldenen Freitag hin, morgen sicher wieder, der alte Adam, *(kichert)* vermutlich mit irgendeiner alten Eva. Kostet bloß zehn Euro für Senioren, sagt er, Kaffee und Kuchen inklusive. Ich glaube, er kommt jedesmal nur bis zu dieser Stelle. Ist inzwischen achtzig. *(weicher)* Da sitzt er dann auf einem dieser Leihstühlchen und sieht stundenlang die *Erschaffung der Welt* an, der liebe krumme Mann.

ER: Warum kauft sich der Gute keine Dauerkarte?

SIE *(leicht gereizt)*: Damit es keine Routine wird. Ich habe den »Guten« allerdings nicht gefragt. Und du, du hast das hier des Effekts wegen und gegen den geschichtlichen Uhrzeigersinn bis dreißig Minuten vor Kunsthallenschließung reserviert?

ER: Speziell die *Erschaffung der Tiere.* Du hast mich natürlich durchschaut.

SIE *(überrascht)*: Sein Lieblingsbild! Ich dachte, es wäre riesig, dabei ist es wohl nur eine kleine Szene unter vielen hier. Ich habe sie in dem bunten Getümmel noch nicht rausgefunden.

ER: Dort oben! Da, vierundzwanzig Bilder in vier Blöcken à sechs, jeweils drei oben und drei unten. Die fünfte Tafel von oben links ist es, aus der Genesis, zwischen den Pflanzen und den Menschen. Von den sechs Welterschaffungsbildern das gelungenste. Flora und Fauna liegen dir doch, liegen dir, wie manche Menschen dir liegen, wie ich zum Beispiel. Und der Sündenfall, höhö, will ich hoffen, nicht zu vergessen, der liegt dir auch, Schätzchen, der Sündenfall, die Sache mit dem Apfel, etwas weiter rechts.

SIE *(lacht leicht verärgert, weil er ihr, ahnt man, zu ostentativ in den Ausschnitt faßt)*: Nicht hier!

ER: Ist doch niemand da.

SIE: Doch. Ich spüre meinen Vater auf dem tragbaren Stühlchen sitzen. Originell, wie die Tiere den jungen Gottvater umringen, als wäre er der gute Hirte! Dabei kam der Jesus doch erst später. Bertrams Gott ist nicht älter als dreißig, na, höchstens fünfunddreißig. Kein einziges graues Haar.

Kaum älter als seine Schöpfung. Es muß ja aber der alte Gottvater sein, wer sonst? Diesen Franziskus von, na, Avi... Antonius? Padua? Quatsch, Franz von Assisi, der den Vögeln predigt, den ...

ER: Lange vor Bertram von Giotto mit sehr viel realistischeren Tieren gemalt! Wie der zum Beispiel den Hahn präsentiert, nee, da kann unser gotischer Meister nicht konkurrieren. *(in vorerst nur leicht belehrendem Ton)* Gotik ist übrigens ursprünglich ein höhnischer Kampfbegriff. Vasari hat ihn erst im 16. Jahrhundert gebildet: Er dachte an Goten, Barbaren aus dem Norden, die Malerei der Sehnsüchtigen, die vom verfeinerten hellenistisch-hedonistischen Erbe im Gegensatz zu den Italienern keine Ahnung hatten.

SIE: ... und, wie hieß er noch, Ignatius, nein, Antonius, der zu den Fischen spricht, die beiden gab's ja damals noch gar nicht, damals herrschte der Anfang der Welt. Keinerlei ...

ER: Franziskus? Antonius? Als Mensch wäre der sakrale Typ in der Mitte genauso eine biologische Maschine wie die Tiere.

SIE: Schon wegen seiner Jugend hat er keine Ähnlichkeit mit den Senioren vom »Goldenen Freitag«, nehme ich an, dieser hier, der Gott, in seinem schönen roten Überwurf. Toll! Erkennst du die einzelnen Tiere? Erinnern an die Bremer Stadtmusikanten, vielleicht, weil sie so übereinanderstehen, derbe weg übereinandergestapelt. Ein Pfau, das soll wohl ein Pfau sein, Hahn und Schwan. Ob Bertram nur gemalt hat, was er vom Anblick aus seiner Umgebung kannte? Keine Exoten, nix Giraffen, nix Elefant.

ER: Die haben sich sowieso überlebt, der altfränkische Löwe, die zopfige Giraffe, unzeitgemäß wie Leviathan, Rhinozeros und leider die ganze Schöpfungschose. Aber was macht das hier schon! Fangen wir mal an, diesmal brav im Uhrzeigersinn. Schließlich sollen diese »Geschöpfe« alle was bedeuten. Und schon beginnt das Rätselraten. Da, rechts oben, zweimal der Stieglitz: Hinweis auf was? Auf die Passion, die Passion im Kostüm des Stieglitz, auch Distelfink genannt, der Pfau in Vertretung der Auferstehung, aber auch die leibhaftige Wollust, der Hahn.

SIE: Klar: Dreimaliger Verrat des Petrus.

ER: Hier wohl eher: Symbol für Christus als Ankündigung der Morgenröte, Schwan? Weiß ich nicht. Pferd? Da muß ich im Moment ebenfalls passen. Im Notfall ist immer der Jesus gemeint.

SIE: Sag mal, kennst du eigentlich den Witz mit Jesus und dem Eichhörnchen?

ER: Die vielen Fische, sehr unterschiedlich ...

SIE: Da wußte der Küstenbewohner Bertram Bescheid. Der Witz ...

ER: Ja ja, kenn ich. Hat einen Bart. Schwein und Bär müßten eigentlich für das Böse stehen, der Ochse für die Juden, der Esel für die Heiden. Ikonographisch ganz weit oben, absolut hochrangiges Pärchen, weil sie obligatorisch für Krippendarstellungen wurden. Aber wieso schon so früh, noch vor den Menschen?

SIE: Hat der Meister eben nicht so genau nachgerechnet.

ER: Nö, Anachronismus störte ihn nicht. Der Hirsch ...

SIE: Bestimmt wieder Christus.

ER: Und jetzt der Hammer: Wir sind doch noch im Paradies, aber schon beißt der Wolf unter den Augen deines sanften Gottes als junger Mann das trotzdem leicht grinsende Lamm oder Schaf in die Kehle.

SIE: Die »Wunden der Schöpfung«. Wenn ich das Spielchen mitmachen soll: Man darf es nicht wörtlich nehmen. Prophezeiung des Opfertods? Es steht ja schon fest, wie alles kommen wird *(freundlich leierndes Seufzen)*: von Ewigkeit zu Ewigkeit.

ER: Na gut, oben links geht's sowieso diesbezüglich durcheinander mit Iltis und Sünde, Weisheit und Eule, Betrug, Täuschung, Auferstehung und Fledermaus. Alles kann alles bedeuten. Nichts steht für sich allein und für sich selbst.

SIE: Immer die angeblichen Bedeutungen! Brauch ich nicht. Weg damit! Ich finde es, so wie es ist, im Augenschein insgesamt bäuerlich rührend, doch, sehr rührend und auch: anrührend, linkisch anrührend.

ER *(spöttisch)*: Wahrscheinlich obendrein berührend und aufrührerisch. Hauptsache, es wird tüchtig umgerührt!

SIE *(unbeirrt)*: Aufrührerisch? Meinetwegen: Aufrührerisch fromm, zum Weinen, weil es vorbei ist mit Bertrams Glauben und den Geschichten. So beneidenswert innig und fest dies alles hier, trotz der Ungeschicklichkeiten. Wie er die Tiere als Stellvertreter für die vielen anderen aufreiht, fast primitiv, ungeschlacht gemalt.

ER: Ganz im Gegensatz zur internationalen Mode des virtuosen Faltenwurfs. Den hat Bertram schon im Repertoire.

SIE *(zwischendurch leichtes Gerangel und Kichern wegen seiner Annäherungen)*: Aber die Tiere malt er wie ein Kind, einfach wie ein Mensch am Anfang seines Lebens Tiere malt, wie ein gerade geschaffener Mensch. Das macht sie so unschuldig. Paradiesisch fast. Vielleicht haben die Tiere für das innere Malerauge ... Hände weg, bitte ... im ersten Moment ihres Daseins noch so ausgesehen ... los, nimm die Hände von meinem Arsch, verdammt ... dem Schöpfer als schlichte Kinderzeichnung erst gerade aus der Hand gerutscht. Aus seiner zum Himmel weisenden Linken die Vögel. Aus seiner so freundlich zur Erde geneigten Rechten die Vierbeiner ... Herrgott, was wirst du auf einmal animalisch, ist das echt? Ich schrei gleich um Hilfe ... Zu seiner Linken warten die Geschöpfe noch steif, wie aus einem Musterbuch oder Katalog geschnitten, auf die Beseelung. Gott als Teig aus den Händen geflossen und dann nach der jeweiligen Vorlage, nach der von Gott gedachten Gestalt, ohne alle Umstände in den Kuchenförmchen erstarrt.

ER: Mit dem Problem des Vorher, Nachher und der Gleichzeitigkeit von Plan und Umsetzung, Idee und Schöpfung hat sich bereits Augustinus rumgeschlagen, Schatz.

SIE: Zu seiner Rechten sind sie verkehrter, ich meine: weniger naturgetreu, aber schon lebendig, vom Geist behaucht. Hätte Bertram das mit Absicht getan, wäre es doch geradezu raffiniert.

ER: Raffiniert? Fehlanzeige. *(dozierend)* Nun hör mal gut zu! Der war, noch jenseits von Heraldik, nur an den Symbolen interessiert. Der konnte und wollte nicht besser. Lies mal den Physiologus oder Aurelius Augustinus oder Konrad von Megenberg. Die Tiere sollten, sogar noch im Mittelalter, Einzelheiten, Charaktereigenschaften Gottes, der Welt und der Menschen darstellen. Das war überhaupt ihre einzige Existenzberechtigung. Basta! Und was speziell unsern Meister hier betrifft: Ein Spaßvogel hat geschrieben, er würde auf seinen Bildern plattdeutsch sprechen, Dialekt.

SIE: Pfui Teufel, du hast dich extra vorbereitet! Imponiert mir nicht, Herr Professor.

ER: Auch nicht, wenn ich dir verrate, daß der Scholastiker Duns Scotus allein den Menschen für geschaffen hielt und meinte, die Lasttiere seien nur Darstellungen der fünf Sinne des Menschen, mit denen er die Welt erkennt, während die wilden Tiere die blinden Triebe, Begierde, Zorn, Haß zur sichtbaren Ausformung brachten? Und Konrad von Megenberg sah im Wiederkäuen, beispielsweise der Rinder, ein verpflichtendes Vorbild für die Seele, Gottes Gebote wiederzukäuen und so, sagt er, »fett an göttlicher Gnade und trunken mit göttlicher Liebe« zu werden.

SIE: Aber die Tiere existierten doch, bevor der Mensch die Triebe überhaupt haben konnte, du lüsterner Intelligenzler.

ER: Danke! Übrigens sahen die ersten Tiere, wie du weißt, sowieso ganz anders aus. Die Dinosaurier sind schon vor 60 oder 66 Millionen Jahren ausgestorben und haben dann Platz für den nächsten Schub von Lebewesen gemacht. Die hatten mit diesen Wesen hier immer noch wenig Ähnlichkeit. Du mußt es als schönes, naives Märchenbild aus dem Mittelalter genießen. Ein letztes biblisches »Es war einmal«. Woanders war man mit dem Denken und der Malerei schon weiter. Auch wenn's immer wieder Rückfälle gab. Aber was hat dir denn dein Vater von dem Bild erzählt?

SIE: Daß er oft die Augen zumacht.

ER: Hm?

SIE: Daß er hier sitzt und die Erschaffung ansieht und dann eine Weile die Augen zumacht, um, wie er sagt, noch besser zu sehen. Ich verstehe das jetzt. Das prächtige goldene Glaubensgebäude umschließt ihn dann, mindestens zur Hälfte, und tut ihm gut.

ER: Tut den alten Knochen gut?

SIE *(trotzig)*: Seinem jungen Herzen.

ER *(lacht)*: Er macht die Augen zu? Das hat der gute Meister Bertram wahrlich nicht verdient. Aber mit 80 ist alles erlaubt. Und sonst? Was erzählt dein Pappa sonst von dem Bild?

SIE *(ihren Zorn unterdrückend)*: Daß er hier glücklich ist. Und beschützt. Er geht hierher, wenn es in seinem Kopf ist, als würde gleich ein Orkan losbrechen. Hier beruhigt er sich.

ER: Und weiter?

SIE *(zutraulich)*: Er beschreibt sich das Bild, vielleicht, um es auswendig zu lernen. Er wird irgendwann blind sein, sieht schon jetzt immer schlechter. Es hört sich so an, als würde er in der Gesellschaft dieser Tiere, solange er hier sitzt, in dem Gold leben, bei dem überraschend jungen Gottvater. Ich weiß nicht, ob er sich zurück in den biblischen Weltanfang träumt oder schon in etwas, von dem er glaubt, es könnte die Zukunft sein. Ein Reisealtärchen für die letzte Reise, dahin, wo die Tiere nicht Gleichnisse Gottes sind, sondern Gott selbst?

ER: Gerade fällt mir auf, wie gut dir dieser neue Lippenstift steht.

SIE *(abweisend, sehr nachdrücklich)*: Er hat nie beim Erzählen einfach gesagt: die verschiedenen Tiere.

ER: Herrje, nun kuck doch nicht so grimmig!

SIE *(halb lachend, halb erbittert)*: Es müssen unbedingt diese hier sein, auch wenn ich nie so genau hingehört habe bei seiner Aufzählung. Es kränkt ihn, wenn er eins vergißt, wenn er nicht auf den Namen kommt. Wie bei meiner Mutter früher, wenn ihr eine Gedichtzeile nicht einfiel. Sie ist dann nachts aufgestanden, um sie nachzulesen. Das Gold habe ich mir nach seinen Erzählungen *(zuerst suchend, stokkend)* wogender, schäumender vorgestellt, *(sich steigernd)* tosender, wüster, rauschender, brausender.

ER: So gretchenhaft drängst du zum Gold. Diese Neigung zum Pomp ist mir neu an dir, man lernt eben nie aus. Dann freu dich, daß Bertram seine plastischen Prototypen überhaupt noch auf leuchtende Folie setzte. Gotische Frömmigkeit, Bibelhörigkeit bis zum Anschlag. Bis es damit endgültig vorbei war. Leonardo war nur hundert Jahre später in seinen Tierstudien Jahrtausende weiter. *(immer schneller werdend)* Ab dem 16. Jahrhundert ging es los mit der Empirie, man wollte naturwissenschaftliche Erkenntnis, man sezierte, so, wie Montaigne furchtlos die Verästelungen der Seele erforschte, schleppte aus allen Teilen der Welt nie gesehene Exemplare herbei, Tiere und Pflanzen. Es begann die Zeit der großen Sammlungen präparierter Objekte, in denen die Maler Vorlagen fanden. Meist allerdings tote, ausgestopfte, aufgespießte, nachdem man sie erlegt hatte. Wer bewundert werden wollte, mußte vorher sterben: Auch eine Art von Auferstehung, nach längerer Schiffsreise, in einem anderen Kontinent. Hörst du zu?

SIE: Doch doch, ich frage mich nur ...

ER: Gleich bitte, es muß ein Gedanke auch mal zuendegedacht werden. Bitte nicht ständig unterbrechen, Darling, die vertreiben uns hier bald, schließen ab, die Anschauung ist weg und die Inspiration im Eimer. Wo war ich stehen geblieben?

SIE *(gereizt)*: Ob ich zuhöre, wolltest du wissen.

ER: Sehr berechtigt, die Mahnung von mir! *(im Rausch des Belehrens)* Auf die Allegorien folgten die Bestiarien, vor allem in England, dann die großen Enzyklopädien. Die Darstellung der Tiere wurde immer realitätsgetreuer. Von heute aus war das Allegorische und Gleichnishafte nur ein verzerrender Um- und Irrweg, Liebling. Immerhin waren die prähistorischen Wandzeichnungen aus den westeuropäischen Höhlen bereits vor 30 000 Jahren entstanden, so präzise und detailliert, daß du die Bisons usw. daraufhin nachzüchten könntest. Die Haltung bei den Bewegungsabläufen der Tiere ist so korrekt, daß man selbst im 19. Jahrhundert erst mit der Photographie diese Fehlerlosigkeit wieder erreichte.

SIE: Was Meister Bertram wohl zu solchen Steinzeit-Werken gesagt hätte!

ER: Das Jungpaläolithikum betraf ihn nicht. Das Christentum ...

SIE *(ironisch)*: Hat mal wieder alles vermasselt.

ER *(unwirsch)*: Hm? Was? Die Christen haben ihre Ideen durchgesetzt, die haben gar nicht hingesehen. Die glaubten noch im Mittelalter, getreu dem Physiologus, daß ein Luchs, sicherlich wieder ein verkleideter Jesus oder die göttliche Weisheit im irdischen Kleid, mit seinen scharfen Augen durch dicke Wände sehen kann.

SIE: Ich frage mich nur ...

ER: Und ich bitte nur! Bitte um etwas Geduld, ein Grämmchen Konzentration! Die Zeit rennt. Wir müssen das Bild doch ein bißchen einkreisen können, entwicklungsgeschichtlich einordnen, notdürftig verorten. Das sind wir ihm schuldig. Wenn dein Vater hier zum Nickerchen herkommt, sind wir es Bertram erst recht schuldig. Aufklärerische Wiedergutmachung. Natürlich konnte er nicht ahnen, daß die Evolution in Sprüngen und Katastrophen erfolgte, er ahnte nicht mal, daß es eine gab.

SIE: Für das »Nickerchen« müßte ich dir an die Gurgel gehen. Ist sie jetzt vorbei?

ER: Meine Rede?

SIE: Die Evolution. Ich frage mich nur ...

ER *(sie durch Lautstärke überdröhnend)*: Die erste, die seitens der Wissenschaft zum Beispiel die Insekten in ihrer natürlichen Umgebung, auf ihren Wirtspflanzen zeichnete, nicht wie dein Meister Bertram auf gemustertem Gold und isoliert im leeren Raum, das war, horcht auf, ihr Evas von der Frauenbewegung, Sybille Merian, die am Ende des 17. Jahrhunderts mit über fünfzig Jahren ... Warum grinst du?

SIE: Es ist mir nicht recht. Aber eben kam mir der Einfall, daß Gott mit den Tieren hier wie ein Varietékünstler jongliert.

ER: Nur mäßig komisch. Bitte hör mir zu. Oder sollen wir abbrechen?

SIE *(sanft)*: Sybille Merian, die mit über fünfzig Jahren ...

ER: ... nach Surinam reiste, auch Niederländisch-Guyana genannt, um dort Feldforschung zur Metamorphose der Insekten zu betreiben. Und das 1699! Danach war es aus mit Symbol und Allegorie. Jetzt kam es nur noch aufs genaue Hinsehen an.

SIE *(etwas tückisch)*: Ach? Ich dachte, sie hätte auch, im Sinn der holländischen Stilleben, Allegorien auf die Vergänglichkeit gemalt, Welken, Raupenfraß, Zerstörung der Pracht.

ER: Als Naturphänomen zunächst. Das andere sind Ambitionen der Kunst, die sie, zugegeben, nicht ganz ausschloß, aber auf dem Boden der Naturwissenschaft. Was sie darstellte, war, soweit sie es wissen konnte, entsprechend ihrem Ehrgeiz, immer richtig.

SIE: Und die Reklame? »Pack den Tiger in den Tank« und die Werbung von WWF, stereotyp mit kleinen Pandas und jungen Robben? Werden die nicht als Werbeträger für Industrie und Naturschutz gerade heute eingesetzt als Mythos einer unschuldigen Wildnis?

ER: Mich stört dein hinterhältiger Dauerton, Schatz.

SIE *(begütigend)*: Nun sieh doch nur, wie sich die Tiere zärtlich rechts und links an die nackten Gottesfüße drängen! Diese

Zutraulichkeit! Mein Vater sagt, daß er immer das Gefühl hat, wenn er hier aufbricht, er hätte nicht lange genug hingesehen. Ich kenne das vom Zoo, wo man die Tiere in ihren Gehegen nicht ausreichend würdigt, selbst wenn man eine ganze Weile bei ihnen stehen bleibt. Es genügt ja nie.

ER *(bemüht lustig)*: Aber uns sitzt die Zeit im Nacken, und du schweifst schon wieder ab.

SIE: Das stimmt. Mir fällt gerade ein, daß man Meister Bertram ansieht, wie schwierig für ihn das Erschaffen von Hahn und Stieglitz, von Pferd und Eule war. Man hört ihn noch ein bißchen ächzen, vor allem aber über jedes einzelne Exemplar in der Wirklichkeit, das er nachschaffen will, in tiefes Staunen, ja in Andacht versinken. Was mir auffällt: Von den Tieren auf dem Bild ist bisher noch keins von der Erdoberfläche verschwunden. Weder die Wandertaube, noch ein Schwarzfußiltis, noch der Auerochse ist dabei. Die nämlich sind verschollen, verlorengegangen, ausgestorben, ausgerottet, nicht mehr gesichtet. Das ist doch das Schicksal, auch das zukünftige, vor allem der großen Tiere.

ER *(noch brummig)*: Und das ebenso eherne wie sprunghafte Gesetz der Evolution. Allmähliche Entwicklungen und katastrophale Auslöschungen. Die Natur hatte dafür zunächst gar keine Menschen nötig.

SIE *(eifrig)*: Da fällt mir meine Frage ein ...

ER: Während du, mein Engel, Meister Bertram beim keuchenden Schaffen zuhörst, höre ich die Wärter schon mit den Schlüsseln rasseln.

SIE *(trotzig)*: Und wo sie noch in wenigen Exemplaren vorhanden sind, da müssen sie wie der Elfenbeinspecht streng geheim gehalten oder Tag und Nacht bewacht werden. Man sieht ein Bild mit der Erschaffung der Tiere, und was fällt einem ein? Ihre rasend fortschreitende Abschaffung. Gott versammelt die Überreste seiner Schöpfung um sich. Red jetzt bloß nichts daher von den paar Wanderfalken und Füchsen in den Großstädten! Trost für Einfaltspinsel!

ER: Ich sag's ja: Die Frau ist sprunghaft wie die Evolution. Letzter Versuch meinerseits *(trocken, im Kunsthistorikerstil)*: Der Grabower Altar von 1379, ursprünglich der gewaltige Hauptaltar der Hamburger Petrikirche, wurde zwischendurch größtenteils nach Grabow gegeben, und ist seit Anfang des 20. Jahrhunderts im Besitz der Hamburger Kunsthalle. Du summst ja! *(mit äußerst gekünstelter Geduld)* Hörst du mich?

SIE: Und ob. Allerdings ist mir meine Frage von vorhin wieder eingefallen.

ER: Ist ja gut! Ich laß mich nicht ärgern von dir. Zweimal geöffnet, zeigte der Altar vor der Zerlegung in zwei Stockwerken übereinander vierundvierzig vergoldete Holzfigürchen in Nischen: Propheten, Apostel, Märtyrer, Heilige. Allerlei geschnitztes Zubehör drumherum sowieso. Einmal aufgeklappt, wurden vierundzwanzig Gemälde zum Ablauf der Schöpfung und der Geschichten zu den Patriarchen und zu Jesus sichtbar. Was flötest du?

SIE: Du quatschst wie ein Fremdenführer. Merkwürdig, es ist mir bisher nie aufgefallen. Warum tust du das heute?

ER *(nach kleiner Pause, zuerst pikiert, dann sich allmählich in Rage redend)*: Ich sag's dir, Gnädigste, falls du dich nicht durch mein Gequassel belästigt fühlst! Man kann das nicht nur einfach anglotzen. Schön, dein Vater vielleicht, aber unsereins nicht mehr. Man muß eine Haltung einnehmen dazu. Das Bild, der ganze Altar ist eine geballte Ladung Glauben. Legendenglauben, sogar für landläufig Gläubige theologisch überholt, erst recht für uns Ungläubige. *(nachdenklich)* Kaum zu fassen, daß diese zugegeben machtvollen Anekdoten und Legenden überhaupt irgendwann einem Erwachsenen plausibel erschienen. Mit der Kühnheit, Gott überhaupt malen zu wollen, ging's los. Wo Nichts ist, sollte eine, noch dazu menschliche, Figur hin.

SIE: Falsch! Wo Alles ist, sollte zuerst ein Wort, dann eine kleine Figur das Unvorstellbare zusammenfassen. Das wollten die Maler bewerkstelligen, und es ist ihr Größenwahn, ihre Demut und ihre Kindlichkeit obendrein.

ER *(zwischendurch immer ihre protestierenden Stöckelschuhschritte, mal schwächer, mal aufstampfend und in Intervallen leises Flöten bekannter Opernarien)*: Es soll noch heute Leute geben, die sich das in der Kirche anhören. Zu Ostern die gesamte Genesisoper. Vielleicht wegen der schönen Sprache. Die bleibt ja schön, wie dieses Bild hier schön bleibt, und das Ganze ist von großer Wucht, ein rührender Unfug, das schon, das empfindet jeder, der davor steht, aber gerade das ist das Provozierende. Spürst du das denn nicht? Ich finde es scheußlich, wenn sich hier aufgeklärte Leute hinstellen und auf schummrige Weise ein bißchen rückfällig, ein bißchen beduselt fromm sein wollen. Fünf-Minuten-Imbiß, serviert wird heilige Naivität. Besäuseln und Besaufen am Goldgrund gotischer Gläubigkeit. »Worte des lebendigen Gottes«? Trotz Bertrams unbezweifelbar redlicher Empfindung, an der man sich ein Weilchen Hände und Füße wärmen kann: Es wird etwas vorgespiegelt, was selbst die gewitzteren unter den Kleinen von heute nicht für bare Münze nehmen. Die fahren dir wie aus der Pistole geschossen mit der genetischen Übereinstimmung zwischen Mensch und Schimpanse von fast siebenundneunzig Prozent übers Maul und tun's nicht mehr unter Genom und DNS. Nun laß doch das doofe Gepfeife! Das hier ist Museum hoch zwei, Fantasy, aber eben nicht als Fantasy gedacht, es sind alte Menschheitsphantasien und ein für alle Mal vom Fenster und Tisch. *(immer heftiger und lauter)* Der Widerspruch läßt sich nicht leugnen, der Stachel, daß diese Ammenmärchen, ersonnen vom Menschen, dem mißratenen Tier, der untüchtigen Maschine, so innig als Wahrheit empfunden wurden, sogar meisterliche Bilderbuchmalerei hervorriefen und daß andererseits alles so rundum ein infantiler Patzer ist und mit keiner Wahrheit unserer heutigen Welt in Verbindung zu bringen. Frühe Landkarten sind da bei aller Abstrusität noch leichter zu verkraften. Die stimmen wenigstens im Ansatz, weil die Realität erkundet werden sollte. Nee, nee, was du hier siehst, ist nicht Gott, sondern der Mensch im Kreis seiner Verwandtschaft, als deren Schöpfer und Beherrscher er sich aufspielt. Hör endlich mit dem Geflöte auf. Das ist ja wie ein Nervenzucken bei dir!

SIE: Ja sicher, sofort.

ER *(noch steifer)*: Die einen wie die anderen sind symbolisierungsfähig und zu differenzierten Leistungen fähig, das wissen wir inzwischen hundertprozentig. Trotz der animalischen Traulichkeit, bei interessanter Bildkonstruktion sowieso, basiert auch dieses Gemälde, so, wie es von Bertram gemeint ist, man darf es ihm aber nicht ankreiden, auf der jüdisch-christlichen Zoophobie. Und doch gilt, recht betrachtet, triumphal und irreversibel: An die Stelle der Bibelwahrheit ist draußen gottlob die Wissenschaft und hier drinnen, ebenfalls gottlob, die Kunst getreten.

SIE *(geistesabwesend)*: Der große Pan ist tot?

ER: Mausetot. Aber wir haben ja die Kunst.

SIE *(geistesabwesend, scheinbar zusammenhangslos)*: Wieso? Wenn die Tiere doch meist Christus darstellen? Diese Ehre widerfährt keinem Menschen, außer Jesus, der Gott darstellt.

ER: Du hast einen Krümel Schokoladentorte im rechten Mundwinkel.

SIE: Ich weiß jetzt wieder, was ich fragen wollte, und darf es vielleicht endlich sagen: Wie heißt die Stelle in der Bibel eigentlich genau?

ER: Der Text zum Bild? Ja, Gott nochmal, der genaue Wortlaut? Kommt auch auf die Übersetzung an.

SIE: Sag einfach das, was du gelernt hast.

ER: Du hast doch gehört, der exakte Wortlaut ist mir nicht mehr geläufig, ist auch unwichtig. Es geht ums Prinzip, Herrgott nochmal. Was soll da dämliche Erbsenzählerei. Bitteschön, die Wärterin klappt schon den kleinen Modellaltar zu, ganz so, wie man in der Kneipe als Zeichen die Stühle auf den Tisch stellt.

SIE *(ernst, aber unsicher)*: Am nächsten Tag schuf Gott die Tiere. Auf keinem anderen Bild wirkt er so liebenswürdig, ja zärtlich wie auf diesem.

ER: Am fünften Tag. Freitag? Die ganze Fauna ruckhaft auf Anpfiff ins Dasein und mit allen Mitgliedern auf den jeweiligen Platz gesprungen, und wir sagen Amen dazu? Am goldenen Freitag der Senioren?

SIE: Mit anderen Worten, du hast keine Ahnung. Ich leider auch nicht. Hat er nicht die großen Walfische schon zwischen Morgen und Abend des vierten Tages gemacht und den Löwen, wird der Löwe genannt oder ist er nur ein »Tier nach seiner Art« vom fünften Tag?

ER: Ist doch wurscht, Kindchen. Selbst für dieses Gemälde ist es egal. So wie es gleichgültig ist, ob das da rechts unten ein Hai oder ein Delphin oder tatsächlich ein Walfisch sein soll.

SIE: Unwichtig? Es stammt aus dem legendären ersten Buch des Moses!

ER: Den Anfang kann ich auswendig: »Im Anfang schuf Gott Himmel und Erde«. Unabhängig vom Sinn sind das wunderbare Worte, Worte wie ein dröhnender Glockenklang. Keuscheste Orgelmusik. Ich bin kein Banause. Ich ehre die gewaltige Sprache, ich ehre die großen Künstler, die all diese Bibelgeschichten, die ohne sie längst vergessen wären, auf das Herrlichste bebildert und weiter ausgemalt haben. Genügt das nicht? So, wir werden rausgeschmissen. Es naht der Engel der Vertreibung mit dem Schlüsselbund. Glaub mir, es muß uns genügen. Wir haben keine Wahl, und ich will auch gar keine.

Schließungsgong.

SIE *(für sich, leise)*: Genau einundzwanzig Uhr. Ich glaube was anderes, nämlich daß ich lieber mit meinem Vater als mit dir hierhergegangen wäre. Man sieht, wie die Menschen in all diesen Szenen, bei gerunzelter Stirn, angestrengt versuchen, etwas zu begreifen. Sie machen sich einen Reim auf ihre dunkle Herkunft. Jedes einzelne Bild sagt: So könnte es gewesen sein! Oder: Laß es so gewesen sein, Gott, damit wir dich verstehen.

Während sich ihre Schritte entfernen:

ER *(immer mehr aus der Entfernung, dann schon im Treppenhaus verhallend, vor sich hin dozierend)*: Wie schon erwähnt, der antike Augustinus hat sich in seinen *Bekenntnissen* ausführlich mit der Schöpfungsgeschichte befaßt, so, wie sie in der Bibel steht. Er war klug genug, seinem Intellekt einen, gemessen an der damaligen Zeit, verdammt listigen Ausweg zu finden. Für ihn sind das kriechende Getier und die Vögel, wenn ich mich nicht täusche, »sinnliche Sakramente«. Er macht aus der ganzen Sache ein transzendentes, tranzendentales Gespinst, theologische Philosophie. Die Genesis, nicht wörtlich genommen, sondern als funkelndes Interpretationsjuwel, und das schon im 5. Jahrhundert nach unserer Zeitrechnung! Tausend Jahre vor diesem Bild. *(das letzte aus großer Distanz, aber noch so eben verständlich)* Von heute aus ehrenwerter Humbug, natürlich.

SIE *(folgt langsam, dabei nachdenklich, mit Trauer für sich wiederholend)*: Jedes einzelne Bild sagt: So könnte es in etwa gewesen sein.

STIMME *(verschwörerisch)*: Ducks!

SIE: Wie bitte?

STIMME: Ducks!

SIE: Ducks? Irgendwoher kenne ich das ... Oder, sagt jedes einzelne Bild: Laß es so gewesen sein, Gott, damit wir dich verstehen. Jedes Bild sagt es, erst recht die »Erschaffung der Tiere«. Wie sie ausgeschwärmt sind von der göttlichen Zentralgestalt und sich um sie versammeln! – *(stockend)* Heißt es nicht irgendwo: »Ducks, sagten die Tiere«? Aber wo? Grimms Märchen? Viel lieber als mit dem da wäre ich mit meinem alten Vater hier. *(auch ihre Schritte verhallen).*

Tierstimmen wie am Anfang, nur leise, zögernd zunächst, allmählich dann in menschliches Sprechen übergehend. Das Sprechen der Tiere klingt zu Beginn der Bibelzitate jämmerlich, beinahe schluchzend, wird dann immer fester, schließlich triumphierend.

ESEL *(flüsternd)*: Ducks! Pferd, Eule, Wolf! Sie sind weg.

PFERD *(flüsternd)*: Sie sind weg. Kommt raus.

Hahnenkrähen.

WOLF: Nicht gleich so laut, Angeber!

SCHWAN: Sie wußten nicht mal unsere Erschaffung auswendig, unsere wunderschöne Erschaffung, nachdem es die Sterne gab und Licht und Finsternis und Tag und Nacht. »Und Gott sprach: Es wimmle das Wasser von lebendigem Getier und Vögel sollen fliegen auf Erden unter den Festen des Himmels.«

WOLF *(mit Würde)*: »Und Gott schuf große Walfische und alles Getier, das da lebt und webt, davon das Wasser wimmelt, ein jedes nach seiner Art.«

SCHWAN: »... und alle gefiederten Vögel, einen jeden nach seiner Art. Und Gott sah, daß es gut war. Und Gott segnete sie und sprach. Seid fruchtbar und mehret euch und erfüllet das Wasser im Meer«

FLEDERMAUS: »... und die Vögel sollen sich mehren auf Erden.«

EULE: »Da ward aus Abend und Morgen der fünfte Tag. Und Gott sprach: Die Erde bringe hervor lebendiges Getier, ein jedes nach seiner Art: Vieh, Gewürm und Tiere des Feldes, ein jedes nach seiner Art. Und es geschah so.«

VIELE UNTERSCHIEDLICHE STIMMEN *(es muß dissonant, aber stolz klingen)*: »Und Gott machte die Tiere des Feldes, ein jedes nach seiner Art und alles Gewürm des Erdbodens nach seiner Art. Und Gott sah, daß es gut war.«

SCHWAN: Sogar die Maler, unsere Freunde von Anfang an, wollte dieser Kerl aufwiegeln, wollte sie frech gegen Gott ausspielen, gegen den großen Gott, der unser Freund ist, da wir doch die beständigen Säulen der Wirklichkeit sind.

ALLE *(dissonant und prahlend)*: Der unser Freund ist seit unserm Anbeginn, als noch kein Mensch an den Menschen dachte, als wir in Gottes Handhöhlungen ein- und ausgingen, ihn umschwirrten in Gestöber und Schwärmen, ihn umzwitscherten und umflossen, uns ohne Ende veränderten, um der unendlichen Phantasie und der Farbflecken, der Streifen, Punkte und des ewigen Metabolismus willen. Und jederzeit das Geschöpf schlechthin.

SCHWAN: Bis sie uns das Paradies nahmen.

WOLF: Richtig, Schwan Gottlieb. Bis Gott diesen einen, seinen einzigen Irrtum beging.

ESEL: Genau, Wolf Isegrimm. Bis das törichte Paradiespärchen uns doppelt ins Verderben stieß! Bis wir nämlich erstens übereinander herfielen – wir Esel, wir Störrischen, Duldsamen allerdings nicht – und zweitens die Menschen über uns.

Wütende Pfauenschreie.

PFERD: Und drittens die Menschen übereinander.

WOLF: Das kann uns egal sein, Pferd Fallada.

SCHWAN: Das kann uns nur recht sein!

PFERD: Eben nicht, Schwan! Denkt an unser Stöhnen und Wiehern, an unser Verbluten auf den Schlachtfeldern, wo sie uns zerschlitzen und zerhauen und uns keiner hilft und wo keiner von uns hinwollte, in ihre fürchterlichen Kriege, in die man uns Unschuldige ohne Erbarmen trieb.

ESEL: Das muß seine Tochter gewesen sein, eben!

WOLF: Gottes einziger Fehler: Der Mensch, der kein Gott ist, kein Engel, kein Tier, keine Pflanze, kein Stein.

ESEL: Muß seine Tochter gewesen sein. Unsympathischer als unser alter Freund, aber viel sympathischer als der gelehrte Schnösel, eine Art Liebhaber wohl.

WOLF *(philosophisch)*: Der Mensch. Mißraten in jeder Disziplin.

ESEL: Auch die Kleine von eben?

WOLF *(streng)*: Esel Balthasar! Merk dir: Wir sind die Tiere des Anfangs und zugleich Stellvertreter der Tiere, die wissenschaftlich vor uns waren und nach uns kommen. Wir haben das Publikum hier schweigend seit über hundert Jahren studiert. Wir lassen uns nicht täuschen von ihnen, wenn sie, die Massenschlächter und Vivisekteure, in Kunsthallen, mit Ermäßigung oder nicht, immer kostenlos, in jedem Fall kurzfristig, bessere Wesen sein möchten, zu sein wünschen. Hahahaha!

ESEL: Und der treue Alte auf dem Stuhl, Wolf Isegrimm?

WOLF *(etwas unsicher, kurz aus dem Konzept gebracht)*: Der ist ja kaum noch von ihrer Welt, der ist schon zum großen Teil zu uns übergewechselt ins ewige Gold.

EULE: Auch die Kinder ...

WOLF: ... geborene Tierquäler ...

EULE: Wenn sie schlafen, sehen sie aus wie wir. Wenn die Erwachsenen schlafen, sehen sie wie ihre Kinder aus.

FLEDERMAUS *(mit der Eule zusammen)*: Wir, Eule und Fledermaus, Minerva und Dracula, haben es durch ihre Fenster gesehen. Die Menschen klammern sich an ihr Oberbett oder an den Körper, der bei ihnen schläft, genauso, wie sich die Kinder an ihre Stofftiere klammern. Wir Tiere sind der Trost, erster und letzter Trost in ihrem Leben, der einzige verständige Freund der Alten und Kinder sind wir.

WOLF: Uns hilft das nicht. Und sie – wird es nicht retten.

EULE: Allein wir Tiere leben im ewigen Gold. Wir sind die schönsten und die, die außer Sonne und Mond Gottvater am nächsten sind.

WOLF: Bist du blind, Eule Minerva? Alle hier leben im Gold, Sündenfall, Brudermord, Abrahams Opfer, Tötung der Säuglinge, Flucht nach Ägypten. Alles, alles auf Goldgrund. Das war damals üblich. Nichts Besonderes. Es besagt nichts Gutes an sich.

ESEL: Doch, Bruder Wolf. Nämlich daß wir Tiere so wichtig sind wie die Menschengeschichten. Gerade aber weil wir ihre Sprache nicht sprechen, sind wir ... Poesie.

WOLF: Mit der Erfindung der Sprache, dieser hinterlistigen Verständigung, fing das Ausrotten durch den Menschen an.

Pfauenschreie, Krähen des Hahns.

SCHWAN: Still! Vergeßt ihr, was der alte Mann zu uns gesagt hat? Gott verbirgt sich in den menschlichen Geschichten wie in dem schwachen Kind. Man sieht es den Geschichten und dem Säugling aber nicht so einfach an. Daher das Gold. Damit man das Heilige nicht vergißt.

WOLF: So? Und warum versteckt er sich, neunmalkluger Schwan? Er ist doch bei uns. Hier, wo er noch nicht Vater der Menschen, sondern nur Freund der Tiere ist.

SCHWAN: Er verbirgt sich sogar in seinem eigenen Bild. Für unsere Augen ertränke sonst alles, nein, nicht im Plankton des Universums, sondern im gleißendem Gold. Im Strom und Quell der blendenden Gottheit, Isegrimm.

ESEL: Wir sind mehr als Geschichten, Schwan. Wir sind die Poesie. Darum mußten wir Gott niemals verlassen. Auch wenn wir übereinander herfallen, verlassen wir ihn nicht, sondern gehorchen in Demut seinem Gesetz.

WOLF *(lacht)*: Übereinander herfallen? Schon wieder, Balthasar? Dazu fehlen dir die Zähne, Esel.

EULE: Hat uns der Alte nicht feierlich einen Bibelvers vorgetragen: »Der Lämmergeier schwebt im Äther zornig als ein lebendiges Schlachtmesser über der kleinern Tierwelt, aber sein heißer Zorn ist heißer Hunger und sein Schnabel schlachtet unschuldig«?

FLEDERMAUS: Hat das Gott gesagt?

WOLF: Quatsch. Jean Paul, nur der Dichter Jean Paul.

SCHWAN: Du kennst ihn persönlich?

WOLF: Das kann man wohl sagen! Ist er nicht einer der größten Tiersachverständigen und Tierliebhaber überhaupt?

ESEL: Kaust du eigentlich noch an deinem Lamm?

Wolf schweigt.

ESEL: Kaust du noch an deinem Lamm?

WOLF: Das Lamm weiß, besser als du, Schafskopf, daß es bei mir hier nur eine schmerzlose Liebkosung seiner Kehle ist.

SCHWAN: Wir stellen die Gedanken der Menschen dar. Andererseits aber die Schönheit Gottes.

Heulen des Wolfs, Pfauenschreie, Zwitschern.

ESEL: Die Kindheit der Menschen sind wir. Sie ahnen es, sagt der alte Mann. Wenn sie uns von der Erde vertrieben haben, schlachten sie ihre Erinnerung. Dann müssen sie ununterbrochen sprechende Erwachsene, müssen pausenlos gegenwärtig und ungläubig sein. Denn durch die Betrachtung der Tiere, der größten wie der kleinsten, sollten sie zur Erkenntnis Gottes gelangen, hat er behauptet, als er hier saß und keiner sonst im Raum war. Davor fürchten sie sich, insgeheim, daß sie ohne Erholung, ohne Beistand von ... von ... von überpersönlichen Irritäten ...

PFERD: I-denti-täten!

ESEL: ... Identitäten bitterlich erwachsen sein müssen, rund um die Uhr. Das bewahrt die Tiere draußen vor dem Äußersten, wenn den Menschen das einfällt, bevor es heißt: »Bestände mit extrem hoher Rückgangsgeschwindigkeit« und schließlich: »nicht mehr nachgewiesen«. Der alte Mann hat es geflüstert, und ihm sind Tränen übers Gesicht gelaufen. Dabei hat er kein Auge von uns gewandt und gelächelt dabei.

SCHWAN *(sich steigernd im Verkündigungsgestus)*: Überpersönliche Identitäten? Wir sind Geheimnis und technisches Wunderwerk, wir sind die schönen Tiere des Anfangs und werden die schrecklichen der Apokalypse sein, die alle menschlichen, verwerflichen Züchtungsphantasien übersteigenden Wesen aus Flammen und Abgrund, Gift und Blitz, das A und das O.

Pfauenschreie, Geräusche von Esel und Wolf, dann lang anhaltendes Ochsengebrüll.

WOLF *(lacht böse)*: Evolution zwischen Saurier und Züchtung! So gefällt es der kurzsichtigen Bande. Als hätte der ewige Gott sich vertan! Die Klugscheißer wollen es besser machen und begreifen nicht, wie langsam der Prozeß der Schöpfung ist.

SCHWAN, EULE, FLEDERMAUS: Hüte dich, Wolf! Du bist selbst ein Besserwisser, Isegrimm!

ESEL *(bänglich)*: Und wenn es irgendwann wiederum rückwärts geht, statt Erschaffen Auslöschung, gegen den Uhrzeigersinn der Welterschaffung, weg mit Menschen, Tieren, Pflanzen, kein Abend, kein Morgen, kein Himmel, keine Erde?

SCHWAN: Zurück ins Unerschaffene? Zurück in den Unerschaffenen selbst?

WOLF *(betont unbeirrt)*: Das Erschaffen geht nur allmählich voran und unaufhörlich, geht ganz allmählich, geht in Katastrophen voran, schreitet voran, bis es vollendet ist. Abgeschlossen ist es noch lange nicht. Es dauert an. Ist ganz und gar nicht abgeschlossen. Wir sind nur die Zeichen im Gold der Ewigkeit, Signale, Wegmarken wie die biblischen Wochentage.

ESEL: Und du meinst, die Menschen begreifen es nicht?

WOLF: Sie begreifen es nicht, die arroganten, die unbarmherzigen Schlaumeier, die nicht! Allerdings!

ESEL: Ich bin nur ein Esel. Ich begreif's auch nicht, barmherziger Wolf.

SCHWAN, EULE, FLEDERMAUS: Wir verstehn es noch weniger, offen gestanden.

WOLF *(gravitätisch)*: Ich tu's für euch! Ich, der Wolf, vertrete den Löwen, den königlich Weisen von alters her. »Der Tierinstinkt spricht seine prophetischen Verheißungen und Forderungen in nächtlicher Unbestimmtheit aus und zieht und schiebt mit unsichtbaren Händen im Finstern ans Ziel.« Wieder Jean Paul!

ALLE ANDEREN *(tuschelnd)*: Er wird verrückt. Er redet wirr.

SCHWAN: Er sollte aufpassen, daß er nicht in einen Menschen verzaubert wird.

ALLE *(affektiert)*: Huuuuh!

ESEL: Es gibt Ausnahmen. Der alte Mann auf seinem Stühlchen hat uns immer gefallen. Einmal las er uns was vor: »... das freie Tier / hat seinen Untergang stets hinter sich / und vor sich Gott und wenn es geht, so geht's / in Ewigkeit so, wie die Brunnen gehen.«

EULE: Das ist erst recht verrückt.

FLEDERMAUS *(kichernd)*: Ein schönes Geraspel.

WOLF: Weiberkram!

ESEL: Danach hat er gelacht und aus einem anderen Buch den Satz gelesen: »Er füttert seine Rehe mit Rosenknospen und flüstert dazu Rilke.«

Lautes Gelächter und Geräusche von allen.

WOLF *(mit Autorität)*: Ruhe, zum Teufel! Seid still!

Abebbende Geräusche, dann vollkommene Stille.

SCHWAN: Zeichen sind wir. Gleichniskräfte der Schöpfung. Wir sind die Poesie schlechthin, durch nichts zu ersetzen, und unsere Abschaffung wäre wie die der Poesie der Weltuntergang.

PFERD: Aber sicher! Es wäre die Menschheitsdämmerung.

FLEDERMAUS: Parabeln und wortlose Predigt sollen wir sein. Die Menschen aber haben die Begriffe, die schrecklichen Würgeschrauben. Nur solange sie die nicht besitzen, sind sie Kinder und auf unserer Seite. Wir aber, Tier und Symbol in einem, wir bleiben ...

EULE: Still, Dracula! Hört ihr nicht ...

FLEDERMAUS: ... bleiben sicher aufgehoben im Gold Meister Bertrams und seiner Genesis.

EULE: Still Dracula! Hört ihr nicht manchmal, wenn kein Laut von draußen kommt, wenn kein Wispern und Knakken aus Sälen und Treppenhaus zu uns dringt, die anderen? Das Flüstern und Summen der Vettern draußen, das Brüllen und Seufzen? Den Gesang und das Geschrei der Lebendigen?

WOLF: Die Tiere der Wildnis? Das Faultier zum Beispiel?

ESEL: Das Faultier, das überglückliche Faultier! Es lebt kopfüber, es stellt für sich die Welt auf den Kopf. Seine Haare wachsen andersherum, seine Nahrung wuchert ihm in den Mund. Seine Sichelkrallen halten es bei Tag und bei Nacht ohne Anstrengung in den Urwaldbäumen. Wo alles mit Farben und Geschrei wetteifert, ist es still. Durch die Algen im Fell verschwimmt es mit dem grau-grünen Hintergrund. Es lebt unbemerkt, niemandem dienstbar, frisch aus Gottes Hand.

EULE: Es liebt den Schlaf, schläft tagsüber, bewegt sich nachts, auch dann sehr wenig. Es verbirgt sich vor seinen Feinden in unendlicher Langsamkeit. Es faulenzt dösend, wie es ihm aufgetragen ist, wie nicht vorhanden. Das ist sein Ziel, sein Sinn. Es gründelt im tiefen Schlaf des Tages und im leichten der Nacht. Die wirkliche, grelle Wachheit stellt es sich vor als Hölle.

FLEDERMAUS: Das Faultier, das unglückliche Faultier! *(wie aus der Zeitung vorlesend)* Die Urwaldriesen brechen rauschend herab als tropisches Hartholz zu den Bulldozern und Motorsägen der Holzfällerbrigaden. Es wird aufgeschreckt aus der träumerisch wiegenden Existenz von den Feuersbrünsten, die der Land- und Holzhunger armer wie reicher Länder verschuldet hat. Schreckt auf wie die lichtempfindlichen Waldnomaden in den Flammen südamerikanischer Rodungen für die Schlachtviehweiden der Konzerne Nordamerikas.

ESEL: Sie versetzen alles in brüllende Wachheit. Das wehrlose Faultier geht unter, schmählich hat seine sanfte Bewaffnung nach Jahrtausenden plötzlich versagt. Es flüchtet sich in die noch tiefere Urwaldnacht, hört auch dort schon bald die Konversation der Verfolger über Rohstoff, Lizenzen …

PFERD: Produktionsflächen …

SCHWAN *(erregt, später fast ins Schluchzen übergehend)*: Nein, nein, nicht das freie Tier, nicht das gejagte, nicht das in die Enge getriebene, absterbende und endgültig aussterbende Tier. Das meine ich nicht. Ich höre die anderen, diagonal über die Stadt weg höre ich sie, die Eingesperrten, Behüteten, die von den Neunmalklugen Ausgewählten, die sie, die Schlaumeier, wenn sie Junge haben, ihren Kleinen zeigen, mit denen sie hin und wieder am Wochenende zwischen Eis, Fritten und Wippschaukel Paradies spielen möchten. Unsere lieben, hinreißend schönen Vettern meine ich, denen das Menschengesocks die Freiheit nahm, um sie, unsere Brüder, Tiger und Gnu, Boa und Katzenbär zu retten, samt Fell und schimmernder Flosse, samt fegendem Schweif und schwellendem Kamm, samt blutroter Krone und bläulicher Kralle, samt Fauchen und Gesang, zu retten vor der eigenen Gier und dem eigenen Verstandeswüten. Den riesigen Lämmergeier meine ich, den grausigen Hornraben, den gespenstischen Waldrapp, die aufspringenden Fächer der Paradiesvögel, die sich das Pack gönnt als allerletzte Beispiele, die sich die Wichtigtuer gestatten als Erinnerungsstütze für beinahe Verschwundenes, an dem aber insgeheim ihr Glück, ihre Erlösung hängt. Das Menschengesindel ahnt es dunkel an den Wochenenden, an den sonnigen Sonntagnachmittagen, besonders Ostermontag, Pfingstmontag. Ohne uns rettet sie auch ihr trügerisch Lebenssinn spendender Nachwuchs nicht. Der wird sich gegen sie wenden, wird sie anspucken, weil sie uns ihnen, den Kleinen, raubten für alle Zeit.

WOLF: Ich verstehe dich, Schwan! *(in lautem Verkündigerton)* Es ist der Ort, wo sie die exemplarische Schöpfung als Arche Noah nachahmen, die Stelle, wo sie den Uranfang nachstellen, ein lebendes Bilderbuch für ihre gehätschelten Kinderchen und, ohne daß sie es wahrhaben wollen, für den Notfall, damit sie nicht wahnsinnig werden: ein Album für sich selbst. Seht an die Giraffe! Das Krokodil! Das Panzernashorn! heißt es am Sommersonntag. Sie prägen es sich ein, ehe es zu spät ist: Die intakte Kuh, das Schwein, das Rind! Wie sich das anfühlt, das Tier, und riecht.

ALLE ANDEREN: Jetzt ist noch einer verrückt geworden.

FLEDERMAUS: Schön verrückt oder unschön närrisch?

WOLF: Ich wiederhole: Prägen es sich ein, bevor die Katastrophe eintritt, die bis zur letzten Masche aufgeribbelte Schöpfung, die Evolution im umgekehrten Uhrzeigersinn. Ein letztes Mal: Die intakte Kuh, das Schwein, das Rind! Dann nie mehr.

ESEL *(wiederum bänglich)*: Soll das ein Witz sein?

WOLF *(höhnisch)*: Natürlich, natürlich. Ein Endzeitscherzchen, nichts weiter, Erzesel.

SCHWAN: Erinnert euch! Erinnert ihr euch? Vor siebzig, vor etwas mehr als siebzig Jahren stand hier einer. Ein kleiner Junge war's mit roter Mütze. Er sah uns an, lange, lange, sage ich euch, sah uns an, und zwar genau mit dem Blick des alten Mannes, unseres Freitag-Freundes, den wir lieben. Seinem Vater sagte er am Ende, als er mit dem Hinsehen und Nachdenken fertig war, die Sätze, die ich noch immer auswendig weiß, paßt auf, achtet auf jedes Wort: »Gott schuf die Tiere. Dann schuf er die Menschen und gab sie ihnen. Er gab ihnen die Tiere. Als er das sah, schuf er schnell Herrn Hagenbeck. Nun hirtet Herr Hagenbeck die Tiere.« Und wißt ihr warum?

EULE: Als er was sah?

SCHWAN: Und du, Eule, willst der Vogel der Weisheit sein? Als Gott sah, war er angerichtet hat, indem er uns den Menschen anvertraute, uns dem später verfluchten Adam anvertraute.

WOLF *(halb Predigerton, halb fragend)*: Ich fahre fort für den Schwan: Und wißt ihr warum? Warum Hagenbeck hirtet, auftragsweise? Damit sie, unsere Vettern, unsere lieben Überlebenden, die in den Käfigen, ob gekachelten, gestreuten, bepflanzten oder im Dreck zwischen Gittern pilgernd ihr Leben verbringen, am Ende unbeschadet, unverstümmelt zurückkehren können. Hoch zu uns zurückkehren aus der leiblichen Verwirklichung ins heimatliche, unendliche, ins ewig wogende Gold! Von unten nach oben der Linken des jungen Gottvaters folgend, und wir unter uns sind, nur Gott und die Tiere.

SCHWAN: Damit sie, die armen Menschenteufel, höre gut zu, Wolf, damit in der trüben, betäubten Welt, diese irgendwann vielleicht einmal stutzenden, plötzlich verzweifelten Zweibeiner sich erinnern an das ... blendende Gottesnichts ... in dem die Fülle wohnt, jedenfalls an den sprühenden ... Goldgrund, dem auch sie am Anfang entsprungen sind! Denn das sind sie, ob es uns paßt oder nicht, vor sehr langer Zeit. Nach uns zwar, aber doch wie wir! Leugnet es nicht, ihr seid Zeuge gewesen, Eule und Pferd, Esel, Wolf und Fledermaus! Gebt es nur zu! Weshalb hirtet Hagenbeck? Zu ihrem Trost, zu ihrer Rettung, weil sie ohne die Tiere, ohne uns schöne Tiergestalten ...

EULE UND FLEDERMAUS: ... die wir halb Pflanze, halb Engel sind ...

SCHWAN: ... verloren gehen, endgültig perdu, verlorene Unschuld, verlorene Kindheit.

WOLF *(verstockt)*: Auch die Kinder sind böse! Alles Störenfriede! Nur wir bleiben unbefleckt, sogar in der Bosheit, rein und herrlich selbst in der Grausamkeit, in Tücke und Gier. Sie nicht.

SCHWAN: Wie wir hier drinnen, so sind auch die Tiere draußen, ob versteckt in der Restwildnis, ob ausgestellt in den Käfigen, aus Klugheit Rätsel geblieben. Seufzende ...

PFERD: wiehernde ...

EULE: lächelnde, wimmernde …

ESEL: schluchzende, brüllende …

FLEDERMAUS: tirilierende, zischende, lispelnde Rätsel sind wir, das ist offenbar. Jedoch: Wir verweigern standhaft die Menschensprache.

WOLF: Sündenlose Steine des Anstoßes durch Schweigen sind wir. Schwiegen sie nämlich, die Satansbraten, könnten sie sein wie wir. Unvergänglich verführerisch. Wir aber …

EULE UND FLEDERMAUS *(wie leicht besäuselt)*: Ewiglich, ja ewiglich!

Stürmisch einbrechend langes Crescendo möglichst vieler Tierschreie des Zoos. Scharfes Abbrechen am lautesten Punkt. Stille.

Animalische Seligkeit

Es ist widersprüchlich mit den Glücksmomenten: Man will sie im Überschwang aller Welt mitteilen und sie gleichzeitig verschweigen, will sie hüten als durch Ausplaudern gefährdetes Geheimnis. In der Natur, in der Liebe, in der Arbeit, in der Kunst, zusammen mit Menschen und mit sich allein: Immer sind diese stehenden Augenblicke im Flüchtigen in ihrem puren Zustand persönlich, privat. Sie sind nicht durch objektive Gründe erklärbar, schon gar nicht herbeizuzaubern.

Das mögen Facebook-Fans anders empfinden. Ich selbst aber fürchte, das Glücksgefühl – und da habe ich die gutbösen Märchen auf meiner Seite – durch Ausplaudern zu verwässern oder sogar zum Verschwinden zu bringen.

Und noch etwas Widersprüchliches: Glück erfährt man meist erst im Rückblick. Was man in der akuten Sekunde vielleicht gar nicht als das registrierte, ballt sich in der Erinnerung zur (eingebildeten) Vollkommenheit. Das ist das nachhinkende Glück. Oder man freut sich in überschäumender Erwartung auf etwas Zukünftiges (das unmöglich ein solch idealisierendes Hoffen einlösen kann): das vorauseilende Glück.

Selten wird uns Glück im aktuellen Moment bewußt, und allein das wäre doch das eigentliche Glück, das schnelle, berauschende Gegenwartsglück als ungetrübte Hochstimmung, als Glücksschock, und alle schwerfälligen Bedenken ausschaltender, klarer, nicht besinnungsloser Höhenflug unserer Existenz. Wenn wir diesen Augenblick etikettieren, liegt er fast immer schon hinter uns.

Viel leichter ist etwas Anderes, damit Verwandtes. Nämlich sich vom Glück eines anderen Wesens, durchaus nicht altruistisch gemeint, durchströmen zu lassen, sich selbst zu entkommen, indem man das Wirken der launischen, diesmal gütigen Göttin Fortuna mit eigenen Augen an jemandem, der man nicht selbst ist, betrachtet, besser: sich ihm aussetzt.

Dazu fallen mir drei unverfängliche Beispiele ein, alle drei nicht nur auf Tiere, sondern obendrein auf Katzen beschränkt. Was vermutlich kein Zufall ist.

Anfang Dezember meldete die Göttinger Presse das Auffinden einer etwa vier Wochen alten Katze. Waldarbeiter hatten das von herabfallenden Ästen verletzte Tierchen im Unterholz gefunden und sich seiner erbarmt. Die Tierärztin stellte ein schweres Schädel-Hirntrauma fest und außerdem, daß es sich um ein männliches Exemplar der selten gewordenen Europäischen Wildkatze handelt. Bis zu seiner Auswilderung ist der vor seinem sonst sicheren Tod gerettete Kater nun in besten Händen. Ich kann es nicht bestreiten, ein paar Stunden lang hat mir der Ausgang der Geschichte, unbehelligt von den herrschenden Weltkatastrophen, einen Flush von Glückszuständen beschert.

Vor einigen Jahren entdeckten wir in einer frostigen Dezembernacht, nachdem wir sie sechsunddreißig Stunden vermißt hatten, unsere noch ziemlich neue Tierheimkatze auf einem hohen Buchenast. Es war zwei Uhr in der Nacht, und doch fanden sich insgesamt sechs Menschen ein, darunter drei Unbekannte (einer von ihnen sogar nur in Badeschuhen und Unterhose), die es schließlich schafften, das verängstigte Tier unerschütterlich geduldig bei eisigen Temperaturen mit

Lockrufen den glatten Stamm herunterzulocken. Alle Beteiligten waren, sicher in Abstufungen, glücklich, als sie unten landete. Ich bin es noch heute, aus dem Stand, wenn ich daran denke.

Vielleicht leben wir Menschen überhaupt deshalb so gern mit Tieren zusammen, weil sie uns, wenn es gut mit ihnen geht, ohne Aufwand von ihrer oder unserer Seite, in lauterster Form durch bloßen Anblick, durch schieres, inbrünstiges Dasein mit zuverlässigen, stabilen Glücksempfindungen versorgen? Denn am schönsten ist es, wenn gar nichts passiert, wenn die Katze nur still lächelnd, mit besonders hochgezogenen Mundwinkeln wunschlos träumend auf ihrem Kissen liegt. Nichts als da ist. Allerdings habe ich schon öfter festgestellt, daß sie mich, während ich ihre animalische Seligkeit bestaune und mich daran anstecke, in Wahrheit aus den Augenschlitzen kritisch überwacht.

Geradezu ironisch fixiert.

Bibliographische Hinweise

Marder und Kaninchen. In: Neue Zürcher Zeitung vom 8. Januar 2005.

Die Konstanz der Tiere. In: Kursbuch 158/2004.

Tierlos. Nachwort zu: Elias Canetti, Über Tiere. München, Wien: Hanser, 2002. Wieder in: Zweideutigkeit: Essays und Skizzen. Stuttgart: Klett-Cotta, 2002, S. 196–205.

Ach wüßtest Du, wie's Fischlein ist! In: Literaturen 04/2003.

Die Niederelbe. »Schweiz meiner Seele«, im Flachland? In: Deutsche Landschaften. Hg. von Thomas Steinfeld. Mit Fotografien von Therese Humboldt. Frankfurt/M.: S. Fischer, 2003, S. 62–72.

Vom Riesengebirge bis Cuxhaven. Rezension zu Hansjörg Küster: Die Elbe. Landschaft und Geschichte. München: C.H.Beck, 2007. In: Süddeutsche Zeitung vom 20. November 2007.

Wir Avantgardisten. In: Neue Zürcher Zeitung vom 17. Dezember 2009.

Demokratie in ihrer schönsten Gestalt. In: ADAC Reisemagazin Hamburg. München: ADAC-Verlag, 2012.

Landschaft ist nicht Natur. Rezension zu: Hansjörg Küster: Die Entdeckung der Landschaft. Einführung in eine neue Wissenschaft. München: C.H.Beck, 2012. In: Süddeutsche Zeitung vom 16. Oktober 2012.

Herr Hagenbeck hirtet. Hörspiel. Gesendet im Hessischen Rundfunk am 31. August 2014, im Norddeutschen Rundfunk am 29. Oktober 2014.

Animalische Seligkeit. In: Neue Zürcher Zeitung vom 10. Januar 2015.